BASTEI
LÜBBE

Diana L. Paxson

Die Herrin von Camelot

Roman

Ins Deutsche übertragen
von Michael Krug

Mit einem Nachwort
von Helmut W. Pesch

BASTEI LÜBBE

BASTEI LÜBBE TASCHENBUCH
Band 20 484

1. Auflage: März 2004

Vollständige Taschenbuchausgabe der im Gustav Lübbe Verlag erschienenen Hardcoverausgabe

Bastei Lübbe Taschenbücher und Gustav Lübbe Verlag sind Imprints der Verlagsgruppe Lübbe

Titel der amerikanischen Originalausgabe:
The Hallowed Isle: Book Three: The Book of the Cauldron

Titelillustrationen: Mark Harrison, Agentur Schlück
Kartenzeichnung: Helmut W. Pesch
Umschlaggestaltung: QuadroGrafik, Bensberg
Satz: Heinrich Fanslau, Communication/EDV, Düsseldorf
Druck und Verarbeitung:
Maury Imprimeur, Frankreich
Printed in France
ISBN 3-404-20484-0

In Memoriam
Paul Edwin Zimmer

DANKSAGUNG

Mein besonderer Dank gilt Heather Rose Jones, die während ihres Promotionsstudiums über walisische Philologie Zeit geopfert hat, um mich in die Geheimnisse der britischen Rechtschreibung des fünften Jahrhunderts einzuweihen. Wer gerne einen hervorragenden historischen Überblick über die arthurische Periode hätte, dem empfehle ich *The Age of Arthur* von John Morris. Außerdem muss ich Caítlin und John Matthews für zahlreiche Einsichten danken, die mir ihr Buch *Ladies of the Lake* vermittelten.

Wie ein breiter, anmutiger Strom zieht sich die »Matter of Britain«, die Sage von König Artus und den Rittern der Tafelrunde, durch das gesamte Feld der europäischen Literatur. Besonders in Zusammenhang mit dem vorliegenden Buch stellt Marion Zimmer Bradleys *Die Nebel von Avalon* einen bedeutenden Nebenarm dar, weshalb ich mit Dank und Anerkennung diesen Zufluss ihr und all jenen widme, die den Pfad vor mir beschritten haben.

INHALT

PROLOG

Das erste Leben entsprang dem Meer.

Als Wiege der Schöpfung, als schützender Mutterleib enthielt es alle Elemente. Die aufgelösten Elemente verbanden, vereinigten sich miteinander, verschmolzen zu Wesen wachsender Komplexität.

Wasser ist Verwandlung.

Es steigt an und schwillt ab, es stirbt und wird wiedergeboren, es nährt die Welt. Seine stete Bewegung gehorcht den Gesetzen des Mondes und der Gezeiten. Eingedämmt wird es schal und verendet; in freiem Fluss erneuert es die Welt.

Wasser ist das Blut der Göttin, es füllt die Bäche und Flüsse, die das Land durchziehen. In die Seen und Tümpel, genährt aus der Tiefe durch sprudelnde Quellen, lässt es ihren Segen fließen.

Wasser ist die Magie der Frau.

So wie das Meer als Antwort an den Mond flutet, so flutet auch ihr Leib; jeden Monat blutet sie und wird erneuert. In Blut erschafft sie ein Kind, und blutig bringt sie es zur Welt; aus ihren Brüsten quillt süße Milch, um es zu nähren. Frauen suchen die geheiligte Quelle und opfern der Göttin, deren Name jene Macht bedeutet, die aus den Tiefen in die höchsten Höhen emporsprudelt, denn sie wissen, dass die Magie der Göttin und ihre ein und dieselbe ist …

Auf einem Eiland im Meer dienen neun Priesterinnen einem geheiligten Schrein. In Einklang mit dem Wandel des Mondes preisen sie die Göttin zu ihrer rechten Zeit. Aber wenn der Mond voll ist, wandert die Priesterin, die als die Anführerin gilt, oft am Meeresufer entlang. Mondlicht schimmert silbrig auf den Wassern. Sie streckt die Arme aus, um jene Pracht einzufangen, doch sie zerfließt zwischen ihren Fingern. Sie ist von einem schmerzlichen Verlangen erfüllt, jene Macht zu besitzen, von der sie selbst besessen ist, und langsam wächst in ihrem Bewusstsein eine Vision.

Wenn die Häuptlinge ihres Volkes eintreffen, um ihre Gaben darzubringen, verlangt sie Silber von ihnen. Stück für Stück schmelzt sie zusammen, klopft es zu dünnen Platten, in denen Bildnisse der Göttin eingebettet sind. Bereit für die Liebe, bewaffnet für den Krieg, Kranke heilend oder dem Barden Lieder eingebend, eine Kuh melkend, Wild jagend oder ein Schiff wohlbehalten in den Hafen geleitend, ihr Kind stillend oder die Seele eines Toten über das Meer tragend – die Göttin erscheint in all ihren Gestalten und segnet die Menschheit.

Abschnitt für Abschnitt werden die Stücke geformt, vernietet und gelötet, bis sie eins sind. Mit Hand und Herz wird ein großer Kessel erschaffen, silbrig wie der Mond. In den Rand werden sanft schimmernde Flussperlen eingelassen. Dann tragen die Priesterinnen ihn singend zur geheiligten Quelle. Nacheinander füllen die Priesterinnen ihre Kelche und heben sie empor, um die Strahlen des Mondes einzufangen. Schließlich schütten sie das Wasser in den Kessel, in dem silbriges Licht schimmert.

Die Gesänge werden tiefer, verwandeln sich in ein wortloses Summen, ein Pulsieren, das die Oberfläche des Wassers erbeben lässt. Von jenseits dieser Welt erklingen Obertöne und Harmonien. Ein strahlender Nebel hängt über dem Wasser, windet sich empor, formt sich zu der Gestalt einer Frau. Sie dreht sich herum, öffnet die Arme, stimmt in den Gesang mit ein und verleiht ihm Worte. Schließlich schöpft sie Flüssigkeit aus dem Kessel; in jeden Kelch ergießt sie ihren Segen bis zum Rand.

Und als die Priesterinnen sich schließlich wieder bewusst werden, wer und wo sie sind, ist der Kessel leer. Aber bei jedem Vollmond, wenn sie ihn mit Wasser aus der geheiligten Quelle füllen, schimmert das Wasser, und alle, die davon trinken, werden erneuert.

I

Geburtswehen
A. D. 487

Kurz vor Sonnenuntergang blies ein Wind von den Höhen herab und kräuselte das Wasser. Dankbar atmete die Herrin vom See ein, denn der Tag war warm gewesen, eine Verheißung des Sommers, der mit dem Beltenefest beginnen würde. In der Welt der Menschen würden die Jungen in die Wälder ausschwärmen, um Grün für das Fest zu sammeln, und wenn die jungen Leute länger brauchten, als unbedingt nötig war, um die Zweige zu schneiden, und mit zerwühlten Kleidern zurückkehrten, würden an jenem Abend selbst die Christen kaum wagen, sie dafür zu bestrafen. Aber auf der Insel der Maiden war es nicht nötig, die Wildnis mitzubringen, denn sie umgab sie auf allen Seiten. Und während Mann und Maid dem alten Zauber der Erde frönten, würden sie und ihre Priesterinnen die Magie des Wassers heraufbeschwören, deren Macht all jenen wachsenden Dingen das Überleben ermöglichte.

Jenseits des Schutzschirms aus Weiden und des silbrig glänzenden Wassers kauerte der Berg wie eine gebückte, greise Frau, gehüllt in einen Mantel aus blauen Nebelschwaden, vor dem dunkelnden Himmel. Jenen Eindruck hatte Igraine schon als Mädchen gehabt, damals, als sie diesen Ort zu ihrem ungestörten Badeplatz auserkoren hatte. Mittlerweile war sie selbst eine greise Frau. Aber der Berg war unverändert.

Sie hängte das grob gewebte Handtuch über einen Zweig, streifte den Mantel von den Schultern und schauderte ein wenig ob der Berührung der kühlen Luft. Kurz zauderte sie, auch das Hemdkleid abzulegen, doch wärmer würde es ohnehin nicht werden. Sie verkniff sich ein Lächeln, als sie das Hemd über den Kopf streifte und den Weg hinunter zum Wasser antrat.

Weiß und schwankend wie ein Birkenstamm spiegelte es ihren Leib wider. *Ich bin ein schwindender Mond ...*, dachte sie ironisch. Sogar ihr einst goldenes Haar war zu einem hellen Silbergrau verblasst. Als Mädchen hatte sie heimlich die älteren Priesterinnen beim Baden beobachtet und sich darüber gewundert, dass ihre Körper immer noch so glatt und geschmeidig waren. Es überraschte sie immer noch, als sie an sich herunterblickte und feststellte, dass ihre eigene Gestalt so viel jünger aussah als ihr Anblick im Spiegel. Gewiss, ihre Brüste hingen flach an dem Brustkorb, und den Bauch hatten zwei Schwangerschaften geweitet, ihr Gesäß aber war straff vom Wandern, die Arme wirkten kräftig.

Hätte Uther noch gelebt, er hätte seine Freude an ihrem Körper gehabt, doch er ruhte nun neben seinem Bruder in jenem Grabhügel vor dem Tanz der Riesen. Sie war nicht mehr Hochkönigin und seine Gemahlin. Inzwischen war es ihr Sohn Artor, der herrschte. Nachdem die Fürsten Britanniens ihn auserkoren hatten, hatte Igraine angeboten, zu bleiben und seinen Haushalt zu verwalten, aber die Herren Britanniens, die das Recht ihres Sohnes auf das Königtum anerkannten, wollten keine mütterliche Einmischung in den Vorgang, ihren Sohn in einen König zu verwandeln. Selbst Merlin wurde nur widerwillig als sein Tutor geduldet, vermutlich, weil man ihn fürchtete.

Und so war sie auf die Insel der Maiden zurückgekehrt, um jene Rolle wieder einzunehmen, für die sie geboren worden war. Sie schrieb Artor regelmäßig Briefe und versuchte ihm jenes Geleit zu geben, das sie ihm zuvor nicht hatte geben dürfen, doch ihre Ratschläge entsprangen immer häufiger ihren Meditationen als Priesterin denn ihren Erinnerungen an das Leben als Uthers Königin. Bei den raren Besuchen, die sie ihrem Sohn abstattete, erschien ihr sein Hof wie eine andere Welt. In letzter Zeit war die Gesundheit ihres Körpers nur noch deshalb von Belang, weil er ihrer Seele diente. Und die – sie lächelte hinab auf die Frau, die ihr aus dem Wasser entgegenblickte – war immer noch jene der Maid, die vor so langer Zeit zum ersten Mal in diesen Wassern gebadet hatte.

Immer noch lächelnd, schritt sie das abfallende Ufer hinab ins Wasser.

»Gesegnet seien meine Füße, auf dass ich auf deinen Pfaden wandeln möge ... gesegnet seien meine Beine, auf dass ich vor dir stehen möge ... gesegnet sei mein Leib, auf dass ich dein Schrein sein möge ...«

Sie schöpfte Wasser aus dem See und reinigte jeden Teil ihres Körpers. Dabei murmelte sie unablässig die Worte, die sie in ein angemessenes Gefäß für die Macht der Göttin verwandeln würden.

Die Insel der Maiden lag verborgen im doppelten Schutz des Sees und der Hügel ringsum. Die Römer hatten die Druidenpriesterschaft der Insel Mona hingemetzelt und sie aus Avalon vertrieben, das die Menschen heute die Insel aus Glas nannten, diese Zuflucht jedoch hatten sie nie entdeckt. Im Lauf der Zeit waren die Hütten aus schlammbeworfenen Weidenruten durch Steinbauten ersetzt worden, doch in manchen Dingen hielten die Priesterinnen immer noch an den alten Traditionen der Druiden fest, und die heiligsten ihrer Rituale fanden unter freiem Himmel statt.

Zusätzlich zum doppelten Schutz der Insel bildete der Haselhain den innersten Ring um ihre Mitte, wo ein Riss im felsigen Kern des Eilands eine Höhle erschaffen hatte. Der Schrein des Schwertgottes galt als von Menschenhand errichteter Tempel und wurde geduldet, hatte jedoch nie wahrhaft zur Insel gehört. Die Höhle hingegen war ihr ältestes und ursprünglichstes Heiligtum. Nun brannten drei Feuer davor, der Eingang jedoch blieb von Schatten umnachtet.

Igraine lehnte sich an das geschnitzte Holz ihres Stuhls zurück, zwang sich, gleichmäßig zu atmen, und wartete, bis ihr Herzschlag sich verlangsamte. Ihr helles Haar lag offen auf den Schultern. Für dieses Ritual trugen ihre Maiden Weiß. Nur sie selbst trug das Schwarz des mitternächtlichen Himmels, obwohl die Ornamente aus Silber waren, besetzt mit Mondstein und Flussperlen.

Über ihr funkelten die über das nächtliche Firmament verstreuten Sterne. Durch viel Übung hatte sie die Fähigkeit erworben, die langsame Wanderung der Gestirne zu fühlen. Der Mond war im dritten Viertel und würde erst in der Mitte der Nacht aufgehen. Unmerklich wurde ihr Atem schwerer. Sie richtete sich auf und hörte, wie gleich einem Widerhall ihres Herzschlags der sanfte Klang einer Trommel ertönte. Ein Gefühl der Vorahnung jagte ihr Schauder über die Haut, als die Frauen zu singen begannen …

Du bist der Quell und das Strömen …
Du bist der Traum und das Sehnen …
Du bist, was leer ist, du bist, was füllt,
Empfängst von uns, lenkst uns, bist uns gewillt;
Du bist das Ganze, ein Teil, ein Bereich,
Du bist Seele und Körper, bist alles zugleich …

Die verwobenen Stimmen verschmolzen zu einer einzigen Note, die anhielt und durch die reglose Luft pulsierte. Andernorts rief man die Götter auf andere Weise und mit anderen Namen an, insbesondere in dieser Nacht, in welcher der junge Gott seine laubübersäte Lichtung verließ, um sich auf den Feldern mit der Göttin zu vereinen. Doch hier, im Herzen der Insel, herrschte allein die Herrin.

»Große Mutter, sei uns nah …«, stimmte Igraine an.

»Erhöre uns, sei uns nah …«, erscholl die Antwort.

»Tor zur Geburt und Tür zum Tod …«, erhob sich Ceincairs süße Stimme über jene der anderen.

»Erhöre uns …«

»Herrin der Hoffnung und des Heils …«, setzte die Litanei sich fort, und mit jedem Gruß schien die Luft sich zu verdichten, bis es schwierig wurde zu atmen.

»Du bist der Kessel der Veränderung, der Mutterleib der Weisheit …«, sprach Igraine, und bei ihren Worten gingen Morut und Nest auf die dunkle Öffnung der Höhle zu und begannen, die Steine beiseite zu schleifen. Dahinter verbarg sich eine Holztruhe, in die drei Spiralen geschnitzt waren. In der Truhe befand sich etwas in weiße Seide Gehülltes, das sie in die Steinsenke vor Igraines Stuhl stellten.

Als das Tuch heruntergezogen wurde, spürte sie, wie ihr Bewusstsein sich veränderte, sodass sie mit zweifachem Blick einerseits den uralten Kessel mit den genieteten Silberplatten sah, auf denen in flachem Relief Antlitze der Göttin und die Bildnisse seltsamer Tiere prangten, andererseits ein Gefäß puren Lichts, das den Schein der Feuer überstrahlte.

Eine weiß gewandete Gestalt trat vor. Aus einem Silberbecher ergoss sich ein glänzendes Rinnsal Wasser in den Kessel. Das Licht wurde heller.

»Ich bringe Wasser aus dem Meer, dem Mutterleib der Welt. Empfange das Opfer!« Es war Nests Stimme.

Eine weitere Priesterin bewegte sich in das strahlende Licht. »Ich bringe Wasser aus dem Fluss Tamesis, das Lebensblut des Landes ...« Wieder prasselte Wasser glitzernd durch die Luft.

Nacheinander leerten die Priesterinnen ihre Becher. Das Wasser, das sie opferten, stammte aus jedem der großen Ströme, die Britannien bewässerten, und aus den geheiligten Quellen.

»Ich bringe Wasser von der Insel Mona ...«, sang Morut.

»Ich bringe Wasser aus der Blutquelle von Avalon ...«, sang Ceincair.

Das Licht wurde immer heller; glänzende Gestalten bewegten sich in einem strahlenden Dunstschleier. Igraine starrte in die glimmenden Tiefen des Kessels.

»Sprich zu uns, Herrin«, flüsterte sie. »Zeig uns in diesem Augenblick, da die Türen zwischen den Welten sich öffnen, was sein wird ...«

Mit diesem Gebet wich jedes andere Bewusstsein in den Hintergrund. Das Licht um sie wallte auf, und sie war frei.

Sie sah Britannien unter sich, übersät von Lichterreihen; ein Beltene-Feuer blinzelte dem anderen quer über das Land hinweg zu. Durch lange geübte Disziplin, die nun zu einem Instinkt geworden war, wandte sie ihren Geist jenen zu, deren Zukunft sie sehen musste.

Beltene-Feuer glommen auf den Hügeln über Isca. Igraines Blick folgte dem flackernden Wechsel von Licht und Schatten, während Männer und Frauen rings um die Feuer tanzten. Ihr Sohn Artor war dort, mit Bediver und – und mit jenem merkwürdigen sächsischen Knaben, von dem es hieß, er sei Hengests Enkel. Mädchen kamen lachend zum König; er küsste sie und trank den Met, den sie ihm anboten, doch obwohl viele seiner Männer sich in die laubgebetteten Schatten führen ließen – wo Gwalchmai sich zweifellos längst aufhielt –, blieb Artor bei den Feuern.

So ehrst du die Göttin, mein Kind?, dachte Igraine betrübt und hörte gleich einer Zustimmung leises, glockenhelles Gelächter. Doch Artor war mit der Vermutung aufgewachsen, ein Bastard zu sein, besann sie sich voll jähem Schmerz. Kein Wunder, dass er Bedacht zeigte, wo er den eigenen Samen pflanzte.

Er braucht eine Königin, die als deine Priesterin dient, Herrin!, erklärte sie der flammenerhellten Dunkelheit. *Zeig mir die Frau, die sein Bett, und seinen Thron teilen wird!*

Das Bild zerbarst. Farben zerflossen in Strudeln flüssigen Lichts, malten ein Land sanfter Hügel und friedlicher Wälder, ein rundum freundlicheres Gebiet als die Küste Demetias. In einem geschützten Tal stand dunkel und still die Villa eines britischen Fürsten, während die Männer seines Stammes auf der Weide darunter feierten. Doch am Ende des Feuerscheins regte sich etwas. Igraine richtete den Blick darauf; sie sah ein schlankes Mädchen mit bernsteinfarbenen Augen und einem Gewirr rotgoldener Haare. Das junge Ding umklammerte eine alte Decke, während es die Tänze beobachtete. Sogar stehend schien die Maid wie ein junger Baum im Wind zu schwanken. In Bewegung musste sie wunderschön sein.

Als das Bild sich verdunkelte, erklang abermals die Stimme der Göttin in Igraines Bewusstsein – *»Sie ist Leodegranus' Tochter. Ihr Name lautet Gwendivar ...«*

Sie ist noch ziemlich jung, dachte Igraine, *zu jung, um zu verstehen, was dies bedeutet. Ich muss sie finden und sie auf ihr Schicksal vorbereiten ...*

Bilder flackerten vor ihr auf: Gwendivar erwachsen, das leuchtende Haar mit Blumen gekrönt ... lachend, tanzend, auf einer grauen Stute durch die Wälder preschend ... und noch älter; das von Gram entstellte Antlitz sieht zum ersten Mal wie das einer sterblichen Frau aus, nicht mehr wie das einer Märchenfee. Igraine wollte mehr sehen, doch ihre Sicht verschwamm, sodass sie benommen, schwindlig, in Leere treibend zurückblieb.

Mühevoll gelang es ihr, wieder die Herrschaft über sich zu erlangen. Ein Schicksal vorherzusehen verriet nicht unbedingt, wie man es veränderte, denn die Überlieferungen besagten, dass es sich ständig veränderte, und durch das Bestreben, den Ausgang zu vermeiden, war schon so mancher zur Ursache geworden. Es schien besser, Wissen über näher liegende Ereignisse zu erlangen, denn wenn man sie schon nicht verhindern konnte, so konnte man sich wenigstens auf sie gefasst machen.

Morgause ... Mit der bedauerlichen Erkenntnis, dass ihre Sorge eher Pflichtgefühl denn Verlangen entsprang, versuchte Igraine, das Ergebnis der Schwangerschaft ihrer Tochter zu erspähen.

Hoch oben auf Dun Eidyn tranken die Krieger der Votadini auf ihren König. Sie sah, wie die hoch schwangere Morgause das Horn zwischen ihnen herumtrug, da sie zum Tanzen schon zu unbeweglich war. Von Zeit zu Zeit hielt sie inne und biss sich kurz auf die Lippe, ehe sie weiterging.

Das Kind wird sehr bald kommen, dachte Igraine, *weiß sie es?* Aber dies war Morgauses fünfte Schwangerschaft. Mittlerweile musste sie die Zeichen ihres Körpers kennen. Es war Sturheit, nicht Unwissenheit, die sie an diesem Beltene-Abend auf den Beinen hielt. Igraine unterdrückte den Ärger, den Gedanken an ihre Tochter allzu oft in ihr aufkeimen ließen.

Wird die Geburt gut verlaufen? Was wird dieses Kind Britannien bringen?

Das Gleißen der Morgensonne auf dem Wasser zersprengte ihre Sicht. Doch im nächsten Augenblick wurde sie durch eine Flut von Rot ersetzt. Der zornige Schrei eines Kindes verfestigte sich zum Schlachtgebrüll einer Armee.

Die Angst um ihre Tochter wich einem namenlosen Entsetzen, als sie Morgause erblickte, deren Züge vom Alter schlaff und von Hass verzerrt wirkten, und neben ihr einen Knaben, dessen Antlitz ein jüngeres, helleres Ebenbild des ihren war. Nur in der Kieferpartie war das Erbe eines anderen zu erkennen, wenngleich Igraine nicht recht zu sagen vermochte, wessen Erbe. War es das, was ihr Innerstes erschauern ließ, oder war es das bösartige Funkeln in den Augen des Knaben? Rote Finsternis flackerte über ihre Sicht; ein Rabenbanner vor einem feurigen Himmel. Und darin verwandelte es sich in einen Rabenschwarm, und eine Stimme rief:

»Er wird Blut und Feuer bringen und das Ende eines Zeitalters … Alles vergeht, denn sonst würde das mangelnde Gleichgewicht die Welt zerstören.«

Igraine wand sich wortlos, wollte es nicht wahrhaben, wenngleich sie wusste und ihr dieses Wissen verhasst war, dass auch diese Stimme göttlich gewesen war. Und dann, beruhigend wie kühlendes Wasser, sprach in ihrer Seele die Göttin, wie Igraine sie stets gekannt hatte.

»Fürchte dich nicht. Solange die Raben den Weißen Berg bewachen, wird der Hüter Britanniens nicht sterben …«

Sie spürte, wie sie zurück in ihren Körper stürzte; Sternenlicht, Feuerlicht und das Licht ihrer Visionen zerbarsten rings um sie gleich einem Mosaik aus römischem Glas. Verzweifelt versuchte sie, die Teile zu einem Muster zusammenzufügen, das seine Bedeutung wahren würde, doch sie zerfielen zu rasch.

»Merlin!«, schrie ihre Seele. *»Merlin, hör mir zu! Hüte dich vor dem Kind, das am ersten Mai geboren wird!«*

Dann war es vorüber, obschon sie jeden Knochen im Leib spürte. Igraine fühlte, wie ihr weiche Hände beim Aufsitzen halfen, hörte bestürztes, besorgtes Getuschel.

»Herrin, fühlt Ihr Euch wohl?«

»Das werde ich …«, murmelte sie. *Artor* –, dachte sie. *Ich muss bald mit ihm sprechen.* Dann holte sie tief Luft, öffnete die Augen und erblickte den Dreiviertelmond, der von einem Himmel auf sie herabschaute, an dem sich bereits das erste, fahle Licht des Beltene-Sonnenaufgangs abzeichnete.

Im Morgengrauen des Beltene ging Morgause mit ihren Frauen hinaus, um Wasser von der geheiligten Quelle zu holen. Vor Sonnenaufgang war die Luft frisch, und Morgause war froh über den Vliesmantel, den sie trug. Im Gleichgewicht durch den mächtigen Bauch beeinträchtigt, bahnte sie sich vorsichtig im unsteten Fackelschein und im noch trügerischeren Licht des schwindenden Mondes einen Weg über den felsigen Pfad. Aus der Gruppe der Maiden, die sie begleiteten, ertönte alsbald unterdrücktes Gelächter. Das Kind in ihrem Bauch regte sich, dann hielt es inne. Vielleicht, dachte sie hoffnungsvoll, würde die ungewohnte Bewegung es in den Schlaf lullen. Der Knabe hatte sie die ganze Nacht mit seinen Tritten wach gehalten, als könnte er es kaum erwarten, bis ihr Leib sich öffnete und ihn in die Freiheit entließ.

Der Marsch von der Feste zum Fuß der Schlucht darunter und zurück konnte den halben Vormittag in Anspruch nehmen, und der Wiederaufstieg erforderte beträchtliche Ausdauer. Die Augen auf den kugelrunden Bauch der Königin gerichtet, hatten die Frauen sie angefleht, sich bei dem Ritual durch eine der Häuptlingstöchter vertreten zu lassen, die sie umsorgten, aber Morgause hatte sich geweigert. Wenn während ihrer Schwangerschaft ein Mädchen den Platz in Leudonus' Bett einnahm, gefährdete dies in keiner Weise ihre Stellung, aber ihr Zustand hatte es unmöglich gemacht, um die Beltene-Feuer zu tanzen. Morgause würde niemandem erlauben, sich eine der anderen geheiligten Pflichten der Königin zu erschleichen.

»Kann nichts passieren«, erklärte sie. »Das Kind ist erst in einem halben Monat fällig.« Was nicht ganz stimmte – sie wusste nur allzu gut, dass es im Zuge der Riten anlässlich des Lugus-Festes empfangen wurde, folglich war ihre Schwangerschaft mittlerweile erfüllt. Aber schließlich waren auch ihre anderen Kinder zu spät gekommen, weshalb ihr die Lüge ohne Gewissensbisse von den Lippen glitt.

Die Menschen mochten wohl mutmaßen, wenn die Söhne der Königin etwa neun Monate nach einem Fest geboren wurden, aber wer nicht den alten Traditionen folgte, konnte nie sicher sein, ob sie Leudonus' Saat waren oder nicht. Die Mehrheit der Votadini glaube ohnehin wie Morgause, dass ihre Kinder Gaben der Götter seien.

Einen Augenblick verschwamm ihre Sicht; die fackelerhellte Finsternis der Straße verwandelte sich in das Festgelände, die Kühle des Morgens in die Wärme der Lugus-Sommernacht. Die Menschen brüllten, ein Held, erfüllt vom Gott, kam zu ihr in das Zwielicht der geheiligten Einfriedung, und dann riss das dunkle Feuer der Göttin ihr eigenes Bewusstsein hinfort ...

Abermals erbebte Morgause ob der Erinnerung. Erst danach, als sie hörte, wie die Menschen von dem Bullenkampf erzählten und wie der junge König aus dem Süden den gestürzten Lugus-Priester gerettet und das Ritual vollendet hatte, begriff sie, dass es Artor gewesen war, der in ihren Armen gelegen hatte.

In jenem Augenblick der Erkenntnis hatte sie mit dem Gedanken gespielt, jene Kräuter zu suchen, die das Kind aus ihrem Leib verbannen würden. Doch die Götter hatten gewollt, dass der Samen ihres Bruders darin aufging. Sie wagte nicht, sich ihnen zu widersetzen. Morgause war wie geschaffen, um Kinder zu gebären, aber eine Frau setzte im Kindbett ihr Leben genauso aufs Spiel wie ein Mann, wenn er in eine Schlacht zog. Schon bald würden die Götter über Mutter und Kind richten. Und wenn ein solches Kind leben sollte ... gewiss war ihm ein gewaltiges Schicksal vorherbestimmt.

Ein Stein rutschte unter ihrem Fuß weg, und sie hielt sich an Dugechs Arm fest, die neben ihr ging.

»Herrin, bitte, lasst mich eine Sänfte rufen, die Euch zurück zur Feste bringt!«

Morgause schüttelte den Kopf. Jetzt aufzugeben, käme einem Zeichen von Schwäche gleich. Trotzig richtete sie sich auf.

»Dann lasst uns Euch hinuntertragen ...«

Ohne zu antworten, marschierte Morgause weiter. Der Himmel wurde heller. Die gegenüberliegende Seite der Schlucht zeichnete sich kahl gegen jenes fahle Licht ab; darunter klaffte ein Loch der Finsternis. *Ich steige in die Unterwelt hinab*, dachte sie und unterdrückte eine aufwallende Panik. Kurz überlegte sie, Dugech ihren Willen zu lassen, doch nun, da die Anstrengung ihren Kreislauf angeregt hatte, fühlte sie sich besser als zuvor.

»Das Ritual erfordert, dass ich zur Quelle wandere, und es wird mir gut tun. Ich bin zu lange drinnen herumgehockt. Bleib nur dicht bei mir, damit ich nicht stürze.«

Sie zogen weiter. Das fahle Firmament verwandelte sich in Perlgrau, und dann, als der Schein der Fackeln verblasste und die gestaltlosen Schatten entlang des Pfades zu Sträuchern und Bäumen wurden, erstrahlte das Firmament in zartem Rosa. Sie hatten die Stelle erreicht, wo der Pfad durch das Tal jenen kreuzte, der von der Feste herabführte. Morgause drehte sich um. Hinter dem schartigen Gipfel des Wachhügels begann der Himmel, golden zu leuchten.

Von da an versuchte sie, sich zu beeilen und dem kriechenden Schmerz in ihrem Kreuz keine Beachtung zu schenken. Mittlerweile wünschte Morgause, sie hätte die Sänfte rufen lassen, aber nun hatte sie die Quelle beinahe erreicht. Erleichtert spürte sie, wie der Pfad flacher wurde, und sog tief die feuchte Luft ein. Unter den Mänteln der Maiden schimmerten die weißen Leinengewänder. Morgause hielt inne, um die Nadeln zu lösen, die ihren eigenen Mantel zusammenhielten. Dankbar richtete sie sich auf, als das Gewicht des Kleidungsstücks zu Boden glitt. Gänsehaut überzog ihre Arme, als die frische Luft die Haut berührte, doch ihr Blut war von dem Marsch noch so erhitzt, dass die Kälte sie nicht störte.

Sie gab der rothaarigen Leuku ein Zeichen, die das Bronzegefäß trug, und schritt auf die Quelle zu. Im Osten strahlte der Himmel golden. Über ihr erstreckte er sich fahlrosa, aber die vereinzelten Wolken, in denen sich das Sonnenlicht fing, erinnerten an flammende Banner.

Schweigend beobachteten die Frauen, wie das Licht sich verstärkte, bis ein Feuerkranz den Felsen über ihnen säumte. Als das Sonnenrad am Himmel aufstieg, gleißte Licht zwischen den Birken und funkelte auf dem Wasser der Quelle, als wäre darin ein Feuer entfacht. Angehaltener Atem wurde in einem Schrei ausgestoßen ...

»Wasser des Lebens, das du von den Tiefen heraufdringst ...«, sang die Königin.

»Bring uns deinen Segen!«, antwortete der Chor der Maiden.

»Feuer der Macht, das du vom Himmel herabschießt ...«

»Bring uns deinen Segen!«

»Feuer im Wasser, das du die kühle Flamme nährst ...«, sang sie weiter und harrte der Antwort der anderen.

»Wir trinken die Macht und hoffen, dass Schutz du gewährst.«

Vorsichtig bückte sie sich und neigte den Rand des Kessels, damit das glitzernde Wasser hineinrinnen konnte. Als sie sich aufrichten wollte, verwandelte sich der Schmerz in den Lenden in eine plötzliche Wehe. Einen Augenblick konnte Morgause sich nicht bewegen. Als sie wieder zu atmen vermochte, streckte sie sich und redete sich ein, es sei lediglich eine weitere Vorwehe gewesen. Die hatte sie bereits seit Wochen, und sie wusste, es war nur der ferne Donner, der den Sturm ankündigt.

Doch beim nächsten Schritt spürte Morgause zwischen den Schenkeln eine warme Flüssigkeit; da begriff sie, dass die Zeit des Wartens ein Ende hatte.

»Herrin!«, rief Dugech, als das Rinnsal das Kleid der Königin dunkel färbte.

Morgause rang sich ein Lächeln ab. »Das Nass meines Leibes fließt gleich dem der heiligen Quelle. Lasst es mein Opfer sein ...« Sie hielt Leuku den Kessel hin, die ihn mit weit aufgerissenen Augen entgegennahm.

Ohne auf Befehle zu warten, flüsterte Dugech einem der jüngeren Mädchen etwas zu und hieß es, den Pfad zurück hinaufzurennen.

»Lasst uns die Mäntel auslegen und ein Bett für Euch bereiten, Herrin, damit Ihr Euch hinlegen könnt, bis die Sänfte eintrifft.«

Morgause schüttelte den Kopf. »Ich bin die halbe Nacht gelaufen, um mein erstes Kind zu gebären. Diese Plage wird einfacher, wenn ich so weit wie möglich aus eigener Kraft komme.« Sie wusste, dass sie die Götter herausforderte, doch so lange sie sich bewegte, konnte sie sich dem Wunschdenken hingeben, sie wäre Herrin der

Lage. Und so schenkte sie dem bestürzten Widerspruch der Maiden keine Beachtung und trat den Rückweg den Pfad hinauf an.

Von Zeit zu Zeit überwältigte sie eine Wehe, ließ sie innehalten und Dugechs Schulter umklammern, bis der Schmerz verebbte. Aber alsbald wurde augenscheinlich, dass dieses Kind es eilig hatte, auf die Welt zu kommen. Als sie die Kreuzung erreichten, setzten die Wehen bereits in äußerst kurzen Abständen ein. Morgause wankte und sog den Atem in heiseren Stößen ein. Die Frauen breiteten ihre Mäntel im Gras neben der Straße aus. Dugech ergriff einen Arm, Leuku den anderen; Morgause hatte keine Kraft mehr, sich ihnen zu widersetzen. Sie biss sich vor Schmerz auf die Lippe und ließ sich mit dem Rücken an die Böschung setzen, wo blasse Primeln wuchsen.

Ihre Finger gruben sich in das frische Gras, als ihre Bauchmuskeln sich anspannen und wieder lösten. Sie sah, dass die Sänfte eingetroffen war, aber inzwischen waren die Dinge zu weit fortgeschritten, um Morgause noch zu bewegen.

Sie heftete den Blick auf den Umriss des Mondes, der sich vom westlichen Himmel schälte wie perlgraue Rinde von einem Baum. Morgause hörte die Mädchen tuscheln. Es war nicht angemessen, dass die Königin der Votadini ihr Kind wie eine Bettlerin am Rand der Straße gebar. Noch dazu an einer Kreuzung! Am Beltene, wenn das Elfenvolk aus den Winterquartieren in die Sommerheime übersiedelte, mochten nicht nur Menschen die Straße passieren. Morgause schüttelte den Kopf und verleugnete die eigene Furcht. Diese Schwangerschaft an sich war eine Herausforderung an die Götter gewesen – es sollte keine Überraschung sein, dass selbiges für die Geburt galt.

»Schließt einen Kreis um mich, wenn ihr euch fürchtet«., keuchte sie zwischen zwei Wehen. »Und dann bereitet euch vor, das Kind aufzufangen.«

Abermals verkrampften sich die Muskeln ihres Bauches, und sie war außerstande, ein Stöhnen zu unterdrücken. Zwischen zwei Geburten schien man den Schmerz stets zu vergessen, doch sie hatte den Eindruck, die Gewalt der Wehen, die sie nun durchliefen, sei heftiger als jede, die sie bisher erfahren hatte; als versuchte der Mutterleib, in seiner Eile, sich der Last in seinem Innersten zu entledigen, sich von innen nach außen zu kehren.

»Mutter ...«, wimmerte sie, dann verkniff sie sich das Wort. Blut träufelte zwischen ihren Schenkeln hervor und befleckte das scharlachrote Kleid. Igraine war nicht hier – sie war nie wirklich da gewesen, wenn Morgause sie brauchte, nicht einmal damals, als sie in derselben Halle lebten. Wieso sollte sie jetzt nach ihr rufen?

Morgause war stets stolz auf ihre Gabe gewesen, Söhne zu gebären. Aber mitunter starben Frauen bei der Geburt, und sie war nicht mehr die Jüngste. *Sterbe ich?* Verwirrt kreisten ihre Gedanken. *Fordert die Göttin mein Opfer?* Schatten tanzten gleich dunklen Schwingen vor ihren Augen.

Ich bin in deinen Händen, Herrin ... Ich biete dir mein Leben an, wenn es dir dient, und das meines Kindes. Mit einem langen Seufzer blies sie den Atem aus und verspürte einen hohlen Kummer, aber keine Furcht.

Dann erfasste sie ein weiterer Krampf; abermals schrie sie. Der pulsierende Schmerz verwandelte sich in lodernde Pein.

»*Krieger und Mutter des Kriegers – nun müsst ihr um euer*

Leben kämpfen!«, ertönte eine Stimme aus ihrem Innersten. *»Press das Kind aus deinem Leib!«*

Morgause zog die Beine an, grub die Fersen in die weiche Erde und presste mit aller Kraft. Der Druck verstärkte sich, als würde sie entzwei gerissen. Abermals verkrampften sich ihre Muskeln, und sie drückte nach. Sie spürte, wie Geburtsblut spritzte, dann einen heißen Schmerz in den Lenden, als der Kopf des Kindes zum Vorschein kam.

Das Sonnenlicht vor ihren geschlossenen Lidern glich einem grellen, scharlachroten Wirbel. Heftig sog sie die Luft ein, dann presste sie noch einmal mit letzter Kraft.

Ein Augenblick pochender Erleichterung folgte, als der Säugling warm und glitschig zwischen ihren Schenkeln hervorglitt. Keuchend rang sie nach Atem; gleich einem Widerhall hörte sie die zornige Herausforderung des Knaben an die Welt. Das Kind brüllte immer noch, als Dugech die Nabelschnur abband und durchschnitt und es ihr an die Brust legte.

Benommen verharrte Morgause, während die Anspannung der Geburt ihren gepeinigten Leib verließ wie das letzte Beben einer liebevollen Vereinigung. Sie spürte, wie sich warmes Blut aus ihrem Bauch ergoss und in den durstigen Boden sickerte, doch es fiel ihr schwer, etwas zu empfinden. Aufgeregte Stimmen tuschelten rings um sie, aber sie schenkte ihnen keine Beachtung. Erst als erbarmungslose Finger ihren Bauch zu kneten begannen, schlug sie mit einem matten Schrei die Augen auf.

»Herrin, die Nachgeburt muss raus«, erklärte Leuku, als die Königin aufbegehrte. Der Säugling plärrte immer noch aus Leibeskräften.

»Legt das Kind an die Brustwarze an«, schlug jemand vor.

Es folgten Augenblicke der Verwirrung, als man ihr Kleid öffnete. Morgause spürte, wie das Kind an ihrer Brust nuckelte, dann zog ein heftiger Schmerz durch ihren gesamten Körper, als der Knabe die Brustwarze umschloss und die Milch zu fließen begann. Während der Krämpfe, die folgten, als die Nachgeburt sich löste, saugte der Knabe weiter. Erst als er endlich losließ, sah sie, dass mit der Milch auch Blut aus ihrer Brustwarze floss; da erkannte sie, dass ihr Sohn mit Zähnen geboren worden war, bereit, es mit der Welt aufzunehmen.

Aus der Nähe ertönte das tiefe Grollen männlicher Stimmen. Morgause schaute auf und erblickte Leudonus' graues Haupt über den anderen.

»Einen strammen Sohn habt Ihr, Herr, obwohl er vorzeitig auf die Welt kam«, erklärte Dugech, als sie den König in den Kreis der Frauen führte. Morgauses Lippen zuckten, als die anderen Frauen sich bückten, um ihr das in Tücher gewickelte Kind aus den Armen zu nehmen.

Dugech wusste sehr wohl, dass dieser Knabe, so wie die anderen, keineswegs vorzeitig das Licht der Welt erblickt hatte. Sogar Leudonus, der selbst genügend Bastarde gezeugt hatte, musste den Unterschied mittlerweile kennen, doch falls dem so war, hatte er seine Gründe, sich der falschen Vorstellung hinzugeben.

Mit gerunzelter Stirn betrachtete er das sich windende Bündel, das Dugech ihm gereicht hatte; Schweigen kehrte ein, während die Männer darauf warteten, ob er die Vaterschaft anerkannte.

»Fürwahr ein prächtiger Knabe. Er hat dein Haar«, meinte er schließlich. Und dann hob er ihn empor und rief: »Medrod soll sein Name sein, von königlichem Blut. Lasst die Votadini einen künftigen Krieger willkommen heißen!«

Was zwar keine ausdrückliche Anerkennung war, einer solchen aber doch nahe genug kam. Der Willkommensschrei der Votadini hallte von den Wänden der Schlucht wider. Morgause lächelte. *Ein Krieger*, dachte sie. *Mehr als ein Krieger. Ich heiße einen König willkommen!*

Nun, da sie wusste, dass andere ihr Kind behüten würden, konnte sie schlafen. Der Mond war gänzlich verschwunden, aber durch die geschlossenen Lider sah sie immer noch den roten Schimmer der Beltene-Sonne.

Wenn sie die Augen ganz zu Schlitzen verengte, dachte Gwendivar, verschmolz der gleißende Widerschein der Speerspitzen der Krieger zu einem einzigen Lichtstrahl. Das war beinahe lustiger, als sie beim Speerwerfen zu beobachten, und auf jeden Fall besser, als ihnen beim Streiten über die Würfe zuzuhören. Sie hatte Telent versprochen, ihm heute beim Wettkampf zuzusehen. Er gehörte zu Fürst Leodegranus' Garde und trug sie auf den Schultern herum, obwohl er ihr beim letzten Mal, als sie ihn darum bat, zu verstehen gab, mit fast sieben Jahren wäre sie zu alt dafür.

Gwendivar kaute auf der Unterlippe, während sie beobachtete, wie er sich auf einen neuerlichen Wurf vorbereitete . Sie wusste, dass sie noch wachsen würde, aber er war sehr groß. Vielleicht sollte sie einfach weggehen, um ihn zu bestrafen.

Der Gedanke versetzte sie flugs in Bewegung. Wie eine weiße Blüte im Wind huschte sie an der Reihe der Männer vorbei. Ihre Mutter, die im Schatten eines mit Figuren gezierten Tuches gedöst hatte, richtete sich unvermittelt auf und rief ihr nach, doch da hatte Gwendivar das Feld bereits halb überquert und konnte vorgeben, sie nicht gehört zu haben. Petronilla versuchte ständig, sie zu Höflichkeit und Ordentlichkeit zu erziehen; schon früh hatte Gwendivar gelernt, welche Vorteile es haben konnte, sich klammheimlich davonzustehlen.

Sie wollte den Rest der Feierlichkeiten sehen. Am Rande des Festes boten fahrende Händler ihre Waren in Ständen aus verwobenen Zweigen und gestreiften Stoffflicken feil. Nur ein paar von ihnen waren da, und in Zeiten römischer Herrschaft hätte man ihre Ware als Tand betrachtet, aber an diese Tage erinnerten sich nur noch die älteren Menschen. Früher hätten sie das Fest vermutlich in Lindinis, der Stadt ihres Vaters, gefeiert, anstatt die meiste Zeit in der alten Villa in den Hügeln zu verbringen. Der Landbevölkerung erschienen die roten Ton-Öllampen und die Ketten aus römischem Glas ausgesprochen erlesen. Voller Bewunderung schlenderte Gwendivar zwischen ihnen umher, und einer der Händler schenkte ihr ein grünes Band, mit dem sie die Haare zurückbinden konnte.

Der Nachmittag neigte sich dem Ende zu, als sie eine der Frauen ihrer Mutter mit ausgesprochen mürrischer Miene auf sich zukommen sah. Plötzlich fiel Gwendivar ein, dass Petronilla sich recht unmissverständlich über das Verhalten ausgedrückt hatte, das man von einer Häuptlingstochter bei diesem Fest erwartete. Sie wusste, dass sie nicht gehorcht hatte, und es kümmerte sie nicht, bestraft zu werden, nachdem das Fest vorüber war, aber die Sonne stand noch ein gutes Stück über den Bäumen!

Bevor die Frau sie packen konnte, huschte Gwendivar wieder davon, zunächst hinter einen Karren, dann um die Reihen der Pferde auf den Schutz der Bäume zu. Vielleicht kannten die Jäger ihres Vaters diese Wälder besser als sie, aber Gwendivar bezweifelte, dass irgendjemand sonst sie finden könnte, sobald sie sich zwischen den Bäumen versteckte. Und sogar ein Waldmensch würde wohl zweimal nachdenken, ehe er den engen Tunneln folgte, die ein kleines Mädchen mühelos zu bewältigen vermochte.

Einer davon führte sie auf eine kleine, von Haselsträuchern umgebene Lichtung. Das Gras in der Mitte wirkte geplättet, als hätte dort jemand geschlafen, und an einem der Haselzweige hing eine Blumenkrone. Gwendivar musste lächeln.

Es war aufregend gewesen, letzte Nacht die Tänze und die nackten, im Licht der Feuer glänzenden Körper zu beobachten, dem Klang der Trommeln zu lauschen. Zwar hatte sie nicht recht begriffen, wonach diese Männer und Mädchen trachteten, wenn sie über die Flammen sprangen oder einander umarmend und lachend in den Wald rannten, aber sie wusste, dass es etwas Wundervolles sein musste, ein Teil der Magie, welche das Land am Beltene-Abend versprühte.

Hier auf der Lichtung fühlte Gwendivar immer noch ein wenig davon. Die Sinne geöffnet, hockte sie reglos da, nahm die im Gras gespeicherte Wärme des Nachmittags in sich auf. Die Klänge des Festes wirkten fern, und je länger sie verharrte, desto schwerer wurden ihre Lider, desto ferner die Geräusche. In der Nacht zuvor hatte sie wenig geschlafen, und der Tag war betriebsam gewesen. Die warme Luft liebkoste sie; schläfrig rollte sie sich im zerwühlten Gras zusammen.

Es war eine Veränderung des Lichts, die sie weckte, ein Strahl der sinkenden Sonne, der sich durch das Gewirr der Zweige einen Weg zu ihren geschlossenen Lidern bahnte. Immer noch im Halbschlaf versuchte sie, die Augenlider fester zu schließen, und wandte den Kopf ab, doch die schräg stehende Sonne sandte ihre letzten Strahlen gleich einem Schauer durch die Bäume. Seufzend rieb Gwendivar sich die Lider und schob sie einen Spalt auf.

Jeder Stock, jeder Stein auf der Lichtung schimmerte, jedes Blatt, jeden Grashalm säumte ein Flammenkranz. *Hübsch…*, dachte sie mit halb verschwommenem Blick und streckte den Arm aus. *Alles birgt ein Licht in seinem Innersten, sogar ich…* Ihre blasse Haut leuchtete unter den Kratzern, den Erdflecken und den goldenen Sommersprossengrüppchen.

Ein Flackern am Rande ihres Blickfeldes erregte ihre Aufmerksamkeit. Sie schaute genauer hin; etwas bewegte sich dort. Verwirrt von der Schönheit dessen, was sie sah, regte sie sich nicht, auch nicht, als die wirbelnden Funken sich vor ihren Augen in feingliedrige Gestalten verwandelten, die über die Lichtung huschten. Zunächst wirkten sie winzig, aber sie schienen imstande zu sein, ihre Größe willkürlich zu verändern, und sie bewegten sich, als wären sie schwerelos oder besäßen Flügel. Und alsbald erkannte sie, dass jenes Säuseln weder der Wind noch Musik war, sondern das Geplapper hoher, süßer Stimmen.

Bruchstücke alter Märchen verdichteten sich zu jäher Gewissheit. Langsam setzte Gwendivar sich auf und versuchte, nicht zu blinzeln, damit die Vision nicht zerstob.

»Jetzt weiß ich, wer ihr seid«, sprach sie leise. »Ihr seid Elfen. Seid ihr erst heute in diese Wälder gezogen?«

Eine Weile schienen selbst die Lichtpünktchen reglos zu verharren. Dann erfüllte Elfengelächter die Luft.

»Sie sieht uns! Sie kann uns sehen!« Gleich einem leuchtenden Wirbel scharten die Elfen sich um sie. Eine der Gestalten trieb empor, um ihr ins Antlitz zu blicken und streckte sich, bis sie die Größe eines drei Jahre alten Kindes aufwies.

»Selbstverständlich kann ich euch sehen«, antwortete Gwendivar. »Ich glaube, ich habe schon früher Elfen gesehen«, fügte sie hinzu, sich mehr und mehr erinnernd. »Aber sie haben nie mit mir geredet.«

»Es ist der Augenblick zwischen Tag und Finsternis, und in den Adern dieses Kindes fließt unverfälscht das alte Blut«, meinte eines der anderen Wesen. *»Aber sie wird die Gabe zu sehen verlieren, wenn sie erwachsen ist.«*

Gwendivars Miene verfinsterte sich, aber ihr lag bereits eine neue Frage auf der Zunge. »Zeigt ihr mir euer Land?«

»Dies ist unser Land – es ist überall um dich, man muss nur die Augen haben, es zu sehen«, lautete die Antwort. Und tatsächlich, als Gwendivar aufschaute, erschienen ihr die vertrauten Formen der Bäume und Felsen wie Türen in ungeahnte Dimensionen. Doch sie wagte nicht, allzu lange hinzusehen, weil sie fürchtete, ihre neuen Freunde könnten davonhuschen.

»Erfüllt ihr mir einen Wunsch?«, fragte sie.

»Unsere Gaben können gefährlich sein ...«, erwiderte das Elfenwesen.

Gwendivar aber lachte nur. »Schwebe ich hier etwa in Gefahr? Mein Wunsch lautet, dass mein Herz immer so bleibt, wie es jetzt ist, und dass ich immer in der Lage sein werde, Elfen zu sehen.«

»*Bist du sicher? Für Menschen mit einer solchen Sicht könnte es sich als schwierig erweisen, in der Welt der Sterblichen zu leben.*«

Gwendivar zuckte die Schultern. »Ich finde sie jetzt bereits langweilig. Für mich spielt das keine Rolle.«

»*Doch, das wird es ...*«, entgegnete das Elfenwesen mit einem Anflug von Traurigkeit. Doch dann lachte es ebenfalls. »*Trotzdem können wir dir an diesem Tag keine Bitte abschlagen.*«

Gwendivar klatschte in die Hände; wie auf ein Stichwort glitt die Sonne hinter die Hügel, und das Licht verschwand. Auch ihre neuen Freunde waren verschwunden. Kurz hätte sie am liebsten geweint, aber es wurde allmählich kalt, zudem war sie hungrig. Sie hielt Ausschau nach dem Tunnel durch das Haselgestrüpp und stellte fest, dass die Welt ringsum sich ihrer veränderten Sicht nach wie vor von innen leuchtend darbot.

Das Elfenwesen hatte sie nicht belogen. Wieder lachend, rannte Gwendivar zurück in die Welt der Menschen.

II

Ein Schatten auf dem Mond

A. D. 489

Bei Sonnenuntergang an einem Abend, an dem die erste schmale Sichel des ersten Sommerneumonds über der Kuppe des Hügels hing, traf Merlin am See ein. Wie immer tauchte er allein und unangekündigt gleich einem Geist am Waldrand auf. Igraine, die sich gerade auf dem Weg zu dem Felsen am höchsten Punkt der Insel befand, um ihre abendliche Andacht abzuhalten, spürte seine Anwesenheit wie einen Dufthauch, der zunächst ein Kribbeln, dann eine Flut von Erinnerungen auslöste. Jäh hielt sie auf dem Pfad inne, sodass Morut um ein Haar mit ihr zusammengeprallt wäre.

»Geh zum Landesteg hinunter und schick ein Boot ans Ufer. Wir haben Besuch.«

Moruts Augen weiteten sich, aber sie stellte Igraines Wissen nicht infrage. Lächelnd beobachtete Igraine, wie sie loslief.

Als sie damals, nachdem Artor zum König erkoren worden war, zum See zurückkehrte, um Anspruch auf ihre Rolle als dessen Herrin zu erheben, hatte Igraine sich beinahe wie eine Betrügerin gefühlt. Die von einer Zauberkundigen erwarteten Fähigkeiten bedurften eines geschärften Verstandes, ständiger Anwendung, fortwährender Verfeinerung. Sie war wie ein Krieger, der ein Schwert von der Wand nimmt, dem er gestattet hat, Rost anzusetzen. Und dennoch erinnerten sich ihre zwar steifen und ungelenken geistigen Muskeln immer noch der frühen Schulung, und im Lauf der Zeit stellte sie fest, dass die verstrichenen Jahre ihrem Verständnis eine Tiefe hinzugefügt hatten, die in ihren Mädchentagen nicht da gewesen war. Es mochte andere auf der Insel geben, denen diese Fähigkeiten müheloser zuflogen, aber gewiss niemandem mit ihrem Urteilsvermögen, wenn es darum ging, wie und wann sie eingesetzt werden sollten. Und nach einem Dutzend Jahren als Tigernissa von Britannien fiel es Igraine leicht, über eine Schar Frauen und Mädchen zu herrschen.

Merlin hingegen, dachte sie, während sie beobachtete, wie er auf sie zukam, besaß die Weisheit eines anderen und noch höheren Ranges. Als sie noch eine junge Frau gewesen war, war er ihr wesentlich älter erschienen als sie selbst, doch von ihrem heutigen Standpunkt aus, mit zweiundfünfzig Jahren, galt ein Mann im frühen sechsten Lebensjahrzehnt als Altersgefährte. Es war nicht das Alter, das ihn von anderen Menschen unterschied, sondern eine ihm innewohnende Wildheit, die ihm trotz all der Jahre an Höfen von Königen nach wie vor geblieben war.

Über einem weißen Druidengewand trug er das übliche Wolfsfell. Beides wirkte abgetragen, als hätten die Kleidungsstücke sich seinem hageren Leib angepasst. Dennoch wirkte er stark. Später, als sie Minztee aus dem dampfenden Kessel in seine Schale goss, bemerkte sie, dass Merlin sie ebenfalls musterte.

»Ich bin nicht mehr das Mädchen, das du in Luguvalium gekannt hast«, sprach sie mit leiser Stimme.

»Du bist immer noch wunderschön«, antwortete er mehr ihren Gedanken denn ihren Worten. »So wie der Wald im Herbst, wenn die Nüsse auf den Bäumen reifen.«

Igraine spürte, wie sie errötete und schüttelte den Kopf. »Mein Mond ist längst übervoll, aber es ist die Sonne, von der wir reden sollten. Wann hast du Artor zuletzt gesehen?«

In sanftem Hohn hob Merlin eine buschige Augenbraue, doch er ließ ihre Selbstherablassung unbeachtet verstreichen. »Vor zwei, fast drei Monden. Er baut gerade die Festung von Isca neu auf Castra Legionis, so heißt sie; sie soll als Versammlungsort für Feldzüge gegen Beutefahrer aus Eriu dienen. Es waren ziemlich viele Menschen dort. Ich bin nicht lange geblieben.«

»Das ist also die Hauptbedrohung? Nicht die Sachsen?«

Der Druide zuckte die Schultern. »Derzeit. Artor hat Hengests Balg gezähmt und ihn nach Cantium geschickt, um dort die Schafe zu hüten, aber der Rest des Sachsenpacks ist immer noch hungrig. Ceredic hockt in Venta, schärft die Streitäxte und beäugt die Länder um sich; in den Sumpfländern treiben sich die Angeln herum. Letztlich wird Artor sich mit ihnen beschäftigen müssen. Aber warum fragst du mich? Schreibt er dir etwa nicht?«

»Von Zeit zu Zeit.« Sie tätschelte die geschnitzte Holztruhe, in der sie Artors Briefe aufbewahrte. »Aber die Sichtweise eines Druiden unterscheidet sich von der eines Königs.«

»Ich kann nicht für ihn herrschen, Igraine«, entgegnete Merlin. »Ebenso wenig kannst du es.«

Sie legte ihre Stirn in Falten und dachte an die Ratschläge, die sie ihm gesandt hatte. Jemand musste für die Göttin das Wort ergreifen, bis Artor eine Königin hatte. »Verbringst du deshalb so viel Zeit damit, in der Wildnis herumzustreunen?«, ging sie zum Angriff über. »Was, wenn etwas geschieht? Was, wenn er dich braucht?«

»Dann werde ich es wissen.« Seine Stimme glich einem unterirdischen Grollen, als spräche er durch einen Fels. »Die Sterne haben mir gezeigt, dass eine Krise naht. Ob zum Guten oder zum Bösen, sie wird die Streitigkeiten mit den Sachsen für eine Generation beilegen. Wenn jene Zeit kommt, ist vorherbestimmt, dass ich bei ihm sein werde.«

Igraine spürte die Wahrheit seiner Worte bis in die Knochen. Eine Weile war das Zischen des Feuers der einzige Laut.

»Auch ich habe in die Zukunft geblickt«, erklärte sie schließlich. »Vor zwei Jahren, am Beltene. Dieses Jahr habe ich es nicht gewagt; ich hatte Angst davor. Ich erinnere mich an das Entsetzen, aber von dem, was ich sah, weiß ich nur noch, dass da die Herrin der Raben war, ein bevorstehender blutiger Krieg und ein Kind.«

»Ich kenne sie …« Merlins Antlitz verzog sich vor altem Kummer. »Einzig die Weiße Rabin vermag ihr standzuhalten, wenn die Kriegshörner ertönen.«

»Aber was ist mit dem Kind?«

»Du hast in jener Vision nach mir gerufen, und ich habe es gehört.« Hilflos warf Merlin die Arme hoch. »Aber was hätte ich denn tun sollen? Hätte ich Artor raten sollen, den Befehl zu erlassen, jedes am ersten Mai geborene Kind zu töten? Selbst Caesar wäre außer Stande gewesen, eine solche Verfügung durchzusetzen! Wissen um die Zukunft ist eine trügerische Gabe, Igraine, denn unsere Hoffnungen und Ängste verzerren die Formen dessen, was wir sehen. Als ich jung war, habe ich ständig den Himmel befragt, aber je älter ich werde, desto weniger möchte ich wissen.«

»Aber wenn man eine Gefahr vorhersieht, kann man sie abwenden«, rief sie aus.

»Kann man das wirklich? Die Griechen berichten von einem Mann namens Ödipus, dessen Bestreben, seinem Schicksal zu entrinnen, es stattdessen erfüllte.«

Igraine funkelte ihn an. Sie wusste, dass Frauen, wenn sie älter wurden, oft auch stärker, entschlossener wurden, während viele Männer im Alter sanftmütiger wurden. Auf Merlin traf dies jedenfalls zu. Er, der in ihren Jugendtagen hart wie die felsigen Hügel gewesen war, erschien ihr nun nachgiebig wie Wind oder Wasser.

»Wenn ich Gefahr auf mein Land oder mein Kind zukommen sehe, dann stelle ich mich ihr«, erklärte sie und beugte sich mit den Händen auf den Knien vor. »Und ich werde nicht aufhören, gegen jenes Schicksal anzukämpfen, solange ich lebe.«

»Vielleicht ist das *dein* Schicksal, Igraine«, erwiderte Merlin leise und lächelte.

»Mutter, Aggarban trägt meinen roten Gürtel!«

»Warum kann ich ihn nicht haben? Du hast doch gesagt, du nimmst ihn nicht mit.«

Gwyhirs Antwort ertönte gedämpft, so als hätte er beschlossen, die Sache selbst in die Hand zu nehmen. Morgause seufzte. Eigentlich hatte sie Leudonus' Entscheidung, ihren zweiten Sohn zu seinem Bruder am Hofe Artors zu schicken, bedauert, doch in diesem Augenblick kümmerte es sie weder, ob er nach Castra Legionis oder zum Teufel ging, solange sie nur wieder Ruhe im Haus hatte.

»Lass ihn ihm doch, Gwyhir!«, herrschte sie ihn an und riss den Vorhang zwischen ihrer Bettkoje und dem allgemeinen Aufenthaltsbereich rings um das Feuer beiseite. »Erst gestern hast du gesagt, der Gürtel wäre dir zu klein.«

»Aber er sollte wenigstens *fragen*, Mutter«, erwiderte Gwyhir und streckte sich zu voller Größe. In den vergangenen Monaten war er zu Manneshöhe aufgeschossen, aber er musste noch das nötige Fleisch auf die Knochen bekommen. Sein Haar, das etwas heller als jenes Gwalchmais war, stand in vereinzelten Zotteln vom Kopf ab, was ihm das Aussehen eines zerzausten Kükens verlieh.

Aggarban, der mittlerweile rot angelaufen war, trug den Gürtel immer noch, obwohl sein Kittel an der Stelle, an der sein Bruder ihn gepackt hatte, ganz zerzaust aussah. Er hatte dunkles Haar und war untersetzt, kaum größer als der dritte Bruder, Goriat, obwohl Aggarban beinahe vier Jahre älter war. Kopfschüttelnd betrachtete Morgause die beiden. Sie war zu jung, um die Mutter einer solchen Horde großer, ungestümer Burschen zu sein. Im Augenblick hätte sie am liebsten *alle* zu Artor geschickt; dass hieß, alle außer ihrem süßen Medrod.

Ihr jüngster Sohn war diesen Frühling zwei Jahre alt geworden. Dieses Jahr hatte sie um die Beltene-Feuer getanzt und sich anschließend mit einem von Leudonus' Kriegern in den Wald geschlichen. Doch die Saat war nicht aufgegangen. Sie redete sich ein, es hätte nichts zu bedeuten – schließlich lagen zwischen Gwyhir und Aggarban drei Jahre und zwischen Goriat und Medrod gar vier –, aber in ihrem Herzen wuchs die Angst, Medrod könnte ihr letztes Kind sein. War er ihre Strafe oder ihr Schlüssel zu wahrer Größe? Sie wusste es immer noch nicht.

»Wirst du uns schreiben und uns alles über Artors Festung berichten?«, fragte Goriat.

»Ich werde viel zu beschäftigt sein, um Briefe zu schreiben«, antwortete sein Bruder überheblich. »Reiten, Schwert- und Speerübungen. Sobald ich meinen ersten Kampf gewonnen habe, lasse ich es euch wissen.«

»Und was, wenn du verlierst?« Aggarban streckte ihm die Zunge heraus und wich flugs dem Hieb seines Bruders aus.

»Unser Bruder Gwalchmai ist der wackerste Krieger, den der Hochkönig hat«, sagte Gwyhir. »Er mag mich vielleicht schlagen, aber, bei den Göttern, sonst niemand, nachdem meine Ausbildung zu Ende ist.«

Wenigstens, dachte seine Mutter, ist ihm klar, dass er noch ein paar Dinge zu lernen hatte. Auf lange Sicht jedoch teilte sie seine Zuversicht. Keiner ihrer Söhne konnte etwas anderes als ein Sieger sein.

»Ein prächtiger Bursche«, meinte Bliesbituth, während sie beobachteten, wie Gwyhir mit Leudonus und dessen Männern fortritt. Er war ein Häuptling, der häufig als Bote zwischen Fodreu und Dun Eidyn diente. »Aber warum schickt Ihr ihn zu den Römern? Wenn Ihr ihn ins Land der Pikten kommen ließet, würden wir ihn mit einer unserer Prinzessinnen verheiraten, und er könnte Könige zeugen.« Dabei lächelte er seine Gemahlin an, eine dralle, hübsche Frau namens Tulach, die selbst der königlichen Linie entsprang.

»Ich habe mehrere Söhne«, antwortete Morgause unverfänglich. »Vielleicht wird einer der anderen ...«

»Ihr denkt, ich schmeichle Euch«, fiel Bliesbituth ihr ins Wort. »Aber dem ist nicht so. Britannien war zur Zeit der Kaiser stark, aber diese Zeit ist vorüber. Die Votadini sollten sich gen Norden wenden. Unser Land wurde nie erobert; unsere Krieger haben nie die Schwerter niedergelegt. Wenn alle Völker nördlich des Walls so fest zusammenhielten, wären wir eine nicht zu unterschätzende Macht. Die Römer nennen uns die Pikten, das bemalte Volk, aber wir sind die Pretani, die wahren Briten dieser Insel. Der Süden ist erschöpft – jetzt kommt unsere Zeit.«

Morgause spürte, wie ihr das Blut von Generationen, die gekämpft hatten, um den Wall zu verteidigen, in die Wangen schoss, aber sie verkniff sich eine Erwiderung. Allseits wurde berichtet, Artor hätte dis Sachsen und die Männer Erius im Griff; sie war zu taktvoll, um Bliesbituth daran zu erinnern, wie ihr Bruder die Pikten vor drei Jahren abgefertigt hatte. Die Römer hätten selbst auf dem Gipfel ihrer Macht wenig mehr auszurichten vermocht.

Plötzlich durchfuhr sie ein anderer Gedanke. Wenn die gesamte Macht Roms nicht mehr auszurichten vermocht hatte, was hieß das dann für die Macht Albas? Solange Artor jung und stark war, würde es ihm vielleicht gelingen, den Norden im Griff zu behalten, aber wie würde es seinem Nachfolger ergehen? Die Fürsten Britanniens hatten sich geweigert, Morgauses Gemahl zu ihrem König zu küren, weil seine Macht zu weit entfernt vom Mittelpunkt der Geschehnisse lag, doch in den kommenden Zeiten mochte es durchaus sein, dass einzig ein König, dessen Stärke in den Grenzgebieten lag, als Herrscher infrage kommen würde. *Ein König wie mein Sohn*, dachte sie mit einem bösartigen Lächeln. *Mein Medrod* …

»Zudem gilt es Folgendes zu bedenken«, warf Tulach ein. »Es heißt, die Menschen des Südens hätten ihre Götter aufgegeben. Die neue Religion lehrt Liebe und Frieden. Ist es da ein Wunder, dass das Kaiserreich untergegangen ist? In dieser Gegend hier, meine Königin, glaubt Ihr, an den alten Traditionen festzuhalten, die Pretani aber haben sie in all ihrer Reinheit bewahrt. Bei uns besitzen nicht nur die Männer Macht!«

Morgause lächelte gezwungen. Der in den dichten Locken ihres bronzebraunen Haares steckende Silberschmuck erklang leise, als sie nickte. »Es stimmt, dass viele Menschen in Britannien dem Christus folgen, ich aber bin die Tochter der Herrin vom See und die Erbin ihrer Geheimnisse.«

»Zweifellos, dennoch gibt es Dinge, in die wir Euch einweihen könnten, Morgause.«

Morgause antwortete ihr nicht. Der Staub, den Leudonus' Kavalkade aufwirbelte, schwand in immer weitere Ferne, und es war Zeit, wieder hineinzugehen. Sie konnte nicht verleugnen, dass Tulachs Angebot sie kurz in Versuchung geführt hatte. Aber sie gehörte mit Leib und Seele der Macht, die auf der Insel der Maiden wartete. Es lag viel zu lange zurück, seit sie zuletzt das Wasser des Eilands getrunken und dessen Luft geatmet hatte.

Sie sollte ihrer Mutter einen Besuch abstatten, dachte sie, und Medrod mitnehmen. Es war an der Zeit, dass Igraine ihren jüngsten Enkel kennen lernte.

»Tja, Morgause, die Mutterschaft tut dir unverkennbar gut. Du blühst und gedeihst wie eine Rose!« Everdila bedachte sie mit einem zahnlosen Grinsen und klopfte mit der Hand auf die Bank neben sich, hinter ihr rankten sich die Rosen in Igraines Garten eine Laube empor. An diesem geschützten Ort sprossen die roten Blüten im Überfluss und verteilten leuchtende Blütenblätter über den Pfad.

Stimmt, dachte Igraine, die ihre Tochter mit etwas prüfenderem Blick musterte, *aber diese Rose beginnt allmählich, ein klein wenig welk auszusehen.*

Morgause besaß immer noch einen wunderschönen, üppigen Körper, aber nach fünf Kindern hingen ihre Brüste leicht herab, und auch die Bauchmuskeln hatten nicht gänzlich ihre Spannkraft wiedererlangt. Doch es war ihr Antlitz, das den Gedanken heraufbeschworen hatte, als Igraine die ständige Röte in den Wangen und die ersten Fältchen der Unzufriedenheit um den Mund aufgefallen war. Everdilas alten Augen mochte es durchaus entgehen – aber schließlich war Morgause schon immer ihr Liebling gewesen, seit die damals frisch mit Uther verheiratete Igraine das Mädchen in ihrer Obhut zurückließ.

»Oh, mir geht es sehr gut!« Morgause bedachte die greise Frau mit einer kurzen Umarmung, als sie sich neben ihr niederließ. »Ebenso dem Kind. Ist er nicht ein wunderschöner Knabe?« Selbstgefällig lächelte sie auf den Jungen hinab, der mit den Rosenblütenblättern auf dem Pfad spielte.

»Das ist er tatsächlich«, erwiderte Everdila. »Ganz die Mutter!«

Igraine musste zugeben, dass der Knabe hübsch war, obwohl die meisten Kinder, ganz gleich wie hässlich sie als Säuglinge und wie schlaksig sie als Halbwüchsige sein mochten, in seinem Alter mollig und rosig wirkten. War

Artor mit zwei Jahren auch so entzückend pummelig gewesen, so ernsthaft mit den wunderlichen Dingen dieser Welt beschäftigt? Bedauern ob der verlorenen Jahre schmerzte wie eine alte Wunde in ihrer Brust. Das Haar dieses Knaben leuchtete im Sonnenschein wie polierte Bronze – genauso wie einst Morgauses Haar –, aber wenn er aufschaute, ertappte Igraine sich dabei, dass sein abwägender Blick sie beunruhigte. Dann griff er nach einem weiteren Rosenblütenblatt und lachte, und der sonderbare Moment war vorüber.

Igraine räusperte sich. »Und wie geht es Leudonus?« Eine Weilte starrte Morgause sie nur an. *Dein Gemahl*, dachte Igraine. *Gewiss erinnerst du dich an ihn, auch wenn er nicht der Vater dieses Kindes ist.*

»Er ist in Isca«, antwortete Morgause ein wenig trotzig. »Er hat Gwyhir mitgenommen, um ihn bei Gwalchmai im Haushalt Artors einzuführen. Aber bestimmt weißt du das schon – schreibt ihr euch nicht regelmäßig? Ich dachte, er würde dich jedes Mal um Rat fragen, wenn er heult ...«

»Morgause!«, schalt Everdila sie sanft. »Es gibt keinen Grund, ungehobelt zu werden.«

Sie hatte nicht den Inhalt der Bemerkung beanstandet, sondern lediglich die Ausdrucksweise. Aber zumindest wusste Igraine nun, dass die Eifersucht, die Morgause als Mädchen gegenüber ihrem Bruder empfunden hatte, immer noch da war.

»Und hat Leudonus vorgeschlagen, dass du seine Abwesenheit hier verbringst?«, erkundigte sich Igraine, wobei sie versuchte, sich nicht sarkastisch anzuhören. »Es ist lange her ...«

Morgause runzelte die Stirn. »Ich habe festgestellt, dass ich den See und all jene vermisse, die ich hier liebe«, erwiderte ihre Tochter nach einer Weile. »Schließlich bin ich hier aufgewachsen.«

»Das ist wohl war!« Glücklich lächelnd tätschelte Everdila ihre Hand.

Mir wird gleich übel, dachte Igraine, dennoch rang auch sie sich ein Lächeln ab. Ob es ihr gefiel oder nicht, Morgause entstammte dem alten Blut. Die Insel der Maiden war ihr Erbe.

»Heute Nacht ist der Mond voll, und wir wollen ihn ehren. Es wird gut tun, dich wieder im Kreis zu sehen.«

»Doch hoffentlich nicht das Ritual auf dem Hügel«, entgegnete Morgause.

»Aber sicher. Die Nacht wird sternklar sein«, gab ihre Mutter zurück.

Morgause verzog das Gesicht. »Ich hatte gehofft, den Kessel wiederzusehen. Das Schwert trägt Artor, aber das auf dieser Insel verbliebene Heiligtum ist ihm an Macht ebenbürtig. Mich überrascht, dass ihr es nicht öfter verwendet!«

Igraine zog fragend ihre Augenbrauen hoch. War Morgause *deshalb* gekommen? »Würdest du etwa eine Streitaxt verwenden, um Holz zu hacken? Weder Schwert noch Kessel dürfen verwendet werden, wenn es nicht unbedingt nötig ist.«

»Stimmt, aber wer nie mit einer Waffe übt, weiß nicht, wie er sie einzusetzen hat, wenn es nötig ist. Das Schwert trägt dein Sohn, der Kessel aber ist mein Erbe. Wäre es nicht an der Zeit, dass ich seine Geheimnisse erfahre?«

Dem Gesichtsausdruck ihrer Tochter nach fürchtete Igraine, dass es ihr nicht gelungen war, ihre unwillkürlich aufflammende Vorsicht zu verbergen.

»Erst wenn du keine Mutter und herrschende Königin mehr bist.« Mühevoll verlieh sie ihrer Stimme einen ruhigen Klang. Sie fragte sich, weshalb es ihr so widerstrebte, ihre Tochter auch nur in die Nähe des Kessels zu lassen, denn – um ehrlich zu sein – Morgauses Worte entsprachen durchaus der Wahrheit. »Ich selbst habe seine Geheimnisse nicht einmal ansatzweise begriffen, bevor ich mit all dem fertig war und mich an den See zurückgezogen hatte, um mich ihnen mit ganzem Herzen zu widmen.«

»Zweifellos hast du Recht«, meinte Morgause mit einem abweisenden Achselzucken. »Und ich bin sicher, das Ritual in luftiger Höhe wird wundervoll. Es ist schon eine Weile her, seit ich zuletzt geklettert bin, aber wenn du es in deinem Alter den Berg hinauf schaffst, sollte es mir auch gelingen.«

»Sicher ...«, gab Igraine mit einem gezwungenen Lächeln zurück. Sie sollte diesen Nachmittag besser am See entlangwandern und in sich gehen, dachte sie bei sich, um ihren Geist vor dem Ritual von Zorn zu befreien.

»Herrin des dreifachen Pfades,
Herrin vom silbernen Rund,
Du schenkst uns die Träume des Rates,
Schicksale tust du uns kund.«

Leise und sanft hallten Frauenstimmen über das Wasser, während die Prozession auf dem Pfad entlang des Ufers folgte.

»Herrin der schimmernden Scheibe,
Herrin vom heiligen Ort,
Heiligkeit ist deine Bleibe,
Hilfe und Heil gibt es dort.«

Der Atem ging zunehmend schwerer, als der Pfad sich den Hügel emporzuwinden begann, trotzdem sangen die Priesterinnen weiter. Das von Bergen umringte Eiland im See beherbergte mächtige Magie, aber wenn der Vollmond über jene Höhen aufstieg, stand die Magie hoch am Himmel. Die Priesterinnen hatten eine Weide auf dem Osthang geweiht, von wo aus sie beobachten konnten, wie er sich über den Horizont erhob, um ihn zu ehren.

Igraine spürte, wie das Blut in ihren Adern zu pulsieren begann, als die Anstrengung sie erwärmte; sie lächelte. Everdila trat den Marsch nicht mehr an, sie selbst hingegen vermochte immer noch mit den jüngsten ihrer Priesterinnen Schritt zu halten. Vielmehr war es Morgauses Antlitz, dass sich vor Anstrengung rot verfärbte, während sie den Hügel erklommen.

»Herrin der leuchtenden Sterne,
Herrin im funkelnden Meer,
Du sendest aus himmlischer Ferne
Und aus den Tiefen dein Heer.«

Endlich erreichten sie den Gipfel. Schwarz erstreckten ihre Schatten sich über das Gras, als die Sonne hinter ihnen unterging. Im Norden verhing immer noch eine Wolkenbank den Himmel, im Osten aber präsentierte er sich klar und zartrosa.

Igraine hörte, wie der rasselnde Atem ihrer Tochter sich beruhigte, während sie einen Kreis um den Steinblock bildeten, der im Gras lag. Irgendein längst vergessenes Volk hatte Becher- und Ringsymbole in die Oberfläche gemeißelt. In einigen stand immer noch ein wenig Wasser vom morgendlichen Regen.

»Herrin des blutroten Mondes,
Herrin der fließenden Brust,
Allzeit sich wandelnd du thronest,
Da in der Bewegung du ruhst.«

Nacheinander bückten sich die Frauen, wenn sie an dem Stein vorübergingen, berührten mit der Fingerspitze das Wasser und segneten sich, wobei sie auch Bauch, Brust und Stirn berührten. Igraine spürte, wie ihre Kniegelenke sich beschwerten, als sie an der Reihe war. Kurz verdunkelte sich ihre Sicht, als sie sich wieder aufrichtete, aber sie behielt das Gleichgewicht und bewegte sich weiter.

Sie musste über sich selbst den Kopf schütteln, denn ihr war klar, wäre Morgause nicht da gewesen, hätte sie kurz innegehalten, um zu Atem zu gelangen, nachdem sie oben am Hügel angekommen war.

Im Osten schwanden die Hügel in lang gezogenen Hängen zu einem verschwommenen Dunstschleier, hinter dem sich die dichter besiedelten Gebiete verbargen. Und dort, am Rande des Sichtfelds, begann ein fahles Leuchten sich über den Himmel auszubreiten. Leise summend warteten die Priesterinnen. Plötzlich erhellte sich die Luft, als die Sonne einen Lidschlag lang an der Kante der Hügel hinter ihnen verharrte. Dann war der Augenblick vorbei, und sanftes Abendrot überzog die Welt. Still begann Igraine zu zählen. Sie wusste, dass die Sonne hinter dem Berg immer noch auf das ferne Meer zusank. Die Farben am Himmel vertieften sich, in den Wolken fing sich das Licht in goldenen und rosigen Schlieren. Sie hörte, wie die Frauen ringsum im Halbkreis ebenso wie sie die Luft einsogen, dann begannen sie neuerlich zu singen.

»Strahlende Herrin, segne die Nacht,
Des Wassers Fluten, des Himmels Zelt,
Erfülle die Welt mit silbriger Pracht,
Steig auf, wir bitten dich, über die Welt!«

Jeden Monat huldigten sie dem Vollmond, wenn es bedeckt war auf der Insel, wenn der Himmel sich klar präsentierte hier auf der Höhe, und doch richteten sich Igraines feine Nackenhaare auf, als ein anschwellendes Leuchten die Gestalt eines fernen Hügels hervorhob. Und dann, gleich einer Antwort auf das eindringliche Flehen der letzten Zelle des Liedes, umrahmte ein greller Silberschein den Hügel; kurz darauf erklomm die riesige, wunderschöne Scheibe des Mondes das östliche Firmament.

Unwillkürlich wanderten ihre Arme mit denen der anderen empor, als wollten sie jenes strahlende Rund in den Himmel heben. Indes stieg der Mond rasch immer höher, bis die Frauen mit ausgestreckten Armen andächtig dastanden und die Göttin mit einem wortlosen Laut reinen Klanges anriefen.

Nach und nach verstummte das menschliche Lied, bis nur noch das fröhliche Zirpen von Grillen zu hören war. Einige der Priesterinnen verharrten mit erhobenen Armen, um still zu beten, während andere zu Boden sanken, sich mit untergeschlagenen Beinen hinhockten, die geöffneten Hände auf den Knien ruhend. Igraine rührte sich nicht, sondern starrte in den grellen Schein des Mondes, bis die Helligkeit ihre Sicht überwältigte.

Herrin, erhöre mich und hilf mir!, rief ihr Herz. *Hier steht die Frucht meines Leibes – wieso fällt es mir so schwer, sie zu lieben? Sie ist meine Tochter, nicht meine Feindin!* Sie hörte ihren rasselnden Atem und würgte den inneren Wortschwall ab, als sie daran dachte, wie oft sie die jungen Priesterinnen hatte wissen lassen, dass es nicht gut sei, den Göttern Fragen zu stellen, wenn man die Antworten nicht hören wollte.

Neben sich hörte sie Morgause atmen. Nach einer Weile bemerkte sie, dass sie in denselben Rhythmus verfallen waren. Igraine schämte sich dafür, dass der Umstand sie so überraschte.

Ist das Deine Antwort? Sogleich verdrängte sie den Gedanken, konzentrierte sich stattdessen auf ihren Atem und wartete.

Mittlerweile hatte der Mond den Himmel halb erklommen; seine Farbe wandelte sich von einem warmen, perlmuttfarbenen Schimmer zu einem unverfälscht silbrigen Licht. Ihre lauschenden Ohren hörten, wie Morgauses gleichmäßiger Atem stockend aussetzte, als versuchte sie, Tränen zurückzuhalten.

Was hat sie denn für einen Grund zum Weinen?, war Igraines rasch unterdrückter Gedanke. Wenn diese Frau, deren Überheblichkeit Igraine an jenem Nachmittag so verärgert hatte, jetzt weinte, dann musste ihr Kummer umso größer sein, da sie ihn verbarg. Gewiss hatte so mancher dasselbe von Igraine gedacht, in jenen Tagen, als sie insgeheim um ihren verlorenen Sohn trauerte, während alle Welt ihr als Uthers Gemahlin zujubelte.

Ach Kind, es hat eine Zeit gegeben, da hättest du mir deine Sorgen mitgeteilt und in meinen Armen geweint. Wie konnten wir uns nur so fremd werden? In der Absicht, Trost anzubieten, drehte sie sich zu ihrer Tochter um. Als ihre Augen jenen Morgauses begegneten, versteinerte sich der Blick der jüngeren Frau, und sie wandte sich ab, jedoch erst, nachdem Igraine die glitzernden Spuren von Tränen auf ihren Wangen erspäht hatte.

Igraine starrte auf ihren Rücken und spürte, wie sich in den eigenen Augen Tränen sammelten. *Gütige Herrin, hilf ihr! Hilf uns allen!*, ertönte der stumme Ruf ihres Herzens.

Im nächsten Augenblick fuhr ein Windhauch durch das Gras und berührte sanft ihr Haar. Als er ihre Wangen trocknete, vermeinte sie, in der Brise ein Flüstern zu hören: *»Ich bin bei dir, selbst in deinem tiefsten Schmerz ...«*

Während der Erntemond abnahm, präsentierte der Norden sich friedlich. Das Korn reifte, und auf beiden Seiten der Bodotria-Mündung schufteten die Menschen, um die goldenen Ähren zu ernten. Morgause stützte sich am Rand des Bootes ab, das sie über das Wasser beförderte, drehte das Gesicht in die Meeresbrise und atmete Freiheit.

Leudonus befand sich immer noch im Süden bei Artor. Als Morgause ihre Absicht kundtat, Fürstin Tulach in Fodreu zu besuchen, befand sich also niemand in Dun Eidyn, der die Autorität besessen hatte, es ihr zu untersagen. Medrod hatte geschrien, als sie seine kleinen Händchen von ihrem Kittel löste und ihn seiner Amme reichte, doch selbst seine Schreie waren machtlos gegen den Drang, der seit ihrem Besuch am See gleich einem Trommelschlag in ihrem Gehirn pochte ...

Meine Mutter liebt Artor immer noch mehr als mich! Sie wird ihre Geheimnisse nie mit mir teilen. Ich muss mich mit eigener Magie bewaffnen!

Die Landschaft am piktischen Ufer der Flussmündung unterschied sich kaum von der Gegend um Dun Eidyn. Warum, fragte sie sich, schien auf der anderen Seite die

Luft frischer zu sein und die Farbe üppiger? Es war nicht allein der Ortswechsel, der sie erregte, dachte Morgause, denn auch das Seenland rings um die Insel der Maiden war ein völlig anderes Land, doch hatte sie sich dort nur noch eingeengter gefühlt. Vielleicht war der Grund dafür, dass sie mit den Pikten keinerlei Bande der Liebe oder Pflicht einschränkten, lediglich gegenseitige Versprechen, denen sie auf ihrer Suche nach Macht zustimmen würde.

Tulach erwartete sie am Ufer, begleitet von einem halben Dutzend Stammesmänner in zerknitterten Plaids und zwei greisen Frauen in staubig schwarzen Roben. Zudem hatten sie genug Ponys für die Votadini dabei.

»Bringt Ihr mich nach Fodreu?«, erkundigte sich Morgause, als sie auf die zottige, kleine Stute kletterte, die man für sie mitgebracht hatte. Ihre eigene Begleitgarde beäugte die piktischen Krieger verlegen, aber mit oder ohne Zustimmung ihrer Verwandtschaft hatte es genug grenzüberschreitende Ehen gegeben, sodass die Hälfte von ihnen Beziehungen zur anderen Seite hatte. Als sie aufbrachen, verflüchtigte sich ihr Argwohn allmählich in Gesprächen über Stammbaumvergleiche.

Tulach schüttelte den Kopf. »Der Ort für das Ritual, das ich im Sinn habe, liegt weiter oben an der Küste. Wir sollten ihn vor Einbruch der Dunkelheit erreichen.«

»Was ist das für ein Ort?«

»Ein Ort der uralten Völker, die vor den Römern oder Briten hier waren. Die Pikten entstammen teilweise jenem Blut. Auch ihr im Süden habt solche Kreise, aber ihr habt vergessen, wie man ihre Magie verwendet. Die alten Mächte sind immer noch da, wenn man weiß, wie man sie heraufbeschwört. Ihr werdet schon sehen.«

Merlin weiß, wie man sie heraufbeschwört, dachte Morgause eingedenk der Geschichten, die sie gehört hatte. Wollte sie diese Magie, die so alt war, dass sie ihresgleichen fremdartig erschien, tatsächlich beherrschen? Aber sie war zu weit gekommen, um noch umzukehren. Ihrer Mutter würde im Traum nicht einfallen, Merlin herauszufordern. Ihre Mutter, besann sie sich verbittert, begnügte sich damit, dem traditionellen Pfad einer Frau zu folgen, indem sie unterstützte, ermutigte, in den Schatten lauerte. Las Artor die Ratschläge überhaupt, die sie ihm sandte?

Tief sog sie die feuchte Meeresluft ein. Ihre älteren Knaben drängten bereits in Leudonus' Welt, aber Medrod gehörte immer noch ihr allein. *Ich werde ihm keine Ratschläge, sondern Befehle erteilen, sobald ich an der Macht bin, dachte sie unwirsch. Die Fürsten Britanniens träumen davon, die alten Tage, vor der Unterwerfung unter das Joch Roms, zurückzubringen. Ich werde eine noch ältere Zeit zurückbringen, die Zeit der Königinnen!*

Die raufelligen Ponys kamen auf dem unebenen Boden überraschend gut voran. Gegen Nachmittag waren sie ein beträchtliches Stück gen Norden und Osten entlang der Küste gereist. Sie kamen an einem Fischerdorf vorbei, dessen kleine Ruderboote umgedreht gleich Pilzen an dem steinigen Strand prangten und hielten an, um einen auf der Herdplatte gebackenen Gerstenkuchen zu verzehren, den sie mit Heidebier hinunterspülten. Nachdem sie wieder aufgestiegen waren, schlugen sie einen neuen Pfad ein, der sich durch die steilen Klippen zu einem Waldstreifen unterhalb des Hochmoors emporwand. Mittlerweile trug einer der Krieger einen Beutel, in dem etwas zuckte und zappelte, während sie den Pfad erklommen.

Bei Einbruch der Dunkelheit durchquerten sie ein Gewirr aus Eschen und Erlen, wo ein kleiner Bach in Richtung der See strömte. Dahinter war ein Bereich, der etwa der Größe von Leudonus' Halle entsprach, grob geräumt worden. Im letzten Tageslicht sah Morgause, dass den Platz ein Steinkreis begrenzte, dessen größte Steine kaum hüfthoch aufragten. Sie waren zu sehr von Unterholz überwuchert, um sie zu zählen, aber das Gras um die drei in der Mitte, von denen einer stand, die anderen umgestürzt lagen, war geschnitten worden, sodass sie sich vom Rest abhoben.

Als die Priesterinnen abstiegen, banden einige der Krieger Fackeln an die in den Boden gerammten Pfähle, und der Beutel wurde neben einen Baum gelegt. Dann salutierten die Männer vor Tulach und führten die Ponys zurück den Hügel hinunter.

»Sie sind viel zu schlau, um in der Nähe zu bleiben, wenn Frauen Zauber wirken!«, lachte die piktische Frau. Sie holte aus ihrem Bündel zwei schwarze Umhänge hervor, von denen sie einen Morgause reichte. »Zieht Eure Sachen aus und legt das an. Dann wartet hier, bis wir Euch rufen.«

Gewiss, der Wind blies zunehmend kälter, aber Morgause nahm an, es war die Berührung des Gewands, das sie zittern ließ. Die eigene Erscheinung zu verändern kam einer Veränderung der Seele gleich; als die schwarze Wolle die Gewänder der Königin der Votadini ersetzte, wurde sie jemand anders, jemand, den sie nicht kannte.

Die anderen Frauen hatten bereits die Fackeln angezündet und einen Bronzekessel über ein Feuer gehängt. Das Wasser darin begann zu dampfen. Morgause spürte, wie ihre Lippen sich zu einem bitteren Lächeln verzogen –

wie es schien, würde sie doch noch in die Geheimnisse des Kessels eingeweiht werden.

Tulach schritt in Richtung des Sonnenlaufs die Innenseite des Kreises ab, verstreute Kräuter und sang etwas in der alten Sprache. Morgause blinzelte und fragte sich, ob es die zunehmende Dunkelheit war, die es plötzlich schwierig gestaltete, zu sehen.

Dann erspähte sie im Zwielicht Tulach, die auf sie zukam.

»Wer bist du, und weshalb bist du hergekommen?«

»Ich bin Morgause, Tochter der Igraine«, hörte sie sich antworten, »und ich bin gekommen, um den alten Mächten meine Dienste anzubieten.«

»Das ist gut. Nimm das Opfer« – sie deutete auf den Beutel –, »und tritt ein.«

Was danach geschah, blieb nur verschwommen in Morgauses Gedächtnis haften. Es folgten weitere Gesänge in jener seltsamen Sprache, während die drei greisen Frauen Kräuter, Pilze und andere namenlose Dinge in den Kessel warfen. Der würzige Dampf benebelte Morgauses Sinne, sodass sie manchmal vermeinte, eine Schar von Gestalten rings um die Frauen zu sehen, dann wieder nur die drei.

»Wir befinden uns auf den Gräbern uralter Seelen«, erklärte Tulach. »Sei nicht überrascht, wenn das Ritual sie anzieht.«

Kurz darauf schwollen die Gesänge zu einem Höhepunkt an. Mittlerweile hatte die Finsternis vollends Einzug gehalten; in dem Kreis jagten die flimmernden Fackeln Schatten rings um das Feuer.

»Nimm den Beutel«, forderte Tulach sie auf, »und hol behutsam heraus, was du darin findest.«

Morgause war bereits zu dem Schluss gelangt, dass es sich um ein Tier handeln musste, weshalb sie sich keineswegs überrascht zeigte, dass sie plötzlich einen großen Hasen in den Händen hielt. Jeder wusste, dass der Hase ein Geschöpf mächtiger Magie war. Ein Fischer, der auf seinem Weg zu den Booten einen Hasen sah, würde umkehren und an jenem Tag zu Hause bleiben. Hasen wurden niemals gejagt und niemals gegessen, außer wenn sie der Göttin geopfert wurden. Zuerst wehrte sich das Tier, aber nachdem sie es den Dampf einatmen ließ, hielt es jäh inne. Tulach ergriff es bei den Ohren und reichte Morgause ein Steinmesser.

»Töte ihn«, befahl sie, »und verteil das Blut auf den Steinen.«

Das Steinmesser war schärfer, als Morgause erwartet hatte, dennoch wurde es eine schmutzige Angelegenheit. Dann gelang es ihr, die große Vene zu öffnen; sie streckte den Tierleib von sich, sodass Blut über den Stein spritzte, sich in den Ausbuchtungen sammelte und an den Seiten hinabrann. Eine der anderen Frauen ergriff das Opfer und begann, es zu häuten. Wenig später siedete der zerlegte Leib zusammen mit den Kräutern im Kessel.

Der bluttriefende Kopf prangte auf dem größten Stein; Morgause blinzelte, denn ein fahles Leuchten umgab den Felsblock. Sie sah sich um und stellte fest, dass auch die anderen Steine in einem Licht strahlten, das nichts mit dem Feuer zu tun hatte. Jede Bewegung von Tulach und den drei Priesterinnen hinterließ schimmernde Schlieren in der Luft. Morgause fühlte, wie ihr Bewusstsein verschwamm und wusste, dass sie bereits tief in einen Dämmerzustand verfallen war. In jenen wenigen Momenten, in denen sie noch zu denken vermochte, wimmerte es in ihr kläglich. Wieso sollten sie sich mit dem Hasen begnügen, wenn sie eine Königin opfern konnten?

Die anderen Frauen hatten ihre schwarzen Roben abgelegt. Zunächst vermeinte Morgause, sie trügen darunter blau bestickte Gewänder. Dann erkannte sie, dass es Haut war, was sie sah, in die mit Färberwaid verschlungene Muster tätowiert waren. Morgause war zu benommen, um sie davon abzuhalten, auch ihr den schwarzen Mantel auszuziehen, doch innerhalb des Kreises erwies sich die Luft als warm.

Tulach begann zu sprechen; ihre Stimme klang verzerrt, so als dringe sie durch Wasser. »Wir werden keine bleibenden Merkmale in deine Haut ritzen, aber die geheiligten Zeichen, die wir auf deinen Leib malen, werden deine Geistergestalt kennzeichnen, damit die Mächte sie sehen können ...«

Sie tauchte einen kleinen Pinsel in eine Schale, in der Hasenblut mit etwas anderem vermischt worden war und begann, auf Morgauses Brust und Bauch die gleichen Spiralen zu zeichnen, die an ihrem eigenen Körper prangten. Die Berührung des Pinsel kitzelte und ließ ein Kribbeln zurück. Als die Priesterinnen damit fertig waren, sie vorne und hinten von den Oberarmen bis zu den Hüften zu bemalen, pulsierte in ihrem gesamten Leib ein angenehmer, beinahe sexueller Schmerz.

Der sanfte Schlag einer Trommel trieb Morgause wieder auf die Beine.

»Nun bist du bereit ... nun rufen wir sie ...«

Der Trommelschlag wurde schneller, und Morgause spürte sich selbst tanzen, wie sie seit der Zeit vor ihrem ersten Kind nicht mehr getanzt hatte. Schweiß glitzerte auf ihrem Körper und grub seine Mäander in die gemalten Symbole; sie roch ihren eigenen, weiblichen Duft, der sich mit dem Geruch der Kräuter vermischte. Mittlerweile war es sehr spät geworden; der verzerrte Schemen des abnehmenden Mondes hing am östlichen Himmel.

Die Priesterinnen sangen. Alsbald hörte Morgause die Namen von Göttinnen im Gemurmel des Sprechgesangs heraus. Sie lauschte aufmerksamer und verstand die Worte, ohne zu wissen, ob sie mit den Ohren oder mit dem Herzen hörte.

Die Göttinnen, die sie anriefen, waren älter und wilder als jede Erscheinungsform der Herrin, von der sie auf der Insel gehört hatte; es waren Namen, die von der Erde, vom Feuer, von den Steinen des Kreises und vom Flüstern der fernen See widerhallten.

»Ruf Sie!«, sang Tulach, als sie vorüberwirbelte. »Ruf Sie mit dem Namen deiner innigsten Begierde!«

Kurz zauderte Morgause. Dann entlockte der Trommelschlag ihrem Bauch ein Stöhnen, einen Ruf, einen gellenden Schrei des Zorns, von dem sie nicht gewusst hatte, dass sie ihn in sich trug.

Sie drehte sich auf der Stelle; Licht und Schatten wirbelten an ihr vorbei. Und dann waren es keine Schatten mehr, sondern Raben, ein Schwarm schwarzer Vögel, deren heisere Schreie gleich einem Echo der ihren ertönten.

»Cathubodva! Cathubodva! Zeig dich!«

Bewegte sie sich immer noch, oder waren es die Vögel, die sie ins Herz des Maelstroms zerrten, wo es plötzlich erschreckend still war?

»Du hast mich gerufen, und ich bin gekommen … was brauchst du?«

»Ich will, was meine Mutter hatte und was mein Bruder hat! Ich habe ebenso ein Recht zu herrschen wie er – ich will Tigernissa sein – ich will Königin sein!«

»Mein ist die Macht der Schwarzen Rabin, nicht der Weißen. Ich bin das dunkle Antlitz des Mondes …«, ertönte die Antwort. *»Ich treibe die Selbstzufriedenen in den Wahnsinn und zerstöre, was erschöpft ist. Ich trinke rotes Blut und labe mich an den Toten …«*

»Meine Mutter klammert sich an eine Macht, die sie nicht mehr zu nutzen vermag! Mein Bruder kämpft für einen Traum, der mit Rom gestorben ist! Lass mich deine Priesterin sein, Herrin, und deinen Willen erfüllen!«

»Was opferst du dafür?«

»Ich habe einen kleinen Sohn, der gleichzeitig der Sohn des Königs ist! Hilf mir, und ich ziehe ihn als deinen Kämpfer groß!«

Plötzlich kehrten die Geräusche als misstönende Laute zurück und wirbelten sie in ein Gewirr aus Feuer und Schatten, bis sie nichts mehr wusste.

III

ERSTES BLUT
A. D. 494

Verschwommen sausten grüne Büsche vorbei, während Gwendivar die Fersen in die Flanken des weißen Ponys grub. Dann brachen sie auf der sonnigem Hügelkette hervor, und die Stute, die unvermittelt einen freien Pfad vor sich sah, reckte den Hals und preschte mit frischer Kraft weiter. Gwendivar presste die langen Beine gegen die Satteldecke und jauchzte vor Freude. Sie flog, gleich einem Vogel, der in den blauen Himmel emporschießt.

Dann neigte sich der Weg, und das Pony wurde langsamer. Abermals grub Gwendivar die Fersen in die Seiten des Tieres, doch die Stute schnaubte nur, schüttelte den Kopf und verfiel in einen zögerlichen Trott, der das Mädchen zwang, sie anhalten zu lassen.

»Na schön«, schimpfte sie verärgert. »Du hast dir wohl eine Pause verdient. Aber es hat dir doch auch gefallen, mein Schwan, oder? Ich wünschte, du könntest wirklich fliegen!«

Gwendivar hatte das Pony zu ihrem siebten Geburtstag geschenkt bekommen. Mittlerweile war sie dreizehn; zu alt, meinte ihre Mutter, um die Tage damit zu verbringen, durch die Gegend zu jagen. Der dunkle Schatten des

Erwachsenseins kroch auf sie zu. Nur auf Jungschwans Rücken konnte sie noch frei sein.

Der Schrei einer Möwe ließ sie aufschauen; sie schirmte die Augen gegen das Sonnenlicht ab und folgte ihrem Flug über den Bergrücken und weiter über das Tal. Es war ein wundervoller Sommer gewesen, besonders nach dem letzten Jahr, in dem es so viel geregnet hatte. Durch den Dunst erspähte sie das ferne Glitzern der Mündung des Flusses Sabrina. Etwas näher erstreckten sich goldene Nebelschleier über die Niederungen, die sie an die Wassermassen erinnerten, welche die Ebene im Winter in einen Binnensee verwandelten. Ein paar kleine Hügel ragten wie Inseln hervor, beherrscht von einer spitzen Kuppe in der Mitte des Tals. Bei diesem Licht wirkte sogar der Tor hell leuchtend; sie fragte sich, ob man ihn deshalb manchmal die Insel aus Glas nannte.

Das Pony war stehen geblieben und zerrte an den Zügeln, als es versuchte, das Gras zu erreichen. Gwendivar riss den Kopf des Tieres hoch und setzte es wieder in Bewegung. Sie runzelte die Stirn, als sie sich eines dumpfen Schmerzes im unteren Kreuz gewahr wurde. Im Handgalopp erwies Jungschwan sich als anmutig wie der Vogel, dem sie ihren Namen verdankte, ihr Trott hingegen war eine Qual.

Plötzlich erschien ihr der am Gurt befestigte Beutel mit Äpfeln, Brot und Käse äußerst verlockend. Gwendivar versetzte dem Pony einen leichten Tritt und lenkte es den Hügel hinab zur Quelle.

Die Quelle war wenig mehr als ein Leck in der Seite des Hügels, aber das ständige Tröpfeln des Wassers hatte einen kleinen Tümpel gegraben, den Farn und Mauerpfeffer säumten und dem eine Weide Schatten spendete.

Auf den sonnigen Hängen welkte das Gras allmählich, doch rings um die Quelle hatte die um sich greifende Feuchtigkeit ein üppiges Grün gewahrt. Jungschwan zerrte an den Zügeln, begierig, sich über das saftige Gras herzumachen. Lachend schwang Gwendivar das rechte Bein über den Hals des Ponys und glitt von dessen Rücken.

»Du bist eine Gans, kein Schwan«, rief sie, »und genauso gierig. Aber während wir essen, können wir es uns ruhig gemütlich machen.« Sie drehte sich um und wollte dem Tier die Satteldecke abnehmen. Jäh verharrte sie und starrte auf das Blut, das den Stoff durchtränkt hatte.

Hastig löste sie die Schnalle, zog die Decke herunter und suchte nach der Wunde. Aber das schweißgedunkelte Fell des Ponys war unversehrt.

Gwendivars rasender Puls hallte wie Donner in ihren Ohren wider. Sie legte der Stute Fußfesseln an, damit sie grasen konnte, dann öffnete sie zögerlich ihre Reithose, die einst ihrem älteren Bruder gehört halte, als er noch ein Knabe gewesen war. Sie zog die Hose herunter und sah am Innensaum dem verräterischen roten Fleck.

Leise fluchend zog sie die Hose aus. Sie konnte sie waschen, dann würde es niemand erfahren. Aber noch während sie sich über den Tümpel beugte, spürte sie etwas Warmes und sah, wie ein neues Rinnsal die Innenseite ihrer Oberschenkel hinunterrann.

Da wich die Panik tiefer Verzweiflung; sie rollte sich auf dem Gras zusammen und ließ die heißen Tränen fließen.

Gwendivar schluchzte immer noch, als sie spürte, dass sie nicht allein war. Im ersten Augenblick hätte sie nicht zu sagen vermocht, was sich verändert hatte. Es war, als hörte sie Musik, obwohl kein Geräusch zu vernehmen, kein Duft zu riechen, noch eine Veränderung in der Luft zu spüren war. Als sie sich aufsetzte, einigten ihre Sinne sich darauf, der Sicht die Wahrnehmung zu überlassen, und sie sah ein Schimmern, das sie als den Geist des Tümpels erkannte. Worte bildeten sich in ihrem Bewusstsein.

»Du bist heute anders.«

»Ich habe meine Mondblutung«, erwiderte Gwendivar verbittert. »Von nun an wird sich alles ändern!«

»Alles ändert sich ständig.«

»Manche Veränderungen sind schlimmer als andere. Jetzt wird meine Mutter mich zu Hause behalten und spinnen lassen, während sie mir Vorträge über einen eigenen Haushalt und einen Gemahl hält! Nun wird sie mich nie wieder allein ausreiten lassen! Ich will dieses Blut nicht! Ich will mich nicht verändern!«

»Es war das Blut, das mich gerufen hat«, lautete die Antwort.

»Was?« Sie schlug die Augen wieder auf. »Ich dachte, Erwachsenwerden hieße, ich könnte dich niemals mehr sehen.«

»So ist dem nicht. Wenn du deine Blutungen hast, ist es einfacher.«

Gwendivar spürte, wie sich die Härchen an ihren Armen aufrichteten. Rings um sie verdichtete sich die Luft mit leuchtenden Schemen: der schlanke Leib des über sie gebeugten Weidenmädchens; die Geister des Rieds und der Blumen; luftige, im Wind treibende Formen; gedrungene Gestalten, die sich aus den Steinen lösten.

»Warum bist du hier?«, flüsterte sie. »Was bedeutet dir mein Frauenblut?«

»Es verheißt Leben. Es bedeutet, dass du Teil der Magie bist.«

»Ich dachte, es bedeutete bloß, dass ich nun Kinder kriegen könnte. Ich will nicht verbraucht werden wie meine Mutter, die ein sterbendes Kind nach dem anderen gebärt.« Petronilla hatte acht Kinder zur Welt gebracht, von denen nur die ältesten Knaben und Gwendivar überlebt hatten.

»Wenn Mann und Maid sich auf den Feldern vereinen, wirken sie einen Zauber. Zuvor warst du nur eine Knospe an einem Zweig. Nun bist du die Blüte.«

Gwendivar lehnte sich zurück und dachte darüber nach. Plötzlich merkte sie, dass sie hungrig war. Sie griff nach dem Beutel, dann besann sie sich eines Besseren und wollte dem Tümpel einen Teil anbieten.

»Du kannst uns etwas Besseres geben«, sprachen die Stimmen rings um sie. *»Dem ersten Erguss des Samens eines Jungen und dem ersten Fluss des Blutes eines Mädchens haftet eine besondere Macht an. Wasch dich in der Quelle ...«*

Vor Scham lief Gwendivar hochrot an, obwohl sie wusste, dass menschliche Konventionen dem Elfenvolk weniger als nichts bedeuteten. Doch nach und nach wich ihre Scham etwas anderem, einem wachsenden Bewusstsein der Macht. Sie bückte sich, schöpfte mit den Händen kühles Wasser aus dem Tümpel und ergoss es über ihre Schenkel, bis das Blut dunkel in dem klaren Nass wirbelte. Nachdem sie sauber war, wusch sie ihre Hose und die Satteldecke und legte beides zum Trocknen in die Sonne.

Das Elfenvolk umschwirrte sie gleich strudelnden Lichtschlieren.

»Schlaf ein wenig«, forderte der Geist des Tümpels sie auf. *»Wir senden dir Träume der Macht.«*

Gwendivar legte sich zurück und schloss die Augen.

Beinahe unverzüglich tauchten Bilder auf – rennendes Wild, Stute und Hengst, Sau und Eber, Männer und Frauen, die um das Beltene-Feuer tanzten. Der gesamte große Tanz des Lebens wirbelte vor ihr, schneller und schneller, bis er sich in die Gestalt einer lachenden Maid aus Blumen verwandelte.

Als sie schließlich erwachte, hatte die untergehende Sonne das ganze Tal in einen goldenen Glanz gehüllt. Aber die Geister waren verschwunden. Ihre Kleider waren trocken, und zumindest vorübergehend schien der Fluss des Blutes verebbt. Rasch zog sie sich an und befestigte den Sattel wieder auf dem Rücken der Stute. Sie freute sich zwar immer noch keineswegs darauf, ihrer Mutter zu berichten, was geschehen war, dennoch hatte sich etwas verändert – sie fürchtete die Vorstellung, erwachsen zu werden, nicht mehr.

Während all der Jahre von Gwendivars Kindheit war der Tor stets gegenwärtig gewesen, und selbst wenn die Wolken ihn verbargen, so war er zumindest immer zu spüren gewesen. Doch abgesehen von einem einzigen Besuch, bei dem sie noch zu klein gewesen war, um sich daran zu erinnern, war sie nie dort gewesen. Sobald sie ihrer Mutter berichtet hatte, was ihr widerfahren war, beschloss Petronilla, sie zu den Nonnen zu bringen, die auf der Insel aus Glas lebten, um sie segnen zu lassen. Die Aussicht darauf erfüllte Gwendivar mit einer Mischung aus Erregung und Furcht.

Es ist wie mit dem Erwachsenwerden, dachte sie, als sie den Fuß der Insel erreichten und die Biegung des Vorhügels den Tor ihrer Sicht entzog. *So lange hat der Tor am Horizont geprangt, und nun kann ich ihn nicht sehen, weil ich fast da bin. Auch mein eigenes Dasein als Frau werde ich nur in den Augen anderer erkennen.*

Über den Bäumen zeigte sich der Giebel der Rundkirche, die der heilige Joseph errichtet hatte. Ringsum verstreut lagen die kleinen Hütten, die den Mönchen als Heime dienten, etwas weiter abseits eine weitere Gruppe Bauwerke für die Nonnen. Ganz in der Nähe befand sich das Gästehaus, wo die Besucher ihre Unterkunft fanden. Während sie die Straße erklommen, hallte der tiefe Klang von Männerstimmen durch die Luft. Die Mönche sangen die Mittagsgebete, erklärte ihre Mutter. Gwendivar spürte, wie sich die Härchen an ihren Armen vor Verzückung aufrichteten, als die süßen Töne durch die Bäume drangen. Dann geriet die schattige Öffnung der Kirchentür in Sicht; sie erschauderte. Die Musik war wundervoll, aber wie konnten Männer eingepfercht in solcher Finsternis singen?

Erleichtert seufzte sie, als sie entlang des Hügels weiter zu den Häusern der Nonnen ritten. Auf einer Seite sah sie Apfelbäume, deren reife Früchte die Äste beinahe zu Boden drückten, auf der anderen ordentlich angelegte Gärten. Dahinter befand sich eine hohe Hecke, die den Fuß des Hügels verbarg, der sich an den Tor anschmiegte. Sie fragte sich, was dahinter sein mochte. In der Luft dieses Ortes lag etwas, dass ihre Haut kribbeln ließ, wie wenn das Elfenvolk in der Nähe war. Könnte sie den wachsamen Augen ihrer Mutter entrinnen, wäre dies ein guter Platz zum Erforschen.

Eine große Frau trat aus einem der Häuser. Sie trug ein unförmiges Hemdkleid aus ungefärbter Wolle und ein Holzkreuz, das an einem Lederband um ihren Hals hing. Ihr Haar lag unter einem Leinenschleier verborgen. Doch als sie aufschaute, sah Gwendivar ein strahlendes Lächeln und vergnügt leuchtende Augen. Eine Weile ruhte der Blick unverhohlen musternd auf ihr. Dann wandte die Frau sich an Gwendivars Mutter.

»Nun, Petronilla, das ist also dein Mädchen – prächtig ist sie gewachsen, wie eine Blume in fruchtbarer Erde.«

»Mit etwas so fest Verwurzeltem kann man sie wohl kaum vergleichen«, entgegnete ihre Mutter bedauernd. »Sie ist eher wie ein Vogel oder wie ein ungezähmtes Pony, das ständig in den Hügeln herumstreunt. Gwendivar, das ist Mutter Maduret. Zeig ihr, dass du weißt, wie man sich anständig begrüßt!«

Mit hochrotem Gesicht glitt Gwendivar von ihrem Pony, ergriff die Hand der Frau und bückte sich, um sie zu küssen.

»Du bist uns mehr als willkommen, mein Kind. Meine Töchter werden dich in deine Unterkunft geleiten. Gewiss willst du dich vor dem Essen waschen.«

Gwendivars Bauch knurrte vor Vorfreude. Zu all den Veränderungen zählte auch, dass sie wuchs, und dieser Tage war sie fortwährend hungrig.

»Ihr seid nicht unsere einzigen Gäste«, erklärte Mutter Maduret, während sie die beiden zum größten Gebäude führte. »Die Königin ist hier.«

»Igraine?«, fragte Petronilla.

»Höchstselbst, mit zwei ihrer Zofen.«

Petronilla zog eine Augenbraue hoch. »Und Ihr erlaubt ihnen, auf der Insel zu bleiben?«

Die Nonne lächelte. »Wir weilen schon lange genug an diesem Ort, um zu wissen, dass die Wege des Schöpfers der Welt mannigfaltig und geheimnisvoll sind. Wie soll es meinen eigenen Glauben beeinträchtigen, wenn die

Königin irregeleitet ist? Zudem hat sie sich stets nur zurückhaltend und achtungsvoll gebärdet, wenn sie hier war ...«

Gwendivar lauschte mit großen Augen. Sie hatte zahlreiche Geschichten über Artors Mutter gehört, die schönste Frau ihrer Zeit. Es hieß, König Uther hätte einen Krieg gefochten, um sie zu erobern, und ihren Gemahl vor ihren Augen niedergemetzelt; andere tuschelten, Merlin hätte ihn mit seiner Magie getötet. Mittlerweile, so erzählte man sich, lebte sie im Norden auf einer magischen Insel. Selbstverständlich musste Igraine inzwischen ziemlich alt sein, trotzdem würde es aufregend sein, sie kennen zu lernen.

Aber als sie das Gästehaus betraten, unterhielten sich zwar die beiden Zofen der Königin leise am Feuer, Igraine jedoch war nirgends zu sehen.

Kurz vor Sonnenaufgang weckte Petronilla sie. Rasch stand Gwendivar auf und zog das weiße Hemdkleid an, das man ihr gegeben hatte – sie hatte seit gestern Nacht gefastet, und je schneller dies vorüber wäre, desto eher konnte sie etwas zu essen bekommen. Schlaftrunken taumelte sie hinter ihrer Mutter und zwei Nonnen her, einer jungen und einer alten Frau, die ihnen mit Laternen den Weg vom Gästehaus hinauf zum Hügel leuchteten.

Ihre Aufmerksamkeit wuchs, als sie sah, dass sie sich der Haselhecke näherten. Inmitten der Zweige prangte ein Tor. Die junge Frau hob den Eisenriegel und bedeutete ihnen hineinzugehen.

Auf der anderen Seite befand sich ein Garten. Obwohl der Himmel sich noch düster und grau darbot, sangen bereits ein paar Vögel. Sie hörte das Plätschern prasselnden Wassers, und als es heller wurde, sah sie, dass es durch einen Steinkanal in einen großen Teich floss.

»Die Quelle ist weiter oben auf dem Hügel«, erklärte die junge Nonne mit leiser Stimme. Ihr Name, fiel Gwendivar ein, lautete Julia. »Im Winter wie im Sommer sprudelt das reine Wasser aus der heiligen Quelle. Sogar in Jahren der Trockenheit ist sie nie versiegt.«

Petronilla schaute zum Himmel empor, dann wandte sie sich ihrer Tochter zu. »Es ist fast so weit. Zieh das Kleid aus und steig in den Teich.«

»Ich wurde doch getauft, als ich noch ein Säugling war«, murmelte Gwendivar, gehorchte jedoch der Anweisung. »War das nicht Reinigung genug?«

»Dies hier reinigt dich von den Sünden deiner Kindheit. Du wirst als Frau hervorgehen, gewandelt durch das Blut deines Leibes und das Wasser des Geistes.« Ihre Mutter nahm das Kleid entgegen und legte es gefaltet über ihren Arm.

Des Geistes oder der Geister?, fragte sich Gwendivar und besann sich der Quelle am Hügel. Der Gedanke verlieh ihr den Mut, den Fuß auf die Stufen zu setzen, die in das dunkle Nass führten.

In jenem ersten, schrecklichen Augenblick vermochte sie nicht zu sagen, ob das Wasser heilig war, nur dass es eiskalt war. Sie unterdrückte einen Aufschrei und verharrte bibbernd, während das Wasser um ihre Hüften spülte.

»Im Namen der heiligen Jungfrau, mögest du gereinigt werden von aller Sünde, allem Makel«, murmelte Schwester Julia, schöpfte mit einer Holzschale Wasser aus dem Teich und goss es über Gwendivars Schultern.

»Im Namen der seligen Gottesgebärerin, mögest du gereinigt werden.« Nun war ihre Mutter an der Reihe.

»Im Namen der schmerzensreichen Mutter …« Die alte Nonne schüttete Wasser über ihren Kopf und wich zurück.

Im Namen aller Götter, lasst mich hier raus, bevor ich erfriere!, dachte Gwendivar und schob sich auf die Stufen zu. Ihre Mutter gebot ihr mit einem einzigen Wort Einhalt. Wenn Gwendivar den Augen ihrer Mutter entrann, tat sie, was sie wollte, doch sie hatte noch nie gewagt, ihr unmittelbar zu trotzen. Zitternd verharrte das Mädchen.

Der Himmel erhellte sich zu einem leuchtenden Rosa, das an die Innenseite einer Muschel erinnerte. Das Licht lag wie ein Schleier über dem Wasser. Gwendivar holte kurz Luft und stellte fest, dass sie nicht mehr bibberte und ihre Haut stattdessen prickelte.

»Geist der heiligen Quelle«, drangen die Worte leise von ihren Lippen, »schenk mir deinen Segen.« Mit der Hand schöpfte sie Wasser aus dem Teich und trank es. Der Geschmack nach Eisen überraschte sie. Dann, bevor der Mut sie verlassen konnte, holte sie rasch Luft und tauchte unter.

Einen längeren Moment verharrte sie so. Ihr heller Schopf verteilte sich an der Oberfläche, jedes Härchen an ihrem Körper hob sich mit seiner eigenen Luftblase. Das Wasser, das sie geschluckt hatte, jagte einen Schauder durch jede Ader. Das Prickeln ihrer Haut verstärkte sich, als dringe das Wasser bis zu ihren Knochen durch. Dann, gerade als sie die Schmerzgrenze erreichte, ward es Licht. Die Kraft der Helligkeit ließ Gwendivar mit erhobenen Armen emporschnellen und das Gesicht der aufgehenden Sonne zuwenden.

Sie hörte, wie eine der Frauen scharf die Luft einsog. Die Sonne ging rot über dem Hang des Hügels auf.

Rosiges Licht glänzte auf ihrer feuchten Haut, glitzerte auf der Wasseroberfläche. Eine Weile starrte sie empor, dann wurde das Licht golden, und sie konnte nicht mehr hinsehen.

»Empfange den Segen des Sohnes Gottes«, rief ihre Mutter. Doch es war eine andere Stimme, die Gwendivar hörte.

»Sei gesegnet von der Leben spendenden Sonne, denn so lange du in ihrem Licht wandelst, wird dich keine andere Macht von dieser lebendigen Welt trennen ...«

Das Ritual hatte eine weitere Zeugin, die vom Hügel aus beobachtete, wie die Frauen Gwendivar aus dem Teich halfen und ihren makellosen Leib in die unförmige Robe einer Büßerin steckten. Als Igraine erstmals von dem geplanten Ritual hörte, hatte sie befürchtet, sie wollten aus dem Mädchen eine Nonne machen; die tatsächliche Absicht war allerdings ebenso schwer zu begreifen. Welche Sünden konnte ein Kind mit zwölf Jahren begangen haben? Petronilla hatte vor ihrer Ehe eine Zeit am Hof von Igraine verbracht. Sie entstammte einer alten römischen Familie, die seit langem dem christlichen Glauben angehörte. Igraine wusste, dass es nicht die Flecken der Kindheit waren, die Gwendivars Mutter abwaschen wollte, sondern der erwachende Liebestrieb ihrer Tochter.

Wenn dem so war, hatte sie den falschen Ort dafür gewählt. Igraine wusste, wie der Lichtblitz zu verstehen war, den sie im Teich gesehen hatte; ebenso wusste sie, dass die hier von Joseph von Arimathia gegründete Mönchskolonie zwar gelernt hatte, die Magie des Tor zu verwenden, sie hatte sie jedoch nicht verändert. Die Mächte, die hier weilten, waren bereits sehr alt, als die ersten

Druiden diesen Hügel entdeckten. Es sollte sie nicht überraschen, dass die Geister des Tor dieses Mädchen anerkannten, dessen Antlitz sie zum ersten Mal in einer Vision gesehen hatte. Doch dadurch wurde nur umso dringender, dass sie mit Gwendivar sprach. Was schwierig werden würde, denn Petronilla ließ ihre Tochter kaum aus den Augen. Nachdem die Frauen den Teich verlassen hatten, bahnte Igraine sich den Weg hinunter und fand in den Zweigen über dem Eingangstor eine Strähne rotgoldenen Haares. Lächelnd rupfte sie sich ein paar bleiche Haare aus und begann sie miteinander zu verflechten, wobei sie einen Zauberspruch flüsterte.

Die kleine Gemeinschaft am Tor zog sich früh zurück; die Gäste, um die Nacht durchzuschlafen, die Nonnen, um sich auszuruhen, bis sie zum Mitternachtsgebet gerufen wurden. Bei Nacht, so hieß es unter den Christen, streune der Teufel durch die Welt, und dann könnten ihn einzig die Beschwörungen der Gläubigen im Zaum halten. Für Igraine hingegen war die Nacht eine Freundin.

Als die Geräusche gleichmäßigen Atems ihr verrieten, dass die anderen Frauen im Gästehaus schliefen, erhob sie sich, schlüpfte in Sandalen und einen Mantel und ging hinaus. Hätte sie jemand aufgehalten und gefragt, wohin sie wolle, hätte sie gesagt, sie müsse zum stillen Örtchen, in Wirklichkeit aber stellte der Obstgarten ihr Ziel dar, wo sie eine Sitzgelegenheit fand, den Ring geflochtenen Haares anlegte, den sie an jenem Vormittag gemacht hatte, und zu singen begann.

Und alsbald, gerade als der Mond sich über die Bäume erhob, öffnete sich die Tür des Gästehauses. Heraus trat eine weiße Gestalt. Igraine redete sich ein, es wäre bloß die Wirkung des Mondlichts auf dem weißen Hemdkleid, dass Gwendivar so leuchtend erscheinen ließ. Dennoch musste sie immerzu über den Glanz nachdenken, der an jenem Morgen von dem Mädchen ausgegangen war.

So oder so, diese Gelegenheit durfte keinesfalls vergeudet werden. Als Gwendivar den Pfad herunterkam, ergriff Igraine ihren Mantel und ging ihr entgegen.

Das Mädchen erschrak, mit weit aufgerissenen Augen, rannte jedoch nicht weg.

»Kannst du auch nicht schlafen?«, erkundigte sich Igraine Leise. »Lass uns spazieren gehen. Bei Mondlicht sind die Gärten wunderschön.«

»Ihr seid menschlich.« Es war nicht ganz eine Frage.

»So menschlich wie du«, antwortete Igraine, obwohl sie sich fragte, ob dem, eingedenk dessen, was sie an jenem Morgen gesehen hatte, tatsächlich so war.

»Ihr seid die Königin«, meinte Gwendivar schließlich.

»Die einstige Königin«, entgegnete Igraine, *so wie du die künftige Königin bist*... Doch es war noch nicht die rechte Zeit, dies laut auszusprechen.

Sie verließen die vom Mondlicht geworfenen Schatten des Obstgartens und schlenderten den Pfad entlang weiter. Der volle Mond leuchtete am klaren Himmel so hell, dass man das Rot der Rosen, die den Weg säumten, vom trüben Grün des Hügels unterscheiden konnte.

»Wohin gehen wir denn?«, wollte Gwendivar schließlich wissen.

»Zur Weißen Quelle. Heute Morgen hast du doch in der Toten Quelle gebadet, nicht wahr? Der Blutquelle? Vermutlich wusstest du nicht, dass es hier am Tor noch eine andere gibt.«

»Die Blutquelle?«, wiederholte das Mädchen. »Darum also dachte ich ...« Gwendivar senkte die Stimme zu einem Flüstern. »Ich dachte, mein Blut hätte wieder zu fließen begonnen und das Wasser rot gefärbt.«

»Sie hätten es dir erklären sollen«, meinte Igraine scharf. »Das Wasser ist eisenhaltig, genau wie unser Blut. Haben sie dir eingeredet, es würde deine Sünden abwaschen? Früher haben Maiden hier gebadet, um ihren weiblichen Zyklus herbeizuführen. Auch unfruchtbare Frauen kamen her, auf dass ihre Leiber so fruchtbar würden wie die Quelle.«

»Ich habe ein Prickeln gespürt ... überall am Körper«, sagte Gwendivar. »Ich vermute, meine Mutter wird mich jetzt verheiraten wollen. Sie ist ausgesprochen ehrgeizig. Aber ich bin noch nicht bereit dafür.«

»Tja –« Igraine wusste nur allzu gut, was es hieß, als junges Ding mit einem älteren Mann verheiratet zu sein. Doch für Töchter von Fürsten galt eine lange Jugend als Luxus. Und wie lange konnte Artor noch warten, ehe seine Berater ihn zwangen, sich eine Braut zu nehmen? »Glaubst du, du wirst bereit sein, wenn du fünfzehn bist?«

Das Mädchen zuckte mit den Schultern. »Das ist das Alter, in dem meinem Bruder gestattet wurde, in die Schlacht zu reiten.«

»Es ist das Alter, in dem mein Sohn König wurde ...«

»Das war vor langer Zeit«, meinte Gwendivar.

Igraines Mut sank. Was führten die Götter im Schilde? Wieso ließen sie Artor so viele Jahre auf seine vorherbestimmte Braut warten? Schweigend ging sie den Pfad zum zweiten Tor voraus und führte Gwendivar zu dem kleinen Platz, wo die Weiße Quelle aus dem Boden sprudelte.

»Wofür ist diese Quelle gut?«, wollte das Mädchen wissen.

»Es heißt, sie beschert Hoffnung und Heilung. Du bist zwar gesund, aber manchmal braucht auch der Geist Heilung. Lass das Wasser in diese Schale fließen, dann halt es hoch, damit das Licht des Mondes sich darin fängt.«

Gwendivar nickte. »In der Blutquelle habe ich Sonnenkraft gespürt, aber das hier fühlt sich anders an.« Sie hob die Schale empor.

»Ich wünschte …«, setzte Igraine an, dann verstummte sie. Das Mädchen musterte sie erwartungsvoll. »Das wäre nur wenigen aufgefallen. Wenn ich auch nur den Hauch einer Möglichkeit sähe, dass deine Mutter zustimmen würde, hätte ich dich gerne auf die Heilige Insel mitgenommen, um dich auszubilden …« *Wenn ich Artor doch nur eine Königin bescheren könnte, die in die alten Geheimnisse eingeweiht ist!*

»Eine Insel?« Gwendivar schüttelte den Kopf. »Ich würde mich eingesperrt fühlen, wenn ich mit meinem Pony nicht unter freiem Himmel galoppieren könnte. Warum lebt Ihr dort?«

»Vor langer Zeit trachteten die Römer danach, alle Druiden zu vernichten, weil sie es waren, die die Seele unseres Volkes bewahrten und die Menschen daran erinnerten, was es hieß, frei zu sein. Die Überlebenden der Angriffe flohen nach Alba, Eriu oder an andere geheime Orte, wo sie weiterleben konnten. Der See war einer davon. Er liegt zwischen hohen Hügeln und ist zudem wunderschön.«

»Mag schon sein«, bemerkte das Mädchen zweifelnd. »Aber was tut ihr dort den ganzen Tag?«

Igraine lachte. »Unser Leben auf der Insel der Maiden unterscheidet sich eigentlich kaum von dem der Nonnen hier, wenngleich wir uns nicht deshalb Maiden nennen, weil wir Jungfrauen, sondern weil wir an keinen Mann gebunden sind. Wir spinnen, weben und züchten Kräuter, genau wie andere Frauen, und darüber hinaus beten wir. Du findest, das hört sich langweilig an?«, erwiderte sie auf Gwendivars Gesichtsausdruck hin. »Unsere Gebete sind kein demütiges Anflehen eines fernen Gottes, sondern ein Akt der Magie. Wir versuchen, uns in Einklang mit dem Fluss der Energie durch die Welt zu bringen und ihn, indem wir ihn begreifen, zu beugen.«

»Um Dinge zu verändern?«, fragte Gwendivar.

»Um zu helfen, dass sie so werden, wie sie sein sollten, auf dass alles blühe und gedeihe.«

Darüber dachte Gwendivar eine Weile nach. Ihr Haar schimmerte im Licht des Mondes. Dann stellte sie ganz leise eine weitere Frage. »Sprecht Ihr mit den Geistern, dem Elfenvolk? «

»Manchmal«, antwortete Igraine.

»Ich sehe sie ... sie sind meine besten Freunde ...«

Der Elfenhauch! Das ist die Quelle der Eigenartigkeit, die ich in ihr gesehen habe, dachte Igraine.

Reumütig zuckte das Mädchen mit den Schultern. »Nun wisst Ihr mehr, als ich meiner Mutter je anvertraut habe. Erzählt ihr nicht, dass wir miteinander gesprochen haben. Sie sieht Euch ohnehin schon so an, als fürchte sie, Ihr könntet jeden Augenblick einen von Drachen gezogenen Karren heraufbeschwören, der mich entführt!« Unvermittelt hielt sie inne, und selbst in der Dunkelheit erkannte Igraine, dass sie rot anlief.

»Hält sie die Tigernissa von Britannien für eine Frau

ohne Ehre? Du bist noch ein Kind und in ihrer Obhut. Ich sage nur so viel, Gwendivar – wenn du in künftigen Zeiten Hilfe oder Rat brauchst, dann schreib mir.«

Unwillkürlich dachte Igraine, sie könnte dieses Mädchen wie ihre eigene Tochter lieben – mehr sogar, fürchtete sie, als sie je in der Lage war, Morgause zu lieben. Aber nachdem das Kind mit Artor verheiratet sein würde, wäre sie *tatsächlich* ihre Tochter. Gewiss hatte die Göttin, die ihr jene Vision geschickt hatte, nicht gelogen!

Gwendivar nickte, setzte die Schale an die Lippen und trank. Nach einer Weile hob sie den Kopf; ihre Augen waren groß vor Verwunderung.

»Der Mond ist da drin.« Mit ritueller Anmut reichte sie Igraine die Schale. Mondlicht glitzerte silbrig auf zitterndem Wasser, als Igraine den Rand umfasste. Das Wasser war sehr kalt und so rein, dass es auf der Zunge süß schmeckte. Sie schloss die Augen und ließ sich von jener Süße erfüllen. *Gib Hoffnung und Heilung*, betete sie, *mir und Britannien …*

Igraine hielt sich am Holzsitz fest, während der Karren über die Straße auf den Palast des Statthalters zurumpelte. Sie hatte ganz vergessen, wie heiß es in Londinium zwischen Mittsommer und Ernte werden konnte. Die Steinmauern jener Bauwerke, die stehen geblieben waren, strahlten Hitze ab, und die zwischen den Ruinen gewachsenen Bäume neigten sich unter dem Gewicht staubiger Blätter. Ceincair und Morut schaukelten stoisch schweigend neben ihr.

Durch das Ruckeln des Karrens spürte sie jeden Knochen im Leib, ihr Kittel klebte vor Schweiß am Rücken, und ihr Haar war trotz des Schleiers voller Staub. Einen

Augenblick bedauerte sie zutiefst, den See je verlassen zu haben. Aber immerhin gab es im Palast Bäder ... vielleicht würde sie sich besser fühlen, nachdem sie sich gewaschen hatte.

Schließlich rollte der Karren vor die Tore. Wachen nahmen Habachtstellung ein und riefen Igraines Namen aus. Einen oder zwei davon kannte sie noch aus ihrer Zeit mit Uther. Lächelnd erteilte sie Befehle und vergaß vorübergehend, dass sie nicht mehr die Königin war.

Als die drei Priesterinnen sich häuslich eingerichtet hatten, war es Abend geworden, und Artor war in den Palast zurückgekehrt, was Igraine mit Erleichterung aufnahm. Als sie auf dem Weg nach Süden in Isca Halt gemacht hatten, hatte sie erfahren, dass er sich in Londinium befände, was sich jedoch jederzeit ändern konnte. Dieser Tage schien er die Geschäfte Britanniens vom Rücken eines Pferdes aus zu erledigen. Zwar hatte sie eine Nachricht geschickt, um ihm ihre Ankunft anzukündigen, dennoch hätte es sie nicht überrascht, wäre er fort gewesen.

Offensichtlich hatte er nicht vor, lange zu bleiben. Der Palast war unterbesetzt, und das Mahl, zu dem sie sich an der Tafel einfanden, schmeckte zwar vorzüglich, kam jedoch wenig mehr als einem Essen im Feldlager gleich.

»Sollte mich eigentlich nicht wundern«, meinte Igraine, während sie einen weiteren Löffel Linseneintopf aß. »Als ich deinen Vater geheiratet habe, ernährte er sich von demselben Zeug.«

Artor bedachte sie mit einem ironischen Lächeln. »Ein durchschlagender Beweis für all jene, die meine Herkunft nach wie vor anzweifeln. Aber in Wahrheit esse ich aus demselben Grund so wie er. Wir befinden uns immer noch im Krieg. Icel hält sich zwar an den Vertrag, den ich ihm letzten Sommer aufgezwungen habe, aber die Iren in Demetia stiften wieder Unruhe. Ich muss dich und deine Damen bitten, weiterhin für uns zu beten, denn schon bald werde ich gezwungen sein, meine Armee nach Westen zu führen.«

Igraine seufzte. Artor war größer als Uther, und die Züge um die Augen erinnerten sie an die ihrer Mutter, aber seine Schultern waren so breit, sein Haar so nussbraun wie bei seinem Vater. Je älter Artor wurde, desto öfter ließ die Ähnlichkeit ihr manchmal den Atem stocken. So wie Uther galt er in der Öffentlichkeit als Christ. Dennoch wusste er sehr genau, dass die Priesterinnen auf der Insel der Maiden mehr taten als einfach nur beten. Darum ging es jetzt nicht.

»Niemand, der Uther kannte, würde bezweifeln, dass du sein Sohn bist. Ebenso wenig stelle ich in Abrede, dass Britannien sich immer noch im Krieg befindet. Aber so war es auch all die Jahre während unserer Ehe. Dennoch ist es deinem Vater und mir gelungen, wie zivilisierte Menschen zu leben. Es gibt keinen Grund, wieso du das nicht auch schaffen kannst!«

»Aber ich bin nicht verheiratet«, entgegnete er leise und griff nach dem Wein.

Igraine starrte mit ausdruckslosen Augen auf die verblassten Fresken an der Wand hinter ihm; ihr Verstand raste. Jedes Mal, wenn sie sonst die Angelegenheit auf den Tisch gebracht hatte, hatte er die Unterhaltung in eine andere Richtung gelenkt. Warum ging er nun darauf ein?

»Denkst du darüber nach, dies zu ändern?«, erkundigte sie sich behutsam.

Artor schaute auf, erblickte ihre Miene und lachte. »Fürchtest du, ich hätte mich in eine ungebührliche Frau verliebt? Wann hätte ich dafür schon Zeit?« Er schüttelte den Kopf. »Aber selbst dem alten Oesc ist es gelungen, eine Frau zu finden – ausgerechnet Fürst Gorangonus' Enkelin. Ich bin gerade von ihrer Hochzeit zurückgekehrt, wo ich die Braut übergeben habe. Ich hatte immer vor zu heiraten, sobald das Land sicher wäre, aber so wie es derzeit aussieht, hat Oesc bis dahin bereits Enkel.« Artor holte tief Luft. »Ich bin bereit, darüber nachzudenken, Mutter. Trotzdem muss ich dich warnen, ich habe keine Zeit, nach einer Braut Ausschau zu halten.«

Igraine trank einen Schluck Wein. Kurzzeitig fehlten ihr vor Verblüffung über diese plötzliche Aufgabe die Worte. »Vielleicht brauchst du das gar nicht ...«, meinte sie gedehnt. »Sofern meine Visionen nicht gelogen haben. Da ist eine Maid, Fürst Leodegranus' Tochter; ich glaube, die Göttin hat sie auserwählt. Aber du musst auf sie warten. Sie ist erst dreizehn.«

»Dann ist sie ja noch ein Kind!«, rief er aus.

»Jedes Mädchen, um dessen Hand noch nicht angehalten wurde, ist jung«, entgegnete Igraine. »Es sei denn, du entscheidest dich für eine Witwe, was jedoch vermutlich zu Schwierigkeiten führen würde.« Beide hörten sie das unausgesprochene *So wie bei mir ...*

»Ich werde keine Maid zu einer Hochzeit mit einem doppelt so alten Mann zwingen«, sagte Artor entschieden. »Wir müssen uns erst treffen, bevor die Dinge beschlossen werden.«

»Ich schreibe Leodegranus und bitte ihn, seine Tochter nicht zu verloben, bevor du sie gesehen hast.«

»Es muss auch ihr Wille sein.«

»Selbstverständlich …«, seufzte Igraine. Es war auch ihr Wille gewesen, Gorlosius zu heiraten, und die Ehe hatte sich als Katastrophe erwiesen. »Deine Schwester hatte Zweifel, Leudonus zu ehelichen«, sprach sie laut, »dennoch hat sie zugestimmt, und in ihrem Fall scheint alles gut gegangen zu sein, obwohl er wesentlich älter ist als sie.«

Sie versuchte aus Artors Mienenspiel zu lesen, welchen Eindruck Morgauses Erwähnung auf ihn machte. Igraine wusste, dass ihre Tochter *ihn* nicht mochte, aber Artor hatte seine Schwester zu selten getroffen, um sich eine Meinung zu bilden.

»Ich habe sie zuletzt gesehen, als wir Naitan Morbet und die Pikten besiegt haben«, bemerkte er schließlich. »Sie war … atemberaubend. Drei ihrer Jungen sind mittlerweile bei mir, und sie berichten mir, dass es ihr gut geht.«

Igraine nickte. »Ich bin ihr zuletzt vor fünf Jahren begegnet, als sie den See mit ihrem jüngsten Kind besucht hatte. Damals wirkte sie bekümmert, aber Leudonus war nicht der Grund.«

»Was dann?« Artor richtete sich auf. und sie wusste, dass er wieder wie ein König dachte.

»Seit Medrod hat sie keine Kinder mehr bekommen, und Morgause ist eine Frau, die ihre Fruchtbarkeit genoss. Sie wollte, dass ich sie zur Priesterin des Kessels mache. Vermutlich hat sie nach einer neuen Quelle der Macht gesucht.«

»Ich wusste, dass ihr das Schwert des Verteidigers auf der Insel der Maiden gehütet habt, aber was ist der Kessel?«, wollte Artor wissen.

»Vielleicht kommst du die Insel einmal besuchen, falls

es je eine Zeit des Friedens gibt, dann zeige ich ihn dir. Zwar ist es ein Geheimnis der Frauen, aber schließlich bist du der Hochkönig; außerdem gibt es ein paar Dinge, die zu erfahren du ein Recht hast.« Sie legte eine Gedankenpause ein und sammelte ihre Erinnerungen. »Er ist silbern ... und sehr alt.« Igraine schüttelte den Kopf. »So sieht er nur aus, aber das ist nicht, was er *ist* ... Der Kessel ... ist der Mutterleib der Göttin, das Gefäß, aus dem die Macht stammt, die Welt zu erneuern.«

Eine lange Weile starrte Artor sie nur an. Dann sah sie ein neues Licht in seinen Augen aufflammen. »... die Welt zu erneuern«, wiederholte er. »Weißt du eigentlich, wie sehnsüchtig ich davon geträumt habe? Seit meinem fünfzehnten Lebensjahr bin ich Hochkönig Britanniens, und die meiste Zeit habe ich damit verbracht, das Land zu verteidigen. Verstehst du, was das bedeuten, Mutter? Alles, was ich tun konnte, war zu reagieren; versuchen, die bestehenden Verhältnisse zu bewahren. Wie habe ich mich danach verzehrt, einen Schritt weiter zu gehen, die Dinge zu verbessern, dieses Land zu heilen! Falls es je, wie du sagst, eine Zeit des Friedens geben sollte, werde ich dich anflehen, die Macht des Kessels zu beschwören!«

Igraine streckte die Hand aus, Artor ergriff sie. Ihr Herz drohte die Brust zu sprengen. So lange hatte sie ihren Sohn geliebt, hatte sich nach ihm gesehnt und ihn nicht einmal gekannt. Und nun vermeinte sie, durch ihre ineinander geschlungenen Hände seine Seele zu berühren.

»Ich werde bereit sein, mein Kind. Gemeinsam werden wir es vollbringen. Darauf habe auch ich mein ganzes Leben lang gewartet!«

Doch noch während ein Hochgefühl ihr Herz erfüllte, fragte sich Igraine, wie Morgause wohl reagieren würde, wenn sie erfuhr, dass Artor abermals etwas erhalten hatte, was ihr verweigert worden war.

Medrod erzählte eine Geschichte. Morgause hörte seine Stimme, als sie um die Seite des Sonnenhauses der Frauen bog. Klar und deutlich wie die eines Barden ertönte sie, schwoll an und ab, während er die Handlung schilderte.

»Es war der Geist der alten Nessa, den ich sah . . . neben dem Feuer hockend, genau wie zu ihren Lebzeiten. Und jeder, der sich dort hinhockt, ist ihre Beute. Zuerst spürt man einen kalten Hauch im Nacken, und dann . . .«

Aus dem Augenwinkel sah er seine Mutter herannahen und verstummte. Die jüngeren Kinder, mit denen er gesprochen hatte, rappelten sich auf die Beine und machten angesichts der Königin große Augen.

»Medrod, du kommst jetzt mit!«

»Wie du wünschst, Mama«, antwortete er höflich. Noch bevor er drei Jahre alt war, hatte sie ihm beigebracht, ihr nicht zu widersprechen.

Doch als sie sich der Tür näherten, hörte sie ein unterdrücktes Kichern von einem der Kinder. Als sie sich umdrehte, überraschte sie ihren Sohn dabei, wie er einen Hüftschwung vollendete, der offensichtlich eine Nachahmung ihres eigenen Ganges sein sollte. Ihre Hand schoss los, ergriff sein Ohr und zerrte ihn hinter ihr her durch die Tür.

»Und was sollte *das*?«, fragte sie und ließ ihn los.

»Nichts – es sollte sie nur zum Lachen bringen«, fügte er hinzu, als sie abermals nach ihm griff. »Damit sie mich mögen.«

Ihre Finger gruben sich in sein Ohr und rissen mit Nachdruck daran. »Du bist ein *Prinz*, Medrod. *Sie* sollten es sein, die um *deine* Gunst buhlen. Aber wenn du dich schon über jemanden lustig machen *musst*, dann über jemanden, der unter dir steht. Es trägt keineswegs zu *deinem* Ansehen bei, wenn sie über *mich* lachen! Verstehst du das?«

»Ich verstehe, Mama ...«, flüsterte er, und sie ließ ihn wieder los. Seine Augen glitzerten vor Tränen, aber Weinen zählte ebenfalls zu den Dingen, die sie ihm schon längst ausgetrieben hatte.

»Du bist ein Prinz, mein Liebling«, fügte Morgause mit sanfterer Stimme hinzu. Sie stellte den Beutel ab, den sie trug, bückte sich, drehte den Jungen zu sich um und streichelte zärtlich sein Haar. »Dein Blut gilt als das edelste des ganzen Landes. Zudem bist du das klügste und beste meiner Kinder. Vergiss das nie, Medrod. Ich werde dir Dinge beibringen, die keiner der anderen begreifen könnte. Du darfst mich nicht enttäuschen, mein Kleinster ...« Mit diesen Worten nahm sie sein Gesicht in die Hände und küsste ihn auf die Stirn.

Als sie sich aufrichtete, sah sie, wie sein Blick zu dem Beutel wanderte, der wild zuckte und sich ausbeulte.

»Lebt das etwa?«, flüsterte Medrod.

»Das ist eine Überraschung für dich«, erwiderte sie überschwänglich, hob mit einer Hand den Beutel auf und streckte die andere ihrem Sohn entgegen. Wie immer erquickte es ihr Herz, als die kleinen Finger sich um die ihren schlossen. *Du bist mein!*, dachte sie und schaute auf ihn hinab. *Das Kind meines Herzens, der Sohn meiner Seele!*

»Machen wir ein Ritual?«, wollte er wissen, als sie auf den Pfad zur Quelle bogen. »Eines, das du von Tulach und ihren Freundinnen gelernt hast?«

»Pst, Kind, darüber dürfen wir hier nicht reden«, gebot Morgause ihm zu schweigen. »Was wir tun werden, gehört nicht zu ihren Riten, obwohl sie mir geholfen haben, es besser zu verstehen. Du bist jetzt sieben Jahre alt. Was ich dir heute zeigen werde, wird dich auf den Weg zur Macht führen.«

Medrod begann, die Schritte zu beschleunigen; Morgause lächelte.

Als sie die Quelle erreichten, ging die Sonne am Ende der Schlucht unter. Während sie verschwand, zeichnete sich der Schatten der Klippe dunkel auf dem Gras ab. Geräusche von der Feste über ihnen drangen so leise herab, als stammten sie aus einer anderen Welt.

Morgause ließ den Beutel fallen, hockte sich daneben und bedeutete Medrod, es ihr gleichzutun.

»Dies ist die Stunde zwischen Tag und Nacht. Jetzt befinden wir uns zwischen den Zeiten, zwischen den Welten. Das ist eine gute Zeit, um mit den Geistern zu sprechen, und diejenigen, die in den geheiligten Quellen leben, zählen zu den Mächtigsten.«

Medrod nickte und starrte mit großen Augen in den dunklen Teich. Was sah er? Als Morgause ein Kind gewesen war, hatte sie manchmal das Elfenvolk gesehen. Heute erlernte sie diese Gabe von neuem, mit Hilfe bestimmter Kräuter und Zaubersprüche.

Aufmerksam zeigte sie ihm, wie man Kopf und Hände reinigte, und ließ ihn ein wenig aus der Quelle trinken.

»Sprich dein Gebet an den Geist, der hier haust ...«

Gehorsam schloss er die Augen. Stumm bewegten sich seine Lippen. Sie hätte lieber gehört, was er sagte, aber im Augenblick spielte es keine Rolle. Alsbald schaute er wieder zu ihr auf.

In der Ferne hörte Morgause das Muhen von Rindern, hier an der Quelle hingegen war es ausgesprochen still. Doch jener Stille haftete eine ungewisse Schwere an, so als würde irgendetwas lauschen. Lächelnd ergriff sie den Beutel.

»Der Geist der Quelle wartet. Jetzt musst du dein Opfer darbringen. Öffne den Beutel.«

Mit flinken Fingern löste Medrod die Schnüre und öffnete den Sack, dann ließ er ihn mit einem Aufschrei fallen, als etwas Weißes, Gefiedertes herausschoss. Es war ein Gockel, der sich alles andere als glücklich darüber zeigte, in dem Beutel eingesperrt gewesen zu sein. Aber seine Füße waren zusammengebunden, weshalb er nicht weit kam, so sehr er auch mit den Flügeln schlug.

»Blut ist Leben«, erklärte Morgause. »Dreh dem Vogel den Kragen um und lass das Blut in die Quelle fließen.«

Medrod schaute von dem Gockel zu seiner Mutter und schüttelte den Kopf. Seine Miene wirkte finster vor Abscheu.

»Was, fürchtest du dich vor ein bisschen Blut? Wenn du ein Krieger bist, wirst du Menschen töten! Tu es, Medrod – tu es jetzt!«

Abermals schüttelte das Kind den Kopf und begann zurückzuweichen. Morgause zwang sich, ihr Wut im Zaum zu halten.

»Ich weihe dich in Geheimnisse ein, für die manch ein Erwachsener teuer bezahlen würde. Du wirst mir nicht trotzen. Schau her!« Ihre Stimme wurde sanfter. »Es ist ganz einfach.«

Mit einem flinken Satz ergriff sie seine Hände und drückte sie um den Hals des Federviehs. Der Junge sträubte und wehrte sich, schüttelte unablässig den Kopf und weinte.

Morgause konnte sich kein Mitleid leisten. Sie verstärkte den Griff, drehte dem Gockel den Kragen um, riss den Kopf ab und warf ihn beiseite.

Medrod schrie auf, als das Blut spritzte, aber sie hielt seine Hände unbarmherzig auf dem Körper des Vogels fest; sie wusste nicht, ob die Schauder, die durch ihre verflochtenen Finger zuckten, jene des sterbenden Hahnes oder die ihres Sohnes waren.

IV

Die Herrin des Tors zum Osten

A. D. 495

In der Stunde vor der Morgendämmerung versammelten sich die Priesterinnen im größten der Rundhäuser auf der Insel der Maiden. Nebel hing gleich einem Schleier über dem See, schimmerte wie goldene Auren um die Lampen. Schweigend und angespannt, manche noch die schlaftrunkenen Augen reibend, trudelten sie ein und nahmen rings um den Kamin ihre Plätze ein.

Igraine wartete auf sie. Seit dem Sonnenuntergang der vorigen Nacht, als ihr zur Abendandacht geöffneter Geist Merlins Botschaft empfing, war sie nicht mehr in der Lage gewesen zu schlafen. Mit Beginn des letzten und größten Sachsenaufstandes hatten die Priesterinnen sich dreimal täglich getroffen, um den Feldzug der Briten mit der Kraft ihrer Geister zu unterstützen.

Heute aber würden sie die letzte Schlacht erleben, das endgültige Aufeinandertreffen mit dem uralten Feind. Durch Merlins Augen hatte sie den Hügel namens Mons Badonicus gesehen, wo Artors Armee umzingelt war; eine wuselnde Masse am Fuß des Hügels umringte die vereinzelten Lagerfeuer auf dessen Kuppe. Die Männer waren erschöpft, zu essen gab es nur noch wenig, das Wasser war beinahe aufgebraucht. Bei Sonnenaufgang würden sie alles auf eine letzte Karte setzen und gegen den Feind ausreiten.

Die gegen die Kälte in ihre hellen Mäntel gehüllten Priesterinnen hockten gleich einem Steinkreis da, und wie bei Steinen wurzelte auch ihre Kraft in der Erde Britanniens. Mit Igraine waren es dreizehn – sämtliche alteingesessenen Priesterinnen und die begabtesten der Mädchen. Sie bedeutete der Trommlerin, mit ihrem gleichmäßigen Takt zu beginnen. Dann holte sie tief Luft und ließ ihr Bewusstsein durch die flüssigen Schichten rings um die Insel sinken und noch tiefer, hinein in das Grundgestein darunter. Nach und nach beruhigte sich ihr Puls, ihr Atem verlangsamte sich. Hier, in den Grundfesten aller Dinge, gab es weder Hoffnung noch Furcht. Es gab nur reines Sein, unverändert, ungetrübt.

Sie hätte ewig an jenem sicheren, wohl behüteten Ort verweilen können, aber obwohl ihre Anspannung gewichen war, rüttelten die langen Jahre der Übung, verstärkt durch ihre Entschlossenheit, jenen Drang wach, der noch stärker war als die Furcht um ihr Land, nämlich den Drang, ihr Kind zu beschützen. Langsam ließ sie ihr Bewusstsein aufsteigen und ein Band der Einheit mit der Erde darunter emporziehen, bis sie wieder jene Ebene erreichte, auf der sie saß.

Igraine hob die Arme, die Trommelschläge wurden schneller. Mit der Genauigkeit langer Übung streckten die anderen Priesterinnen im Einklang die Arme aus. Eine nach der anderen reichten sie sich die Hände, und nachdem der Kreis geschlossen war, flammte ein Impuls der Macht von Verbindung zu Verbindung. Mit jedem Atemzug wurde Kraft aus der Tiefe gezogen, die durch den Leib floss, über die linke Hand auf jene der nächsten Priesterin übersprang und von dort weiterzog.

Mit jeder Runde schwoll die Macht an, steigerte sich zu einem Strudel über dem Kamin. Igraine hielt sie fest und widerstand der Versuchung zuzulassen, dass sie sich in einer einzigen, gewaltigen Energieexplosion entlud. Vor ihr geistiges Auge hielt sie sich Merlins Bild und bot ihm jenen Kegel der Macht an, um seine Magie zu verstärken. Als die Verbindung an Kraft gewann, spürte sie Männer und Pferde, Verwirrung und Blutdurst, Erregung und Angst.

Auch als etwas gleich einem Speer aus Licht auf den Druiden zuschwirrte, ließ sie nicht los. Doch der Schreck, als Merlin es auffing, zerriss die Verbindung. Einen entsetzlichen Augenblick wirbelten die Geister der Priesterinnen wie Laub im Sturm durcheinander. Und dann erblühte eine andere Macht in ihrer Mitte, erhob sich aus dem Kamin wie eine Flamme, die alle anderen Mächte verzehrte.

Grell wie Feuer, rein wie Wasser, stark wie die Erde stieg Brigantia höchstpersönlich aus der Mitte ihrer Priesterinnen auf und bündelte ihre vereinte Macht in dem Bildnis der Göttin auf dem Buckel von Artors Schild. Durch die Augen der Göttin sah Igraine, wie das Bild aufleuchtete, wie der grelle Schein die Gesichter der Krieger Britanniens erhellte, wie die Sachsen, die spürten, dass sich das Land selbst gegen sie wandte, zurückwichen und die Flucht ergriffen.

Igraine war Aquae Sulis stets wie ein Vorposten der Zivilisation und Kultur inmitten der wilden Hügel erschienen. Der warme Stein des Tempels von Sulis und die Umzäunung der Bäder in der Stadtmitte schimmerten im nachmittäglichen Sonnenschein, die Schindeldächer der römischen Gebäude ringsum strahlten die weiche Schönheit eines vergangenen Zeitalters aus. Sogar der Sachsenkrieg hatte den Ort nur unwesentlich berührt, obwohl das Gebiet im Norden von den beiden Armeen zertrampelt und aufgerissen worden war. Igraine hatte geweint, als sie an den beiden Wällen vorbeikam, wo die Leichen der getöteten Briten und ihrer Feinde verbrannt worden waren. Im Leben, dachte sie, waren sie Feinde gewesen, aber im Tod nährten sie alle dieselbe Erde.

Die Sachsen hatten zwar ein paar Türen eingetreten, als sie Aquae Sulis nach Nahrung durchsuchten, aber die Stadt war auf Befehl Artors von jedweder Beute geräumt und verlassen worden, bevor die Armeen eintrafen. Wäre der Ort nicht voll von verwundeten Soldaten gewesen, sie hätte nie erahnt, dass hier ein Krieg stattgefunden hatte.

Jene Krieger, die noch zu reiten vermochten, waren bereits unterwegs nach Hause oder jagten hinter den sich zurückziehenden Sachsen her. Die meisten der schwerer verletzten Männer waren tot. Diejenigen, die weiterhin in Aquae Sulis blieben, hatten Wunden, die sie zwar nicht getötet hatten, jedoch einer langen Heilung bedurften. Die Mineralien im Wasser heilten zerrissenes Fleisch ebenso wie dessen Wärme Muskelschmerz linderte, und jeden Morgen prangten am Altar von Sulis neue Opfergaben.

Bei Sonnenaufgang, bevor der Schwall der Verwundeten kam, um die Göttin aufzusuchen, begaben sich Igraine und ihre Frauen in die Bäder. Einige der heißen und kalten Becken, die den Einrichtungen im vorigen

Jahrhundert hinzugefügt worden waren, konnten nicht mehr genutzt werden, aber das rechteckige, große Bad wurde immer noch von einem gewölbtem Dach geschützt. Durch den von der Wasseroberfläche aufsteigenden Dampf betrachtet, schienen die rings um das Becken angeordneten Marmorgötter zu nicken und zu wanken. Eingelullt von der Wärme des Wassers, grüßte sie Igraine – Venus und Merkur, Jupiter, Juno und Minerva, Ceres und Bacchus, Apollo und seine Schwester Diana mit ihrem springenden Reh.

Nur Mars fehlte an diesem Ort des Heilens. Aber am Mons Badonicus hatten die Briten dem Kriegsgott ohnehin genug geopfert. Nicht nur Oesc, sondern auch Ceredic, der Anführer der Westsachsen, war dort gefallen. Aelle, der den Aufstand geleitet halte, war ein greiser Mann. Es würde eine Generation oder mehr dauern, ehe die Sachsen hoffen durften, wieder eine vergleichbare Armee ins Feld zu schicken.

Nach dem Bad gesellte sie sich entspannt und gewärmt zu Artor, um im Haus des obersten Beamten das Frühstück einzunehmen.

»Du siehst gut aus«, stellte er fest, als sie sich setzten.

»Ich wünschte, ich könnte dasselbe von dir behaupten«, erwiderte sie. Im unbarmherzigen Morgenlicht traten die Furchen, die Schmerz und Verantwortung um seinen Mund und in die Stirn gegraben hatten, noch deutlicher zu Tage als im Fackellicht der Nacht zuvor. »Du siehst aus, als hättest du den Krieg verloren.«

»Ich habe eine Menge guter Männer verloren«, gab er mit tonloser Stimme zurück. Er hatte seine Schale mit Haferbrei gefüllt, aß jedoch nicht. »Ich habe Oesc verloren.«

»Er war dein Feind!«

Artor schüttelte den Kopf. »Das war er nie. Hätte ich ihn nicht im Stich gelassen, wäre es zu keinem Krieg gekommen. Ich habe ihn getötet«, sagte er kläglich.

»Aber doch nicht aus Hass oder Zorn«, gab sie sanft zu bedenken.

Ihr Sohn seufzte. »Wenigstens das ist mir erspart geblieben. Es war sein Wunsch. Er hat sich in der Schlacht das Rückgrat gebrochen, und er wollte, dass der Gnadenstoß durch meine Hand erfolgt.«

Mit nachdenklich gerunzelter Stirn musterte Igraine den König. *Auch du bist verwundet, mein Sohn, und zwar ebenso schlimm wie all die Männer, die ich draußen in den Bädern gesehen habe.*

»Als Uther starb«, begann sie bedächtig, »sah ich keinen Grund mehr zu leben. Morgause brauchte mich nicht, und wo du warst, wusste ich nicht. Ich war keine Königin mehr. Es dauerte eine ganze Weile, bis ich begriff, dass es immer noch eine Rolle für mich gab und Dinge, für die ich benötigt wurde.«

»Wie wahr«, hauchte Artor. »Ich habe deine Anwesenheit auf dem Schlachtfeld gespürt. Und dann ...« Eine wundersame Erinnerung flammte in seinen Augen auf. »Dann kam die Göttin, Sulis Minerva, oder Brigantia höchstpersönlich, und erfüllte unsere Herzen mit Feuer. Britannien steht tief in der Schuld der Frauen der Heiligen Insel.«

»Und nun brauchst du mich wieder.« Es war mehr eine Feststellung als eine Frage. Seine Züge wirkten angespannt, und sie erkannte, dass er sie überhaupt nicht sah. »Artor!«, sprach sie ihn scharf an. »Weshalb hast du mich herbestellt?«

»Ich brauche dich tatsächlich.« Ein reumütiges Lächeln hellte sein Antlitz auf. »Eine Aufgabe verbleibt zu erfüllen, für die mein Mut nicht reicht. Nur eine Frau – eine Priesterin – kann mir jetzt helfen.«

Igraine stellte ihren Tee ab und blickte ihn erwartungsvoll an.

»Ich habe Oesc geschworen, ich würde seine Asche neben Hengests Grabhügel beerdigen ... und ich habe ihm versprochen, seine Frau und sein Kind zurück nach Cantium zu bringen.«

»Wird Cador sie dir übergeben?«

»Das hat er bereits«, antwortete Artor erbittert. »Was den einzigen Grund darstellt, weshalb sein Kopf noch auf den Schultern sitzt. Es ist genug Sachsenblut geflossen, um selbst die Dumnonii zu befriedigen. Rigana und ihr Kind halten sich wohl behütet in Dun Tagell auf. Ich möchte, dass du dort hinreist und sie nach Hause begleitest.«

Igraine lehnte sich im Stuhl zurück und starrte ihren Sohn an, während Erinnerungen in ihrem Kopf durcheinander wirbelten. »Ich bin nicht mehr in Dun Tagell gewesen, seit dein Vater mich dort abgeholt hatte, um mich zu heiraten, nachdem Gorlosius gestorben war.«

Nach einer Weile erkannte sie in Artors Augen, wie deutlich jener alte Kummer und Zorn sich in ihrem Gesicht abgezeichnet haben musste.

»Wird es je leichter, Mutter? Verblassen der Zorn und der Kummer im Verlauf der Zeit?«, wollte er von ihr wissen.

»Ja ...«, antwortete sie bedächtig. »Wenn du Heilung suchst. Wenn du aus der Zerstörung etwas Neues errichtest.«

Ohne ihrem Blick auszuweichen, nickte er. »Wir alle brauchen jetzt Heilung. Nach so vielen Jahren des Krieges erfährt unser geschundenes, geprügeltes Britannien endlich wieder Frieden. Das Schwert und der Speer müssen nun ruhen. Es ist an der Zeit, den Kessel ins Spiel zu bringen und dessen Macht zu nützen.«

»Und dafür brauchst du die Herrin vom See«, erwiderte Igraine. »Ich verstehe. Aber du brauchst außerdem eine Königin.«

»Versuchst du immer noch, mich zu verheiraten, Mutter?« Die Furchen des Schmerzes verschwanden hinter einem kurzen Grinsen. »Nun, vielleicht hast du Recht. Ich werde Vorkehrungen treffen, um Leodegranus zu besuchen – nachdem ich Oescs Sohn als den Herrscher über Cantium bestätigt habe.«

»Ach, hat Artor Euch geschickt, weil er sich fürchtet, mir unter die Augen zu treten?« Rigana drehte sich um. Ihr Rock flatterte, als die Brise vom Meer sie erfasste, aber in Dun Tagell ging ständig Wind.

»An die Zeit des Königs werden unzählige Anforderungen gestellt«, gab Igraine unverfänglich zurück.

»Oh, sicher!« Rigana wich mit einem raschen Schritt vom Rand der Klippe zurück. Die braunen Locken baumelten ihr ins Gesicht, als sie den Kopf wie ein zorniger Vogel schief legte. »Zu viele, um mich zu beschützen, als dieser Bastard Cador mich entführt hat, und viel zu viele, um sich die Zeit zu nehmen, mich zu retten! Ich hätte immer noch einen Mann, und euch wäre dieser Krieg erspart geblieben, wenn nicht so viele Anforderungen an die Zeit Eures Sohnes gestellt worden wären!«

Igraine riss sich mit aller Kraft zusammen. »Die Frauen

von Demetia, die er vor der Sklaverei in Eriu gerettet hat, würden Euch wohl kaum beipflichten, aber im Nachhinein weiß man ja immer alles besser.« Sie hatte Oesc einoder zweimal getroffen, als er noch Artors Geisel war, und ihn für einen liebenswürdigen, wenngleich recht ernsten jungen Mann gehalten. Wie war es nur dazu gekommen, dass er diese Furie geheiratet hatte? »Er hat mich geschickt, weil ich weiß, was es heißt, den Ehemann zu verlieren«, fuhr sie fort. »Artor wird uns in Cantium erwarten.«

»Mit Oescs Asche ...« Kraftlos sackten Riganas schmale Schultern herab. »Nachts liege ich wach und erinnere mich an die bitteren Worte, die zwischen uns gefallen sind. Und doch habe ich den Mann geliebt, obwohl er ein Sachse und der Erbe des alten Feindes meiner Familie war.«

»Auch Artor hat ihn geliebt«, gab Igraine mit leiser Stimme zu bedenken.

Gemeinsam brachen die beiden Frauen den Pfad entlang auf, der sich um den Rand der Klippe wand. Der Steinwall war hier niedrig, eher ein Schutz für die Menschen auf der Innenseite denn eine Verteidigungseinrichtung. Kein Boot konnte die Felsen am Fuß der steilen Klippe passieren, die sich über dem wogenden Glitzern der See auftürmte. Sie bahnten sich einen Weg durch die verfallenen Überreste der kegelförmigen Hütten, in denen Mönche gehaust hatten, bis Gorlosius Dun Tagell in einen Wachposten verwandelte, dann folgten sie der Kurve um den Felsen zurück zur Halle.

»Oesc hat ihm vertraut«, meinte Rigana verbittert. »Meinetwillen hätte er sich nicht gegen sein eigenes Volk gewandt, aber ich glaube, hätte Artor es von ihm verlangt, hätte er es getan.«

»Er ist Euretwillen gegen Artor in den Krieg gezogen«, erinnerte Igraine sie.

»Glaubt Ihr, ich hätte mir nicht auch dafür die Schuld gegeben?«

»Gib Cador die Schuld.«

»Der ungestraft davonkommt!«, rief Rigana hitzig aus.

»Nicht gänzlich ungestraft. Soweit ich weiß, wird er nie wieder in der Lage sein, ein Pferd zu reiten.«

»Artor hätte ihn töten sollen! Er hat mich gedemütigt – mich eine Hure genannt, die sich für ein warmes Bett und ein scharlachrotes Hemdkleid an den Feind ihres Landes verkauft hat!«

Sie hatten wieder innegehalten. Unter ihnen schimmerte das träge Küstenwasser des Meeres leuchtend wie ein Smaragd.

»Das wollte er«, antwortete Igraine, »aber er brauchte Cadors Männer. Das Wohl Vieler überwog den Wunsch nach Rache – eine Lektion, die Ihr noch lernen müsst, wenn Ihr Cantium halten wollt, bis Euer Sohn erwachsen ist.«

»Ist es *das*, was Artor vorhat?« Riganas Augen weiteten sich.

»Cantium ist Britanniens Tor zum Osten. Artor hat darauf vertraut, dass Oesc es für ihn halten würde, und es seinem Sohn versprochen. Ihr entstammt dem alten Blut des Landes. Bis er erwachsen ist, seit Ihr Cantiums Königin. Ihr müsst Euch für einen guten Mann entscheiden, der Eure Hausgarde anführt.« Jäh verstummte sie, denn Rigana hörte ihr nicht zu.

Über ihnen kreisten schreiend Möwen. Rigana hatte sich zur Halle umgedreht, und Igraine hörte neben dem Gekreische der Vögel einen leiseren Schrei.

»Eormenric ...« Kurz verschränkte Rigana die Arme vor der Brust, wo sich als Antwort auf den Ruf des Säuglings ein dunkler Milchfleck ausbreitete, dann eilte sie den Pfad hinab.

Igraine folgte ihr langsam und stählte sich gegen Erinnerungen, die gleich der Brandung der See über ihr zusammenschlugen. Vor ihrem geistigen Auge wich der strahlende Nachmittag einer mondhellen Nacht, und sie sah Uther auf sich zukommen. Als eine Gestalt, die in einen Mantel gehüllt war, sich vor ihr erhob, zeigte sie sich keineswegs überrascht; sehnsüchtig streckte sie die Arme danach aus -

»Fürstin ... ich begrüße Euch ...«

Eine Frauenstimme. Vom Tageslicht geblendet, wich Igraine zurück.

Jemand ergriff ihre Hand und zog sie zurück auf den Pfad, wo sie ob der Nachwehen ihres Tagtraums zitternd verharrte.

Die Frau, die sie festhielt, wirkte ein wenig gebückt, hatte graue Strähnen im Haar und trug ein graues Kopftuch. Es dauerte eine Weile, bis Igraine erkannte, dass jenes Schimmern rings um die Fremde kein Makel ihrer Augen, sondern die Aura der Macht war. Sie holte tief Luft, riss sich zusammen und blickte nochmals hin.

»Ihr seid Haedwig, Oescs Wahrsagerin«, meinte sie schließlich. »Merlin hat mir von Euch erzählt.«

Haedwig lächelte, wodurch sie plötzlich nicht mehr so alt wirkte »Und ganz Britannien kennt die Herrin vom See.« Ihr Nicken stellte den Gruß einer Priesterin an eine andere dar. »Ich bin froh, dass Ihr gekommen seid.«

Zu Igraines Erleichterung bediente sie sich der britischen Sprache, zwar mit Akzent, aber dennoch deutlich.

»Versteht *Ihr*, weshalb Artor Rigana ausgerechnet hier untergebracht hat?«

Der Blick der weisen Frau wurde ausdruckslos. »Damit sie in Sicherheit war, bis Oescs Schicksal sich erfüllt hatte. Die Runen haben mir verraten, was kommen musste. Ich habe ihn innig geliebt, aber ich wusste, dass sein Leben kurz sein würde. Nun kehrt er zum Land zurück.«

Plötzlich betrachtete Igraine die Frau mit abwägendem Blick. Dass die sächsische Weisfrau Macht besaß, war klar – aber was wusste sie, abgesehen von den Runen, noch?

»Eine Zeit des Friedens naht, in der unsere Völker lernen müssen, miteinander zu leben«, begann sie bedächtig. »Und mir scheint, im Verlauf der Jahre werden diejenigen von uns, die den alten Wegen folgen, Sachsen wie Briten, feststellen, dass wir untereinander mehr gemeinsam haben als mit den Priestern der Christen. Ihr wärt jederzeit willkommen am See, um unsere jungen Priesterinnen zu unterrichten und unsere Geheimnisse kennen zu lernen.«

Haedwig hielt einen Augenblick inne; ihr Blick hatte sich nach innen gekehrt, so als lauschte sie. Dann lachte sie. »Das würde ich gern tun, aber Ihr müsst wissen, wohin ich gehe, dorthin geht auch der Gott, dem ich diene. Er war schon immer nur allzu willens, von Frauen zu lernen, und ich könnte weitergeben, was ich von ihm gelernt habe. Aber vorerst verkörpert Oescs junger Sohn meine Pflicht. Bis Eormenric der weiblichen Obhut entzogen wird, muss ich bei ihm bleiben. Wenn dieser Tag gekommen ist und Ihr immer noch wollt, so werde ich Euch gern aufsuchen.«

»Ich verstehe«, sprach Igraine. »Und Rigana kann sich glücklich schätzen, Euch an ihrer Seite zu haben. Aber vor uns liegt noch eine beschwerliche Reise. Lasst uns an Weisheit teilen, so viel wir können, während wir einander Gesellschaft leisten …«

Die Ernte war eingebracht, und der erste Herbststurm war über den Westen hinweggefegt, hatte das Land gereinigt und den Blättern die ersten leuchtenden Farben eingehaucht. Doch nachdem er vorüber war, schienen die Götter ihre Androhung des Winters zu bereuen, denn der Himmel klarte auf, und die Luft erwärmte sich erneut. Das Tal von Avalon lag verträumt und friedlich da, und die Hügel, die es schützten, ruhten im Schein der Sonne.

Sogar in der Villa, in die Fürst Leodegranus geflüchtet war, um der Hitze von Lindinis zu entrinnen, war die Luft heiß und schal. Gwendivar, in die schlichteste Leinentunika gekleidet, die ihre Mutter ihr gestattete, löste die Hüftschärpe, sodass die Tunika offen an den Broschen hing, die sie an den Schultern zusammenhielten. Dennoch spürte sie, wie Schweißtropfen über ihren Körper perlten. Sogar die Wolle, die sie spann, fühlte sich glitschig zwischen ihren Fingern an. Angewidert befreite sie sich davon und warf die Spindel auf die Bank, die entlang der überdachten Veranda verlief.

Schwester Julia zuckte ob des Lärms zusammen, dann wandte sie die Aufmerksamkeit wieder der Schnur zu, die sie von dem Wollknäuel an ihrem Kunkel auf die Spindel fädelte. Seit beinahe einem Jahr war sie Gwendivars ständige Gefährtin, seit Petronilla, aufgerüttelt durch die Andeutungen in Königin Igraines Brief, von der Insel aus Glas eine Nonne angefordert hatte, die über ihrer Tochter Keuschheit wachen sollte. Mutter Maduret hatte ihnen Julia angeboten, ein Waisenkind aus ehrbarer Familie, das sein endgültiges Gelübde noch nicht abgelegt hatte. Sie war schlicht genug, um Gwendivars Mutter von ihrer Tugend zu überzeugen, und mit achtzehn Jahren jung genug, um von Gwendivar geduldet zu werden.

»Wie hältst du es nur aus, bei diesem Wetter zu spinnen?«, rief sie, legte die Hände auf das Geländer und blickte über die Stoppeln der Heuweide. »Ich wette, selbst die Schafe würden ihr Fell ablegen, wenn sie könnten. Aber du« – sie drehte sich wieder zu Julia um – »wirkst immer so kühl.«

Julia errötete ein wenig, und Gwendivar lachte. Schon früh hatte sie herausgefunden, dass die helle Haut der jungen Frau jede Gefühlsregung verriet. Wie immer trug sie ein schweres, ungefärbtes Leinenhemdkleid, und als Gwendivar genauer hinschaute, erspähte sie eine Schweißschicht auf Julias Stirn.

»Dir ist *doch* heiß! Nun, damit wäre das geregelt. Wir gehen runter zum Bach, um zu baden!«

»Aber deine Mutter!« Julia hielt mitten in der Arbeit inne.

»Meine Mutter kommt erst heute Abend aus Lindinis zurück, und was sollte sie schon dagegen haben? Der Krieg ist vorbei, und all die lüsternen Soldaten sind unterwegs nach Hause!«

Was eigentlich schade war – obwohl sie alle voller Angst gewesen waren, hatte sich ihnen kein einziger Soldat, lüstern oder nicht, genähert. Es hätte ein wenig Aufregung in einen zwar bangen, aber langweiligen Sommer gebracht.

Gwendivar seufzte. Sie wusste, ihre Mutter hätte ihr befohlen, das Badehaus neben der Villa zu benützen, doch sie sah keinen Grund, den Sklaven zusätzliche

Arbeit aufzuhalsen, wenn sie doch eigentlich nur wieder einmal hinaus in die Wälder wollte.

Bevor Julia weitere Einwände erheben konnte, war Gwendivar schon ins Haus gestürmt, um ihre Sandalen, ein paar Handtücher und eine Decke zu holen, und rannte den Pfad hinunter. Im nächsten Augenblick hörte sie die junge Nonne hinter ihr hereilen und lächelte. Mittlerweile hatte sie herausgefunden, dass Julia innerhalb der Grenzen der mütterlichen Regeln recht einfach zu überreden war. Gwendivar hätte sich ihrer Gesellschaft sogar erfreuen können, wenn ihr nur hin und wieder ein wenig Zeit allein zugestanden würde.

Es war Monate her, seit sie zuletzt den Hauch der Elfenwelt gespürt hatte. Hieß erwachsen werden etwa, dass man sie nicht mehr sehen konnte? Aber sie hatten ihr versprochen, dass es immer so bleiben würde! An jenes Wissen klammerte sich Gwendivar in den einsamen Nächten, wenn sie wachlag, den Mond am Fenster vorbeiziehen sah und Julias leisem Atem von der gegenüberliegenden Seite der Kammer lauschte. Manchmal spielte sie mit dem Gedanken, einfach aus dem Fenster zu klettern, aber Julia hatte einen leichten Schlaf und würde den ganzen Haushalt wecken und hinter ihr herschicken.

Dennoch werde ich es tun!, versprach sie sich, als sie den Wald erreichte und die Schritte verlangsamte. *Niemand, nicht einmal der Hochkönig persönlich, sperrt mich lange ein!*

Julia bedachte Gwendivar mit einem tadelnden Blick, als sie das Mädchen endlich einholte. Sie keuchte schwer und schwitzte sichtlich. Gwendivar musste ein kurz aufkeimendes Gefühl von Mitleid unterdrücken. Julia war selbst schuld – schließlich wusste sie, wohin Gwendivar hatte gehen wollen.

Doch nun konnte sie das fröhliche Gurgeln des Baches hören, der zwischen den Steinen der Furt plätscherte. Unterhalb der Furt war das Gelände gerodet worden, damit die Schafe und Rinder herkommen konnten, um zu trinken, oberhalb jedoch, wo eine Gruppe Erlen dem Wasser Schatten spendete, hatte ihr Vater einen Badeteich anlegen lassen.

Gwendivar ließ das Handtuch fallen, entledigte sich mit einer einzigen, flinken Bewegung der Tunika und hechtete in den Teich.

»Oh, das ist einfach herrlich!«, rief sie, als die Kühle sie umfing. Sie tauchte unter und sprang lachend wieder auf, spritzte Julia nass, die ihr Hemdkleid zusammengelegt hatte und das Wasser gerade mit der Zehenspitze prüfte, und lachte abermals, als sie die Wasseroberfläche in der Sonne glitzern sah. Dann lehnte sie sich zurück, ließ sich vom kühlen Nass umarmen und trieb auf dem Rücken; ihr leuchtendes Haar breitete sich rings um sie aus, ihre Brüste glänzten wie helle Äpfel.

Behutsam watete auch Julia in den Teich. Aufrecht stehend, umspülte das Wasser ihre Brüste, die größer als jene Gwendivars waren, obwohl sie kleiner als das jüngere Mädchen war. Die rosigen Nippel hatten sich ob des kühlen Wassers aufgerichtet. Julias Antlitz mochte wohl schlicht sein, ihr Körper hingegen war drall und wunderschön. Es war eine Schande, diese runden Hüften unter der unförmigen Robe einer Nonne zu verstecken.

Sie ließ sich abermals unter die Oberfläche sinken, drehte sich, öffnete die Beine, damit das kühle Wasser zwischen ihren Schenkeln hindurchfließen konnte.

Gwendivar fühlte den Druck der Strömung an ihrer Seite – oder war es der Geist des Teiches? In wortlosem Sehnen streckte ihr eigener Geist sich nach ihm aus, und sie spürte, wie die Strömung sie in eine wesenlose Umarmung nahm.

Allzu bald musste sie auftauchen, um Luft zu schnappen, und der Augenblick war vorüber. Gwendivar konnte dankbar sein, dass sie bereits nass war, denn so vermochte Julia ihre Tränen nicht zu sehen. Sie bündelte ihr Haar zusammen und wrang es aus, dann watete sie zum Ufer.

»Willst du jetzt zurückgehen?«, fragte Julia. Sie wusch sich das Haar, dass mittlerweile vor Feuchtigkeit so schwarz war wie das Dreieck zwischen ihren Schenkeln.

»Ich werde mich eine Weile ausruhen und von der Luft trocknen lassen.« Gwendivar breitete die Decke dort aus, wo sich unter den Bäumen eine dichte Laubschicht angesammelt hatte und legte sich darauf.

Alsbald gesellte Julia sich zu ihr und seufzte vor Zufriedenheit, als sie sich an Gwendivars Seite ausstreckte.

»Was ist mit dir?«, fragte die junge Nonne kurz darauf. »Du wirkst so traurig. Habe ich etwas Falsches gesagt oder getan?«

Verdammt, dachte Gwendivar und wischte sich über die Augen. »Früher bin ich wie ein wildes Pony durch die Hügel gestreift! Ich hasse es, im Haus eingepfercht zu sein wie eine Stute, die man hält, bis der Hengst kommt. Es ist nicht deine Schuld, Julia. Du machst es mir sogar beinahe erträglich!«

»O mein Liebes!« Julia streckte die Hand aus, um Gwendivar an der Schulter zu berühren. »Willst du den König denn nicht heiraten?«

»Er kennt mich doch gar nicht! Vielleicht kommt ja nichts dabei heraus. Vielleicht ist das alles nur der Traum meiner Mutter. Aber wenn mich der Hochkönig nicht will, findet sie jemand anders, und dann bin ich für immer eine Gefangene!«

»Gwendivar, es wird alles gut!«, murmelte Julia und zog sie dicht an sich. Als sie abermals zu weinen begann, hielt sie Gwendivar an die weiche Brust gedrückt, bis sie sich ausgeweint und wieder beruhigt hatte.

Es war lange her, dachte Gwendivar in der friedlichen Stille, die folgte, dass ihre Mutter sie so gehalten hatte. Julias Haut fühlte sich kühl und glatt wie das Seidenkleid ihrer Mutter an. Verträumt, als streichelte sie eine Katze, glitten ihre Finger jene weiche Seite hinab. Immer und immer wieder fuhr sie darüber, erforschte die Konturen von Muskeln und Knochen unter der geschmeidigen Haut, bis ihre Hand sich über dem Hügel der Brust der anderen Frau schloss.

Julia atmete schwer, und Gwendivar, die sogleich die Augen aufschlug, sah unter der hellen Haut die verräterische Schamesröte, lodernd wie ein Sonnenaufgang. »Bitte – du sollest mich nicht . . .«

»Berühren? Aber wieso nicht?«, wollte Gwendivar wissen. »Deine Haut fühlt sich wunderbar an « Zärtlich drückte sie die Brust, dann kreisten ihre Finger, bis sie die rosa Brustwarze fanden und spürten, wie sie sich aufrichtete.

»Ich glaube . . . es ist eine Sünde . . .« Stockend sog Julia die Luft ein und wollte sich von Gwendivar lösen, die sie jedoch festhielt.

»Meine Mutter sagt, es ist eine Sünde, wenn ich einen Mann meinen Körper berühren lasse, aber du bist kein Mann.« Gwendivar lächelte. »Sieh nur, unsere Brüste schmiegen sich aneinander wie Tauben …« Sie rückte näher und fühlte, wie ob der Berührung von Haut auf Haut ein süßes Feuer in ihr zu lodern begann. Sehnsüchtig leckte sie sich über die Lippen und fragte sich, ob diese Haut ebenso süß schmeckte, wie die Berührung sich anfühlte. Julia stieß einen leisen, verzweifelten Laut aus und wandte den Kopf ab.

»Du magst mich doch, oder?«, fragte Gwendivar, von plötzlichen Zweifeln erfüllt. »Es ist doch nicht nur, weil meine Mutter darauf besteht, dass du bleibst …«

»O Gwendivar, mein süßes Kind, ich liebe dich«, flüsterte Julia heiser. »Hast du das nicht gewusst?« Die Anspannung wich aus ihrem Körper, und sie streckte die Hand aus, um Gwendivars Haar zu streicheln.

»Ich weiß nichts über Liebe, aber ich weiß, dass es dir gefällt, mich festzuhalten.« Abermals lächelte sie und küsste Julia auf die Lippen. Ein letzter Augenblick des Widerstands folgte, dann schlossen sich die Arme des anderen Mädchens um sie.

Gemeinsam sanken sie auf die Decke zurück, dann erfuhr Gwendivar, wie sehr Julia sie liebte, als die beiden, linkisch wie Fohlen und sinnlich wie Kätzchen entdeckten, welche Wonne Berührungen verschaffen konnten. Und bald vergaß Gwendivar, in Empfindungen verloren, die Zukunft, die sie einschnürte, und war frei.

Im Mittwinter kam der Hochkönig nach Lindinis. Er reiste von Londinium nach Isca Dumnoniorum, um Cador zu besuchen, so konnten sie in seiner Botschaft lesen, und Lindinis wäre ein guter Ort, um eine Pause einzulegen. Er würde, hieß es in der Nachricht, rechtzeitig zum Fest dort sein.

»Er schreibt nicht, dass er kommt, um *mich* zu sehen«, sagte Gwendivar. Geschrubbt und gebürstet saß sie duftend, in römische Seide gehüllt, auf der Truhe im Schlafgemach ihrer Mutter und trat mit den Fersen gegen die geschnitzte Seite der Kiste.

»Er schrieb, um deinen Vater zu fragen, ob bereits um deine Hand angehalten wurde«, antwortete Petronilla, während sie in den Spiegel aus polierter Bronze schaute und sich Scheiben aus Blattgold und Granatsplittern in die Ohren hängte. »Gott weiß, woher er erfahren hat, dass Leodegranus überhaupt eine Tochter hat, aber wenn er herkommt, dann bist du es, die er sehen will. Vielleicht fürchtet er, es könnte die anderen neidisch machen, wenn er in Demetia oder Dumnonia einheiratete, wohingegen ein Bündnis mit Lindinis das Machtgefüge in keiner Weise beeinträchtigt. Aber du entstammst dem Blut der Durotriges-Fürsten, und deine Herkunft ist so königlich wie jede andere in Britannien. Also leg dein bestes Benehmen an den Tag, mein Mädchen.« Sie drehte sich um und bedachte ihre Tochter mit einem drohenden Funkeln. »Und erweise dich als Artors Braut würdig.«

Und wieso sollte ich eine Königin werden wollen?, fragte sich Gwendivar trotzig. *Soweit ich gehört habe, besitzen Königinnen sogar noch weniger Freiheit als andere Ehefrauen* –, was sie jedoch nicht laut aussprach. Ihre Mutter hatte der Familie die Vorteile recht deutlich offen gelegt und gedroht, Gwendivar mit Julia zurück auf die Insel aus Glas zu schicken, wenn sie sich sträubte.

»Wenigstens«, fuhr Petronilla fort, während sie den Schleier über ihr Haar breitete, »siehst du in letzter Zeit blendend aus.«

Gwendivar fühlte, wie ihr verräterische Röte in die Wangen schoss und hoffte, ihre Mutter würde dies jungfräulicher Bescheidenheit zuschreiben. Es war Julias Zuwendung und das Vergnügen, das sie zusammen genossen, die jene letzten Monate erträglich gestaltet hatten

Heraufdringende Geräusche von der Straße unter ihnen ließen die beiden aufspringen und lauschen. Hastig trippelte Petronilla zu dem Vordach, von dem aus man das Atrium sehen konnte, und spähte hinab.

»Sie kommen – schnell jetzt, wir müssen bereit sein, sie zu begrüßen.« Damit griff sie nach der Hand ihrer Tochter und zog sie aus dem Raum.

Gwendivars erster Gedanke war, dass Artor alt wirkte. Nach einem zweiten Blick beschloss sie, dass er vielleicht bloß ungemein erschöpft war. Jedenfalls war er groß und stattlich, wenngleich ein wenig dünn, und in seinem braunen Haar prangten erst einige wenige graue Strähnen. Hätte er nur jemals ausspannen können, so hätte man ihn womöglich sogar als gut aussehend bezeichnen können. Sie fragte sich, ob sie deshalb so hart mit ihm ins Gericht ging, weil er sie kaum angesehen hatte. Nachdem sie sich allesamt auf dem Triclinium niedergelassen und die Sklaven das Essen aufzutragen begonnen hatten, richtete der König sämtliche Bemerkungen an ihren Vater und Bruder.

Artors Neffe Gwalchmai, ein gewaltiger junger Mann, der sie an eine Doggenwelpe erinnerte, die ihr Bruder einst mit nach Hause gebracht hatte, tat sein Bestes, um diesen Mangel auszugleichen.

»Die beiden Rüpel am Ende des Tisches dort drüben sind meine Brüder Gwyhir und Aggarban.« Mit weit ausholender Geste deutete er auf die beiden; der Becher aus hellgrünem Glas wirkte in seiner Hand unglaublich zerbrechlich. »Und in Dun Eidyn gibt es noch zwei davon, deren Zeit noch kommt.«

Gwendivar zog eine Augenbraue hoch. Gwyhir, der unter der Girlande aus immergrünen Pflanzen saß, die über die mit Fresken gezierte Wand gespannt war, wirkte beinahe so groß wie sein Bruder. Aggarban war kleiner und stämmiger, aber dennoch ein großer Mann.

»Und ihr begleitet den König überallhin?«, wollte sie wissen.

»Das tun wir, gemeinsam mit Bediver, dem schlanken, dunklen Burschen dort drüben, der ein Neffe von Riothamus aus Gallien ist, und mit Gai, Artors Pflege-Bruder.«

»Da hat er ja beeindruckende Beschützer.« Sie sah, wie er blinzelte, als sie ihn mit einem Lächeln bedachte.

»Na ja – wir haben ein paar gute Männer am Mons Badonicus verloren, aber offenbar werden wir künftig ohnehin weniger Männer brauchen.« Gwalchmai wirkte, als versuchte er sich selbst davon zu überzeugen, dass dies eine gute Sache sei.

Die Sklaven kamen herbei, um die Teller voll Wildbret und Schweinebraten abzuräumen und durch Honigkekse und Apfelkuchen aus heimischer Ernte zu ersetzen. Bald würde das Fest zu Ende sein. Würden die Männer sich dann zum Trinken zusammenfinden und die Frauen fortschicken? Gwendivar wünschte sich nicht mehr, Artor zu meiden; vielmehr fürchtete sie allmählich, dass sie überhaupt keine Gelegenheit bekommen würde, mit ihm zu reden, wenn sie es nicht selbst einfädelte.

»Ich glaube, mein Vater wird das Fest bald beenden«, meinte sie zu Gwalchmai. »Vielleicht willst du deinem

Herrn ausrichten, dass ich selbst mitten im Winter oft nachts im Atrium spazieren gehe, um frische Luft zu schnappen.«

»Ein guter Befehlshaber freut sich stets über jedes Quäntchen Wissen.« Viel sagend grinste er sie an. »Ich werde dafür sorgen, dass er es erfährt.«

Nun, wenigstens *er* schien sie zu mögen, dachte sie, als sie ihrer Mutter aus dem Raum folgte. Wenn Artor sie nicht wollte, vielleicht sollte sie dann Gwalchmai heiraten.

Es war spät geworden, und selbst der Kapuzenmantel reichte kaum noch aus, um die Kälte abzuhalten, als Gwendivar die Schritte eines Mannes auf dem Steinboden hörte. Zitternd erhob sie sich und sah, wie er kurz verharrte und dann langsam weiterging, bis er unmittelbar vor ihr stand. Einen Augenblick dachte sie, es könnte Gwalchmai sein, der gekommen war, um ihr auszurichten, dass Artor nicht da sein würde. Doch jene Sinne, mit denen sie gelernt hatte, das Elfenvolk zu sehen, erfassten nicht das Erscheinungsbild, dafür aber die einzigartige Aura der Macht des Königs.

»Es tut mir Leid«, sagte er schließlich. »Ich habe dich warten lassen, und nun ist dir kalt.« Er schüttelte den scharlachroten Mantel ab und legte ihn ihr um die Schultern. Der Umhang barg noch die Hitze seines Körpers und wärmte sie wie ein Feuer.

»Aber jetzt wird Euch kalt werden«, widersprach sie.

»Ich habe schon bei schlimmerem Wetter als diesem in einer Rüstung Feldzüge hinter mich gebracht. Das war kalt!«

»Mir war noch nie kalt, ohne dass ich mich wärmen

konnte, ich bin noch nie ohne Essen marschiert, musste noch nie Durst leiden, habe nie eine Arbeit vollbracht, die ich nicht beenden konnte, wann ich wollte. Abgesehen von der Spinnerei natürlich«, fügte sie kleinlaut hinzu. Es war überraschend einfach, mit ihm zu reden – vermutlich, weil sie ihn nicht sehen konnte. Sie glichen zwei Geistern, die sich in der Dunkelheit miteinander unterhielten.

»Was hat Gwalchmai dir denn bloß *erzählt*?«, fragte Artor leise lachend. »Ich erwarte keineswegs, dass meine Königin mit der Armee marschiert. Vielmehr hoffe ich, dass in den kommenden Jahren nicht einmal ich mit der Armee marschieren muss, wenigstens nicht die ganze Zeit.«

»Also würdet Ihr Eure Frau wie ein Juwel in einer goldenen Fassung aufbewahren?« Gwendivars Stimme ertönte ausgesprochen leise.

Abermals folgte eine gespannte Stille, dann seufzte Artor. »Dein Bruder hat mir erzählt, du wärst eine großartige Reiterin und könntest den ganzen Tag draußen in den Hügeln herumstreunen. Ich würde dich nicht einsperren, Gwendivar, auch nicht in einen Käfig aus Gold. Wenn du möchtest, wäre ich froh, wenn du an meiner Seite rittest.«

Sie richtete sich auf und versuchte, seine Züge zu erkennen. Gwendivar war ein großes Mädchen, dennoch musste sie zu ihm aufschauen. »Aus Gwalchmais Erzählungen schließe ich, dass Ihr Euch selten länger als einen Monat an ein und demselben Ort aufhaltet. Ich glaube, ich werde wohl an Eurer Seite reiten müssen.«

»Also sind wir uns einig?« Erleichterung ließ seine Stimme wanken, als er die Hände auf ihre Schultern legte.

»Das sind wir.« Sie hatte gefürchtet, diese Ehe könnte ihr Kerker werden, doch allmählich glaubte Gwendivar, sie könnte sich stattdessen als ein Abenteuer erweisen. Seine Hände fühlten sich warm an und spendeten Geborgenheit.

»Also werden wir im Frühling …« Jäh brach er ab. »Wie alt bist du eigentlich?«

»Anfang April werde ich fünfzehn«, antwortete sie so würdevoll wie möglich.

Plötzlich fielen seine Hände von ihr ab, und er schüttelte den Kopf. »Du liebe Göttin! Und dennoch, wenn ich in diesem Alter erwachsen genug war, um König zu werden, kannst du wohl auch Königin werden.«

Unvermittelt verließ Gwendivar ihre Zuversicht. »Ich will es versuchen.«

Artor schob ihre Kapuze zurück. Er nahm ihr Gesicht zwischen die Hände und küsste sie zärtlich, als berührte er einen Schmetterling, auf die Stirn.

V

Die Blumenbraut

A. D. 496

In jenem Jahr setzte der Frühling in Britannien früh ein, so als wollte das Land sich schmücken, um die Hochzeit des Hochkönigs zu feiern. Jedes noch so kleine Tal präsentierte sich mit Primeln gesprenkelt; die Waldpfade waren von Glockenblumen überflutet, in den Hecken prangte an jedem Zweig das strahlende Weiß von Hagedorn.

Als der Tross der Braut das Sommerland verließ und den gemächlichen Weg nach Londinium antrat, drängten die Menschen aus Villen mit Schindeldächern und keltischen Rundhäusern mit Rieddächern, aus einsamen Hirtenhütten und halb verfallenen Weilern, um der Braut zuzujubeln, deren Hochzeit dem Reich einen Stempel des Friedens aufdrücken würde. Gewiss, so sangen sie, hatten die Kriege nun wirklich ein Ende, wenn der Hochkönig ihnen endlich eine Königin bescherte. Wo immer Gwendivar vorbeikam, waren die Straßen mit Blumen bestreut.

Merlin, der aus den caledonischen Wäldern südwärts reiste, empfand das Gerücht von ihrer Reise wie einen warmen Windhauch über ein fruchtbares Land im Süden. Er ertappte sich dabei, dass er hastete, angetrieben von einer Hoffnung, die zu empfinden er viel zu lange nicht gewagt hatte. Merlin war geboren worden, um dem Verteidiger Britanniens zu dienen und ihm auf den Thron zu verhelfen, und diese Aufgabe hatte er erfüllt. Keiner der beiden hatte sich getraut, darüber nachzudenken, was als Nächstes folgen mochte.

Nun aber gab das Land selbst die Antwort. Nach dem Winter kam der Frühling, nach dem Kummer diese Freude, nach dem Tod des von Rom beherrschten Britanniens eine neue Nation, in der all die vereinte Größe der Völker, die sich alle hier angesiedelt hatten, blühen und gedeihen konnte.

Igraine, die mit Ceincair und Morut nach Süden ritt, musste unwillkürlich an ihre eigene Hochzeit mit Uther denken, jene Hals über Kopf und notdürftig vorbereitete Zeremonie, die mitten im Winter während der Nachwehen eines Bürgerkriegs abgehalten wurde, um den bereits in ihr keimenden Knaben zu einem ehelichen Kind zu machen. Gwendivar würde bei ihrer Hochzeit als Jungfrau in die Ehe gehen; für sie würden weder Erinnerungen aus der Vergangenheit noch Ängste um die Zukunft jenen Tag überschatten. Wäre Igraine nicht so überaus erleichtert über die Aussicht gewesen, einen Teil der Bürde weiterzureichen, die sie so lange getragen hatte, hätte sie die Braut ihres Sohnes geradezu beneidet.

Für Artors Schwester, die mit ihrer Begleitgarde aus Stammeskriegern der Votadini flinken Schrittes nach Süden reiste, stellte jeder Meilenstein entlang der alten Römerstraße ein Mahnmal ihrer eigenen Zwangslage dar. So lange hatte sie sich eingeredet, dass ihr die Freiheit einer Königin in Alba weit mehr behagte als jeder Titel, den das sterbende Britannien zu bieten hatte. Wäre Artor nie geboren worden, hätte ihre Abstammung vom Hause Maximus ihrem Gemahl einen Anspruch auf die Kette und den Stirnreif verschafft. Aber je näher sie Londinium kam, desto deutlicher begriff Morgause, dass es nicht Gwendivar war, die sie beneidete, sondern Artor selbst. Sie lechzte nicht danach, eine Gemahlin des Königs zu sein, sondern die herrschende Königin selbst.

Doch nicht mal im Niedergang hätten die romanisierten Briten – für die Boudicca immer noch ein Name war, mit dem sie ihre Kinder erschreckten – sie nie anerkannt. Artors Sohn würde dessen Reich erben. Die einzige Frage war, ob dieser Sohn das Kind ihres Leibes oder jenes Gwendivars sein würde.

Artor selbst, der mit allen möglichen protokollarischen Fragen zu ringen hatte, erinnerte sich an das strahlende Antlitz des Mädchens, das er im Mittwinter kennen gelernt hatte und fragte sich, ob er überhaupt das Recht hatte, irgendeine Frau in den politischen Morast zu stürzen, zu dem diese Hochzeit sich entwickelt hatte. Sogar die Wahl des Ortes, an dem die Zeremonie abgehalten werden sollte, hatte einen Streit vom Zaun gebrochen. Bischof Dubricius hatte seine eigene Kirche in Isca angeboten, aber dort zu heiraten hätte die Dumnonii beleidigt, die beschuldigt wurden, den letzten Sachsenkrieg ausgelöst zu haben, und deshalb ohnehin schon in der Defensive waren.

Artor hätte in der Heimat der Braut in den Stand der Ehe treten können, aber Lindinis galt lediglich als besseres Dorf und besaß kein Bauwerk, das groß genug war, um all jenen Platz zu bieten, die dabei sein wollten. Calleva oder Sorbiodunum waren zwar günstig gelegen, doch diese Orte brachte man zu eng mit den Kriegen in

Verbindung. Londinium war zumindest einst die unangefochtene Hauptstadt des Landes gewesen, und in der Basilika und im Palast der Statthalter würden alle Platz finden.

Doch je näher der erste Mai rückte, desto mehr hätte Artor sich über eine Ausrede gefreut, so manchen von ihnen zurück nach Hause zu schicken. Schlachten zu planen war einfacher. Allmählich fand er, der alte Brauch der Ehe durch Entführung hatte einiges für sich. Gwendivar hatte gesagt, sie reite gern – vielleicht würde sie ohnehin lieber entführt werden. Aber als sich der König umhörte, was seine Gefährten von dem Einfall hielten, da lachten sie nur. Gwalchmai, der mehr Erfahrung mit Frauen als drei von ihnen zusammen hatte, versicherte ihm, dass Frauen Rituale mit Blumen und Kerzen und unbequemen neuen Kleidern *mochten*.

Was Gwendivar selbst anging, die ritt in einem Taumel der Freude durch die blühende Landschaft, nahm die Geschenke entgegen, die ihr die Menschen brachten, genoss die Achtung, die sie ihrer Schönheit zollten, ergötzte sich an der Bewegung des Pferdes unter ihr, an dem strahlenden Sonnenschein, an der Süße der Blumen. Gefesselt von der Erregung jedes einzelnen Augenblicks verschwendete sie kaum einen Gedanken an die Hochzeit, zu der diese Reise sie führte.

»Der gute, alte Oesc pflegte zu sagen, diese Mauern erinnern an das Werk von Jötuns – Riesen ...«, sagte Bediver und deutete auf die Ruinen das Torhauses, das einst über die Calleva-Straße gewacht hatte. Das Geröll war entfernt, das Tor jedoch nie instand gesetzt worden.

Neugierig sah Gwendivar sich um, als sie daran vorbeikamen. »Es wirkt alt und traurig. Wird Artor es wieder aufbauen?«

»Wieso sollte er sich die Mühe machen?«, fragte Gwalchmai lachend. »Die Mauern sind doch so voller Löcher wie ein Mantel nach einem Festmahl der Motten! Mauern!« Er vollführte eine wegwerfende Geste. »Ohne tapfere Männer und scharfe Speere sind sie ohnehin zu nichts nütze!«

»Wie Recht du hast«, bemerkte sein Bruder Gwyhir, der unmittelbar hinter ihm ritt. »Und du selbst stehst für eine ganze Armee!«

Gwendivar lachte. Nach drei Wochen auf Reisen hatte sie die Burschen einzuschätzen gelernt. Artor hatte die jüngsten und lebhaftesten seiner Gefährten geschickt, um ihr als Begleitgarde zu dienen, und den ganzen Weg von Lindinis nach Londinium hatten sie sich vor ihr aufgeplustert und einander gehänselt. Sie erinnerten sie an Welpen, die sich zur Schau stellten, sogar Bediver, von dem es hieß, er hätte eine ständige Geliebte und einen neun Jahre alten Sohn in der Stadt.

»Das hohe Dach, das du dort siehst, gehört zur Basilika«, erklärte er ihr. »Dort wird die Hochzeitsfeier stattfinden – ich glaube, es ist das einzige Bauwerk in ganz Britannien, das groß genug ist, um all den Leuten Platz zu bieten, die Gai eingeladen hat. Die Kirche befindet sich näher am Fluss.«

»Und der Palast?«

»Jenseits der Basilika, auf der anderen Seite des Platzes. Natürlich ist nur noch der Hauptflügel verwendbar, aber mit ein bisschen Glück finden wir genug heile Dächer in Londinium, um jedermann trocken zu halten!« Damit warf er einen misstrauischen Blick gen Himmel, aber die Wolkendecke sah nicht so aus, als würde es Regen geben.

Gwendivar seufzte. Sie hatte sich darauf gefreut, in einem Palast zu schlafen, doch diese gigantische Stadt, deren alte Gebäude vor lauter Verfall faulig wirkten, barg wenig von der Pracht ihrer Träume. Womöglich lebten dort Geister, aber gewiss nicht das Elfenvolk. Wehmütig dachte sie an die mit Frühlingsblumen geschmückten Felder, an denen sie auf dem Weg hierher vorbeigekommen waren, die reicher wirkten als jedes Bauwerk der Römer.

Sie durfte ihre Begleitgarde ihr Unbehagen nicht spüren lassen. »Ist Artor bereis hier?«, erkundigte sie sich fröhlich. »Wird er uns entgegenreiten, um mich zu begrüßen? «

Die Votadini-Brüder drehten sich zu Bediver um, der ihr mit einem viel sagenden Lächeln im Gesicht antwortete. »Ich bin sicher, sobald er erfährt, dass du eingetroffen bist, wird er dich aufsuchen. Aber was seinen derzeitigen Aufenthaltsort angeht – na ja, du wirst schon noch herausfinden, dass Artor niemand ist, der gerne still sitzt.«

Aber der Hochkönig arbeitete nicht. Igraine war am Vortag eingetroffen, und als sie ihn, umgeben von Schriftstücken, im alten Arbeitsraum des Prokurators vorfand, hatte sie ihn zum Fluss entführt. Als Kind hatte er die schwierige Kunst erlernt, in einem winzigen Flechtwerkboot zu paddeln; nun drängte sie ihm den Dienst als ihr Bootsmann auf und befahl ihm, sie flussaufwärts zu befördern.

Hohe Wolken hatten einen Silberschleier über Teile des Himmels gespannt. Jeder Ruderschlag ließ den glitzernden Widerschein auf dem Wasser wie zerrissene Perlenketten zerbersten. Von Zeit zu Zeit begegneten ihnen andere Fahrzeuge auf dem Weg flussabwärts. Igraine hob stets die Hand, um die Grüße zu erwidern, Artor hingegen fehlte der Atem für jedwede Antwort.

Sie beobachtete ihn mit kritischem Blick, besonders das Spannen und Strecken seiner Arm- und Rückenmuskeln, während er den runden, mit Leder bezogenen Kahn gegen die Strömung trieb. Manchmal erwischte sie ein Strudel, und Artor musste alle Kraft und alles Können aufwenden, um sie zurück auf Kurs zu bringen. Als sie ihm endlich befahl anzuhalten, schwitzte er aus allen Poren.

Noch einmal drehte sich das Flechtwerkboot, dann begann es sanft zurück in Richtung der Stadt zu treiben, deren Rauch den Fluss gleich einem Schatten der Wolken verhing. Nach wie vor keuchend, senkte Artor das Paddel auf die Knie.

»Fühlst du dich jetzt besser?«, fragte sie.

Einen Augenblick starrte er sie nur an; dann wich seine Fassungslosigkeit purer Verwunderung.

»Tatsächlich, das tu' ich ...«

»Es gibt nichts Besseres als körperliche Ertüchtigung, um Spannung abzubauen, und du hast in letzter Zeit unter großer Anspannung gestanden, mein Kind.« Zwar verbrachte er viel Zeit im Freien und wies eine gesunde Gesichtsfarbe auf, aber ihr war mehr als eine silbrige Strähne im braunen Haar aufgefallen, zudem prangten um die Augen neue dunkle Ringe.

»Ich musste noch nie einen Friedensfeldzug planen«, erklärte er entschuldigend. »Im Krieg ist es einfach. Wenn dir ein Mann ein Schwert an die Kehle hält, ist er ein

Feind. Hier habe ich nur Verbündete, die allesamt denken, besser als ich zu wissen, was notwendig ist. Ich würde ihnen vielleicht sogar glauben – wenn sie sich nur alle einig wären!«

Igraine lachte. »So ähnlich geht es bei meinen Priesterinnen auf der Insel der Maiden auch zu.« Eine Weile schwiegen sie und beobachteten, wie die Enten in die Schilfbeete tauchten. Dann ergriff sie wieder das Wort: »Sag, ist es einfacher, das Boot stromaufwärts oder stromabwärts zu bewegen?«

»Stromabwärts natürlich«, antwortete er, wobei er fragend eine Augenbraue hochzog.

»Genau. Denk nach – ist nicht alles einfacher, wenn man sich mit dem Strom bewegt, anstatt gegen ihn anzukämpfen?«

Er nickte. »Wie ein Angriff hügelabwärts.«

»Wie diese Hochzeit«, führte sie schließlich weiter aus. »Gwendivar ist die Frau, die das Schicksal dir zugedacht hat. Um sie zu deiner Frau zu machen, musst du nicht gegen alle Welt ankämpfen. Lass es einfach. Entspann dich, und gestatte ihr, zu dir zu kommen.« Jäh setzte sie ab. »Oder hast du etwa Angst?«

Zwar wusste er seine Züge zu beherrschen, aber sie sah, wie sich seine Knöchel weiß verfärbten, als er das Ruder umklammerte.

»Sie ist noch so jung, Mutter. Sie hat noch nie die Raben über einem Schlachtfeld kreischen gehört oder gesehen, wie das Leben aus dem Antlitz eines Menschen dahinschwindet, den man liebt. Sie hat nie die blinde Wut erfahren, die einen packen und zu entsetzlichen Dingen treiben kann, der man sich gar nicht bewusst ist, bis man wieder zu sich kommt und das Blut an seinen Händen sieht. Was kann ich zu ihr sagen? Was für ein Leben können wir führen?«

»Ein Leben des Friedens«, antwortete seine Mutter. »Obwohl du das Schlachtross wohl noch nicht gänzlich in den Ruhestand schicken darfst, so lange die Pikten noch nach Süden reiten und Eriu Krieger übers Meer sendet. Eben wegen seiner Unschuld brauchst du das Mädchen. Du musst gar nichts zu ihr sagen – lass sie mit dir reden ... Sie wird Tigernissa sein, Hochkönigin. Männer kämpfen für Land, aber das Leben des Landes liegt in den Gewässern, die es durchfließen. Die Macht des Wassers gehört der Königin. Es liegt an ihr, dich in seine Geheimnisse einzuweihen.«

Eine Möwe segelte herab, stieß einen heiseren Schrei aus und stieg wieder empor, als sie sah, dass die beiden kein Futter hatten. Mittlerweile konnten sie Holzrauch riechen, und am Ufer gerieten allmählich die Kais von Londinium in Sicht.

»Der Fluss besitzt große Macht. Siehst du, wie rasch wir zurückgekehrt sind? Unter all den Wirbeln, dem Treibgut an der Oberfläche und den vom Wind geschaffenen Wellen fließt die Tiefenströmung des Flusses. Genauso verhält es sich mit den Zwistigkeiten der Menschheit. Huldige, wem du um Britanniens Friedens willen huldigen musst, aber vergiss nie, wie stark diese Wasser sind, die so beständig auf das Meer zuströmen ...«

In der Nacht vor der Hochzeit regnete es. Bei Sonnenaufgang bedeckten immer noch Wolken den Himmel, aber als sie sich lichteten, ließen sie ein wenig wässrigen Sonnenschein hindurch. Als Gwendivar den Palast verließ, glänzten die feuchten Pflastersteine. Wegen der Helligkeit blinzelnd, sah sie sich um. In jenem Augenblick erschien ihr sogar dieser Ort aus Holz und Stein wunderschön. Ihre Begleitgarde hatte sich bereits formiert und wartete. Als die Männer Gwendivar erblickten, begannen sie zu jubeln, wodurch sie das Getöse übertönten, das dem Vormarsch der Prozession des Bräutigams folgte, der sich bereits zwei Straßen entfernt befand.

Ihre Mutter zupfte an dem Hagedornkranz, der den Brautschleier zusammenhielt. Dessen feuerrote Seide war mit goldenen Blumen bestickt. Weitere Blumen waren in den scharlachroten Damast ihrer Dalmatika eingewoben und mit Perlen in deren Goldborten eingearbeitet. Juwelen beschwerten das breite Halsbündchen und den Goldstreifen, der sich vom Kragen bis zum Saum erstreckte. Es war ein prunkvolles Kleidungsstück, das einer Kaiserin aus den östlichen Landen geziemt hätte, aus denen es stammte – jeder sagte das. Aber es war auch so schwer, dass Gwendivar sich kaum bewegen konnte.

Ihre Mutter ergriff sie am Ellbogen und zog sie vorwärts. Einen Lidschlag lang widersetzte sich Gwendivar, erfüllt von dem wilden Drang, sich bis auf das Leinenunterhemd auszuziehen und in Richtung der offenen Felder davonzurennen. Wie konnte das Volk ihre Schönheit preisen, wenn ihr Körper gleich einer Reliquie mit Juwelen gepanzert und ihr Gesicht von diesem Schleier verhüllt waren? Es war ein Bildnis, dem sie zujubelten, wie die Ikone der Jungfrau, die bei Prozessionen an Feiertagen getragen wurde.

Aber sie hatte Artor ihr Wort gegeben.

»Sie kommt! Sie kommt«, rief die Menge. »Die Blumenbraut!«

Steif wie ein Ritter in rostiger Rüstung erklomm Gwendivar den Karren, um dessen Geländer sich Primeln und Veilchen rankten und dessen Seiten Weinrosen schmückten. Als er durch die Straßen rollte, bestreuten die Menschen den Pfad mit all den Blüten des Monats Mai, die den Weg zwar aufhellten, den rauen Steinboden jedoch in keiner Weise dämpften. Obwohl Gwendivar sich am Geländer festhielt, geriet sie immer wieder ins Wanken, während der Karren vor sich hin ruckelte.

Sie bogen um eine Ecke und gelangten auf den Platz vor der Kirche, einem bescheidenen, geweißelten Bauwerk, das sich neben den Überresten der kaiserlichen Bauten, die es immer noch umgaben, geradezu zwergenhaft ausnahm. Die Hügel des Sommerlandes schienen unendlich weit entfernt.

Die Begleitgarde des Bräutigams hatte sich bereits neben dem Gebäude eingefunden, und der Bischof wartete vor der Kirchentür; seine weiße Kluft war genauso üppig geschmückt wie Gwendivars Kleid. Sogar Artor war in goldene Gewänder gehüllt, die im fahlen Sonnenlicht glitzerten. *Wir sind alle Bildnisse*, sagte sie sich, *die nur dafür da sind, unsere Rollen bei diesem Ritual zu spielen.* Aber welche Macht konnte Könige nach ihrem Gutdünken lenken? Das Volk vielleicht? Oder dessen Götter?

Der Karren hielt an. Gwendivar ließ sich beim Aussteigen helfen, dann führte ihr Vater – der über das ganze Gesicht stolz lächelte, als wäre Gwendivar allein seine Erfindung – sie zur Kirchentür. Eheschließungen wurden zwar von der Kirche gesegnet, zählten jedoch nicht zu ihren Sitten und Gebräuchen. Dennoch schien der Portikus der Kirche ein seltsamer Ort für die Zeremonie. Durch den Seidenschleier betrachtete sie Artor, der ebenso steif und unbehaglich wirkte, wie sie sich fühlte.

Bischof Dubricius räusperte sich, um die Aufmerksamkeit der Menge zu erlangen.

»In nomine Patris et Filii et Spiritus Sancti ...«

Gwendivar spürte, wie ihr Herz wie das eines gefangenen Kaninchens raste, während das eintönige Latein sich vor ihr abspulte, ein Schwall von Worten, der sowohl Artor als auch sie hinfortspülte.

Erst als der Klang verstummte, erhob sie sich. Jeder sah sie an, harrte ihrer Antwort. Konnte sie sich nun überhaupt noch weigern? Doch während sie sich verzweifelt Hilfe suchend umblickte, brach die Sonne durch die Wolken, und plötzlich bot sich die Welt als ein einziges funkelndes Licht dar. Hastig schloss sie ob der Helligkeit die Augen, doch hinter ihren Lidern leuchtete sie weiter.

»Volo«, hörte sie die eigene Stimme sagen.

Weitere Worte ertönten, und dann folgte das tiefe Gemurmel von Artors Antwort. Der Priester verband ihre Hände und drehte die beiden herum, auf dass sie sich dem Volk zeigten, dessen Jubelrufe gen Himmel hallten.

Dann führte Artor sie in die Finsternis der Kirche zur Hochzeitsmesse.

Die Halle war erfüllt von Blumenduft, der sich auf unangenehme Weise mit dem Gestank menschlichen Schweißes und verschütteten Weines vermischt hatte. Vom Hochtisch auf dem Podium am Ende der Basilika aus reihten sich vor den Wänden Tische aneinander. An der Seite des Königs saßen sämtliche Fürsten Britanniens auf den Bänken, an jener der Königin deren Frauen und Töchter, allesamt zusammengepfercht wie Essiggurken in einem Einmachglas.

Morgause trank einen weiteren Schluck aus ihrem Becher und atmete tief ein, auf dass der durchdringende Duft die anderen Gerüche verdrängte. Als der letzte römische Statthalter seinen Posten aufgegeben hatte, waren unter den Dingen, die er zurückließ, ein paar Amphoren guten Weins gewesen, der seinen Höhepunkt nunmehr ein wenig überschritten hatte – Artor hatte gut daran getan, ihn für den heutigen Anlass zu verwenden. Seufzend wurde ihr bewusst, dass der Wein sie schwermütig stimmte. Als sie ein Mädchen gewesen war, hatten sie in der Halle ihres Vaters solchen Wein getrunken, in den bevorstehenden Zeiten jedoch würden sie sich wie Barbaren mit Met und Heidebier begnügen müssen.

Das Scheppern von Stahl auf Schildleder ließ die Anwesenden aufmerken, als die Schwerttänzer einmarschierten. Einige der männlichen Gäste sprangen von den Bänken auf und griffen um sich, als erwarteten sie, ihre Waffen hinter sich an den Wänden hängend vorzufinden. Morgause grinste amüsiert. Dies waren die besten Tänzer unter den Stammeskriegern ihres Mannes; es gefiel ihr, diese fetten Fürsten des Südens furchtsam zu erleben, wenn auch nur für einen Augenblick.

Die Kittel der Tänzer waren zwar sauber, aber aus grober Wolle gefertigt, und die irdenen, in die Umhänge gewobenen Farbtöne wirkten im Vergleich zu den prächtigen Farben der Fürsten trist, dafür blitzten ihre Schwerter im Fackellicht umso heller. Singend bildeten sie zwei Rechtecke. Schilde wurden in Position gerückt, dann begannen sie ihr tödliches Spiel.

Die zuvor aufgetretenen Sänger waren im Raunen der allgemeinen Unterhaltung beinahe untergegangen, die Schwerttänzer hingegen fesselten jedermanns Aufmerksamkeit. Sogar die kleine Braut, die bislang freudlos in ihrem Stück Schweinebraten herumgestochert hatte, das Artor ihr vorgesetzt hatte, legte das Messer beiseite und starrte mit großen Augen auf das Schauspiel.

»Sind das Votadini?«, fragte die Frau neben Morgause. Ihr Name war Flavia, und man hatte sie eingeladen, weil sie Artors Ziehmutter gewesen war.

Morgause nickte. »Sie entstammen einem Klan, der an unserer Grenze zu Altacluta lebt.«

»Sie wirken höchst ... kraftvoll ...«, bemerkte Flavia. »Euer Gemahl muss stolz auf sie sein. Aber ich sehe ihn nirgends. Wie geht es ihm?«

»Recht gut«, gab Morgause kurz angebunden zurück. »Aber seine Gelenke schmerzen ihn zu sehr, um eine solche Reise anzutreten.«

»O ja, ich verstehe.« Mitfühlend verzog Flavia das Gesicht. »Ich bin in einer Pferdesänfte hergereist, und dennoch hat es zwei Tage gedauert, bevor ich ohne Schmerzen laufen konnte! Das ist das Los des Alters. Ihr seid natürlich noch jung«, fügte sie nach einem unbehaglichen Augenblick hinzu.

Morgause dachte an ihre eigenen Beschwerden und schwieg. An ihrer anderen Seite unterhielten sich angeregt die Mütter der Braut und des Bräutigams. Mittlerweile störte es Morgause nicht mehr, dass sie unterhalb von Gwendivars Mutter saß, denn ihr war klar geworden, dass Petronilla, so aufgeplustert sie vor Stolz auch sein mochte, sie davor bewahren würde, mit Igraine reden zu müssen.

»Und was haltet Ihr von unserer neuen Königin?«, erkundigte sich Flavia.

Morgause verzog die Lippen zu einem Lächeln. »Sie ist ziemlich hübsch, wenngleich noch ausgesprochen jung.«

Jung genug, um Artors Tochter zu sein, wäre er im selben Alter wie ich verheiratet worden. Jung genug, um die Schwester von Artors Sohn zu sein ... Medrod hatte darum gebettelt, sie zu der Hochzeit begleiten zu dürfen. Für einen Neunjährigen wusste er sich außergewöhnlich gut zu benehmen – Morgause hatte ihn wohl erzogen, dennoch riet ihr das Gefühl, noch zu warten. Medrods Zeit würde bald kommen.

»Aber Ihr selbst wurdet doch auch etwa im selben Alter mit einem älteren Mann verheiratet, nicht wahr?«, gab Flavia scharfsinnig zu bedenken.

Und jetzt bin ich an einen Greis gebunden, der nur noch dafür taugt, am Feuer zu sitzen, während ich noch in der Blüte meiner Jahre bin, dachte Morgause. Es geschähe Gwendivar recht, wenn sie sich dereinst mit Artor in derselben Lage befände. Und es würde geschehen. Leudonus war der lebende Beweis dafür, dass manche Krieger alt wurden.

»Es ist nicht ihr Alter, sondern ihr Verstand, der den Unterschied ausmachen wird«, antwortete Morgause barsch. »Ein hübsches Gesicht allein vermag eines Mannes Aufmerksamkeit nicht lange zu fesseln.«

»Dann müssen wir hoffen, dass ihr das gelingt, denn mein Artor war immer ein gewissenhafter Bursche, und ich vermute, er wird ihr treu sein, ob sie ihn nun liebt oder nicht.«

Morgause musterte sie nachdenklich. Trotz all ihrer noblen Gefühle wusste Igraine weniger über ihren Sohn als diese Frau, die ihn aufgezogen hatte. Sie beugte sich vor, bis sie zur Mitte des Tisches sehen konnte. Die Braut hatte aufgehört, so zu tun, als esse sie, und wirkte entschieden unbehaglich. Ihr Antlitz war gerötet, als hätte sie weit mehr getrunken, als sie gewöhnt war. Morgause unterdrückte ein Lächeln.

Vorsichtig schwang sie die Beine über die Bank und erhob sich. »Es ist an der Zeit, mal das stille Örtchen aufzusuchen«, verkündete sie laut. »Möchte mir jemand Gesellschaft leisten?«

Jäh richteten sich Gwendivars Augen auf sie. »Ich! Wenn ich nur noch einen Schluck trinke, platze ich.«

Petronilla schien nicht gerade begeistert, dennoch half sie der Braut, ihre Roben zu entwirren und aufzustehen. Auch aus Igraines Augen sprach Unbehagen, doch gab es etwas Natürlicheres, als dass eine Schwägerin die neue Königin begleitete?

Artor schaute auf und lächelte fürsorglich. Seine Gefährten saßen an einem niedrigeren Tisch, aber Gwalchmai hatte sich von seinem Platz entfernt und lehnte mit dem Arm an der Oberkante des Stuhls des Königs. Höflich nickte er seiner Mutter zu, doch seine Augen blieben wachsam. Morgause lächelte verbindlich und ergriff Gwendivars Hand.

Die alten römischen Toiletteneinrichtungen waren noch intakt. Dahinter erstreckte sich ein Korridor zum Säulengang hinaus. Nachdem die beiden fertig waren und sich gewaschen hatten, hielt Morgause inne.

»Die Luft in der Halle ist so heiß und stickig; mir ist immer noch ein bisschen schwindlig. Leistet ihr mir eine Weile in der frischen Luft Gesellschaft?«

»Mit Vergnügen«, antwortete Gwendivar. »Ich hatte ohnehin auf eine Gelegenheit gehofft, mich mit Euch zu unterhalten«, fügte sie schüchtern hinzu. »Ihr seid immer noch eine herrschende Königin. Ich nehme an, Ihr könntet mir einiges erzählen, das ich wissen sollte.«

Morgause musterte sie in der Finsternis. Aus der Halle drang leises Gelächter zu ihnen. Konnte das Kind tatsächlich so einfältig sein, wie es sich anhörte?

»Liebt Ihr Artor?«, fragte sie unvermittelt.

Betretenes Schweigen trat ein. »Ich habe zugestimmt, ihn zu heiraten. Und ich will mein Bestes tun, um ihn glücklich zu machen.«

Schweigend überlegte Morgause. In diesen Kleidern wirkte das Mädchen wie eine herausgeputzte Puppe. Aber Gwendivar war von stattlichem Körperbau, und das rotgoldene Haar, das sich lockig bis zur Hüfte hinabkräuselte, war wunderschön. Wollte Artor eine Verbündete oder ein Zierstück? Wenn er Gwendivar nur wegen ihres hübschen Gesichts auserkoren hatte, würde sie seine Aufmerksamkeit nicht lange fesseln.

Pflichtgefühl war ein langweiliger Begleiter im Bett, aber ein guter Gefährte. Was würde diesem Mädchen am schwersten fallen zu opfern? Für Medrod wäre es besser, wenn Artor nicht allzu viel Freude an seiner Königin fände.

»Mein Bruder ist kein übler Mann«, meinte sie nachdenklich. »Aber er ist schon König, seit Ihr zur Welt gekommen seid. Er ist an Gehorsam gewöhnt. Und er muss sich seit vielen Jahren mit Kriegen herumschlagen. Gewiss lechzt er nach Zerstreuung. Belustigt ihn – seid verspielt – täuscht Leidenschaft vor, auch wenn Ihr sie nicht empfindet. Und falls er abweisend erscheint, nun, Ihr werdet von stattlichen, jungen Mannsbildern umgeben sein. Wenn Ihr es geschickt angeht, könnt Ihr sie zu Eurem Vergnügen heranziehen. Ich war damit gut beraten.«

Was durchaus stimmte. Aber Artor war nicht Leudonus, der sehr wohl gewusst hatte, dass seine Ehe ein politisches Bündnis darstellte und nie mehr erwartet hatte. In Alba galt die Wollust der Königin als ebenso wichtig wie jene des Königs. Und Alba war kein christliches Land.

»Ihr seid noch jung«, erklärte Morgause, »und wisst wenig über die Gesetze des Körpers. Aber je reifer ihr werdet, desto mehr werdet ihr spüren, dass auch eine Frau Bedürfnisse hat, und Könige sind viel beschäftigte Männer ...«

Eine Tür öffnete sich; ein Gitter aus Licht und Schatten überzog den Säulengang.

»Sie vermissen uns«, meinte Gwendivar sogleich. »Wir sollten besser wieder hineingehen.«

»Selbstverständlich«, erwiderte Morgause. »Ihr seid die Königin, Ihr befehlt.« Doch als sie Gwendivar zurück in die Halle folgte, lächelte sie.

Anerkennendes Gemurmel begrüßte Gwendivars Eintritt. Morgause, die sich ein Stück zurückhielt, bemerkte das Leuchten in den Augen der Männer, die beobachteten, wie die Königin hereinkam. Diese junge Frau würde niemanden in ihr Bett locken müssen, wenn sie jemanden wollte – die Männer würden auch so vor ihrer Tür Schlange stehen. Die Überreste des Festessens lagen wie ein geplündertes Schlachtfeld verstreut. Die Männer hatten genug getrunken, um noch irgendetwas zu wünschen, und heute Nacht übertrug sich all ihre Lust auf den König.

»Findest du nicht, es ist an der Zeit, dass die kleine Braut ins Bett gebracht wird?«, sagte Morgause im Vorbeigehen zu Gwalchmai. »Sie ist bereit, und er sollte sie nicht zu lange warten lassen.«

Einige der anderen Männer hörten dies und begannen, mit ihren Bechern auf die Tischplatten zu klopfen. »Ins

Bett, ins Bett – lasst Artor beweisen, dass er der König ist!«

Gwendivars Antlitz leuchtete beinahe so rot wie ihr Kleid, aber sogar die Frauen lachten.

»Na schön«, meinte Petronilla mit aller Würde, die sie aufzubringen vermochte. »Kommt, Frauen, geleiten wir die Königin in das Brautgemach und bereiten wir sie für ihren Gemahl vor.«

Rufend und singend umringten die Frauen die junge Königin und führten sie fort. Morgause aber blieb und wartete im Schatten einer Säule, derweil die Hänseleien der Männer immer anzüglicher wurden, bis der König fast ebenso hochrot anlief wie seine Braut.

Alsbald sah sie, wie die kleine Nonne zurückkehrte, die als Gwendivars Anstandsdame gedient hatte, und Artor zuflüsterte, Gwendivar sei nun bereit.

Die durch ihre ernste Miene vorübergehend beschämten Männer zügelten sich. Morgause trat vor.

»Und, Schwester, wünschst auch du mir Freude?«, fragte Artor. »Ich dachte, du wärst bei den Frauen, die Gwendivar helfen.«

»Oh, ich habe ihr meinen Rat bereits gegeben«, erwiderte Morgause.

»Und hast du auch für mich Ratschläge? Deine Söhne waren freigiebig wie Bauern mit Vorschlägen, wie ich das Handwerk eines Ehemanns vollziehen sollte.«

Vielleicht hätte Morgause sogar geschwiegen, wenn er ihre Söhne nicht erwähnt hätte. Jedenfalls lächelte sie und streichelte ihm sanft mit der Hand über den Oberarm.

»Aber du weißt doch bereits, wie man eine Frau behandelt, lieber Bruder, oder erinnerst du dich nicht mehr?«, sprach sie leise. »Und du hast einen Sohn, der es beweist, der vor zehn Jahren während des Lugus-Festes gezeugt wurde. Sein Name ist Medrod.« Immer noch lächelnd, nahm sie sein Gesicht in die Hände und küsste ihn.

Seine Lippen fühlten sich kalt an, und als sie ihn losließ, sah sie in seinen Augen Kummer dämmern, trüb wie der Morgen nach einer Schlacht.

Die Leinenlaken rochen nach Lavendel. Seufzend fuhr Gwendivar mit den Händen über den nach zahlreichen Wäschen weichen Stoff. Die Laken waren alt, so wie diese Kammer, deren Steinmauern Geschichten über jene zu flüstern schienen, die hier geschlafen hatten, seit die verputzten Steinbauten der Römer die Schlammhütten der Trinovantes ersetzt hatten.

Sie richtete sich auf und schlang die Arme um die Knie. *Was tu ich denn hier?* Sie gehörte in die offenen Wälder und Felder, nicht in diese Steinkammer. Sogar das seidene Nachtgewand, in das man sie gesteckt hatte, fühlte sich fremdartig an. Sofern es das Wetter erlaubte, zog sie es vor, nackt zu schlafen. Sie spielte mit dem Gedanken, das Nachthemd auszuziehen, aber ihre Mutter hatte sie eindringlich gemahnt, sich in Zurückhaltung zu üben – schließlich wäre es alles andere als schicklich, ihren frisch vermählten Gatten vor den Kopf zu stoßen.

Gwendivar hingegen konnte sich kaum vorstellen, dass einen Mann, der sein halbes Leben in Militärlagern verbracht hatte, der Anblick nackter Haut stören würde. Glaubte Artor tatsächlich, sie wäre das jungfräuliche Dummchen, das zu spielen ihre Mutter ihr geraten hatte? Sie dachte an ihre bislang einzige Unterhaltung zurück – damals hatte sie den Eindruck, er hatte sie gerade deshalb gemocht, weil hitziges Blut durch ihre Adern floss.

Gerade, als sie die Halsbänder lösen wollte, hörte sie Gebrüll auf dem Flur, und ihre Finger verharrten. Sie nahten. Plötzlich schien das Kleidungsstück kein Hemmnis mehr, sondern ein Schutz. Sie zog die Laken über sich und starrte auf die Tür, als diese aufschwang und Fackelschein das unstete Licht der Lampen überstrahlte.

Die Tür füllte sich mit Gesichtern; das Gelächter verstummte, als die Leute Gwendivar im Bett kauern sahen. Kurz erblickte sie sich mit der Sicht der anderen – riesige Augen in einem bleichen Antlitz, das leuchtendes Haar umgab.

Ein Rucken durchlief die Menge, als die Männer im Hintergrund nach vorne drängten, dann teilte sie sich, um eine Gestalt hindurchzulassen, die vom Stirnreif bis zu den Stickereien auf dem Umhang von einem Goldschimmer umgeben schien. Artors Antlitz jedoch blieb im Schatten, und obwohl er von einer jauchzenden, lachenden Menschenmenge umgeben war, kam seine Stille jener Gwendivars gleich.

»Der Weg ist frei!«, ertönte Gwalchmais Stimme. »Rein mit dir, Mann – ich decke dich!«

»O nein, Artor ist's, der seine Braut decken wird!«, widersprach jemand; männliches Gelächter hallte durch die Kammer. Es hörte sich nach ihrem Bruder und Artors gleichermaßen betrunkenen Freunden an.

»Schämt euch, Leute – gönnt dem Mann doch ein wenig Ruhe!«, war von Bediver zu vernehmen.

Morgause hätte gewusst, wie man diese Rüpel dazu brachte, sie in Ruhe zu lassen. Gwendivar besann sich der Worte der Königin der Votadini und spürte, wie ihr vor Scham heiß wurde – Artors Schwester hätte all das vielleicht gar nicht gestört.

Dann drehte Artor sich zu seinen Peinigern um. Ihr Gelächter verstummte, und sie fragte sich, was sie in seinen Augen sahen. Entschlossen wirbelte er herum. Ein langer Schritt trug ihn über die Schwelle. Seine Arme streckten sich, und die schwere Tür fiel hinter ihm ins Schloss.

Jäh verblasste der Lärm draußen zu einem Gemurmel; Gwendivar glaubte, ein Singen zu hören, und war froh, dass sie die Worte nicht verstand. In der Kammer schien die dunkle Gestalt an der Tür Stille um sich zu vereinen, bis sie gleich einer spürbaren Schwere in der Luft hing. Schaudernd zog Gwendivar die Laken dichter um sich. Zwar hatte sie nicht erwartet, dass ihr neuer Gemahl sich gleich auf sie stürzen würde, aber warum stand er immer noch dort? Konnte es sein, dass er sich fürchtete?

Als die Stille unerträglicher wurde als jedwede seiner Taten, die sie sich ausgemalt hatte, räusperte sie sich.

»Ich kenne die höfische Sitte bei derlei Dingen zwar nicht, aber die Priester haben mir versichert, du hättest ein Recht, hier zu sein. Wartest du auf eine Einladung, dich zu mir zu legen?«

Ein Teil der Spannung wich von ihm, und er lachte. »Vielleicht tu ich das. Ich muss gestehen, Gwendivar, dass ich zwar mehr Erfahrung in ›derlei Dingen‹ habe als du, aber nicht ... besonders viel ...« Die Stimme versagte ihm den Dienst. »Ich habe einen Sohn.«

Sie zog eine Augenbraue hoch. »Mein Vater hatte vor seiner Hochzeit sogar drei, und soweit ich weiß, danach noch mehrere. Dachtest du, ich wäre bestürzt darüber?«

Dennoch schien es seltsam, dass der Hochkönig ein Kind hatte, von dem niemand wusste. Vor der Ehe gezeugte Bastarde waren keineswegs unüblich und stellten für einen Mann keine Schande dar. Sofern man Morgause glauben durfte, galt in Alba dasselbe für Frauen, doch dies war kaum der rechte Zeitpunkt, es laut auszusprechen. Einen Lidschlag lang sehnte sie sich nach der tröstenden Wärme von Julias Armen, wenngleich sie wusste, dass die junge Nonne für jede Stunde, die sie in trauter Zweisamkeit beisammen lagen, drei Stunden auf den Knien verbrachte. Sie hatte es stets als seltsam empfunden, für etwas Buße zu tun, das einem ein ähnliches Vergnügen bereitete wie einer Katze, die sich unter einem zärtlichen Streicheln räkelte, aber wenigstens wusste sie, was Julia wollte, wenn sie sich in ihren Armen befand.

Dieses männliche Geschöpf hingegen, das von der Tür aus Anspannung ausstrahlte, wirkte gänzlich fremdartig. Und dennoch, wenn sie nicht bald etwas unternahm, mochte er ohne weiteres bis zum Morgengrauen dort verharren.

»Man hat mir erzählt, du würdest damit beginnen, die Kleider abzulegen«, meinte sie ironisch. »Brauchst du Hilfe? Mir mussten drei Frauen dabei helfen.«

Abermals lachte Artor, als hätte sie ihn überrascht, dann schüttelte er den Kopf. Doch er löste seinen Gürtel und die Brosche, die den Umhang zusammenhielt. In der Stille des Gemachs schien das Rascheln der schweren Seide ungemein laut.

»Und was schlägst du als Nächstes vor?«, fragte er, als er nur noch die Leinenunterwäsche um die Lenden trug.

Das war eindeutig Belustigung gewesen, die sie in seiner Stimme heraushören konnte, dachte sie unerwartet erfreut. Aber warum fragte er überhaupt? Glaubte er tatsächlich, ein einziger Bastard verböte ihm, sich ihr zu nähern?

»Als Nächstes steigst du zu mir ins Bett ...«

Er musste kurz Luft holen, wodurch sie eine plötzliche Vorstellung davon bekam, wie er vor einer Schlacht aussehen musste. Sie hoffte nur, er betrachtete sie nicht als einen Feind. Einladend zog sie die Laken beiseite. Die Lederriemen des Bettrahmens knarrten, als er sich zu ihr legte. Im unsteten Schein der Lampen konnte sie deutlich die Wölbungen und Ebenen seines Leibes erkennen. Abgesehen vom Gesicht und den Unterarmen war sein Körper beinahe ebenso blass wie der ihre. Ab und an entdeckte sie die unscheinbaren, rosa oder silbrigen Spuren alter Narben. Neugierig musterte sie ihn. Zwar hatte sie schon früher nackte Männer gesehen, wenn sie mit bloßem Oberkörper auf den Feldern arbeiteten oder sich an einem Baum erleichterten, doch noch nie aus solcher Nähe.

Nach einer Weile wurde ihr bewusst, dass Artors Atem zu regelmäßig ging. Was stimmte bloß nicht? Als sie sich im Winter unterhielten, hatte er nicht so angespannt gewirkt. Sogar heute Vormittag sprach aus seinem Lächeln herzliche Freundlichkeit. So hatte sie sich ihre Hochzeitsnacht nicht vorgestellt.

»Du hast mich nicht aus Liebe geheiratet, sondern weil du einen Erben brauchst«, meinte Gwendivar schließlich. »Soweit ich weiß, gibt es nur eine Möglichkeit, einen zu zeugen. Du magst wohl bereis einen Sohn haben, aber er kann nicht dein Erbe werden, also sollten wir endlich anfangen. Es wäre eine Schande, all die Leute zu enttäuschen, die ich da draußen lärmen höre, um uns zu ermutigen!«

Artor drehte sich zu ihr um, stützte sich auf einen Ellbogen und musterte sie. »Ich habe mich geirrt – Männer reden immer von Frauen, als wären es oberflächliche, vergnügungssüchtige Wesen, aber wie ich sehe, ist dem keineswegs so.« Damit ergriff er ihre Hand, und seine schwieligen Finger fuhren die Wirbel auf ihrer Handfläche nach.

Gwendivar holte stockend Luft; all ihre Sinne bündelten sich auf seine Berührung, die ihr prickelnde Schauer über die Haut jagte. *Das weibliche Tier begehrt das männliche*, dachte sie bei sich, *warum also sollte ich überrascht sein?* Wenn es schon keine Liebe zwischen ihnen gab, war Lust kein schlechter Grundstein für eine Ehe, solange sie mit Vergnügen einherging. Zwar verspürte sie nichts, das dem Hochgefühl gleichkam, welches sie in der Gesellschaft des Elfenvolks verspürte, doch das hatte sie auch nicht erwartet.

»Wenn dem so wäre, wie könntet ihr euch dann darauf verlassen, dass wir eure Heime hüten und eure Kinder großziehen?«, fragte sie knapp, und dann ergriff sie, so lange sie noch den Mut dazu hatte, seine Hand und drückte sie auf ihren Busen.

Als seine Finger sich darum schlossen, verwandelten die Schauder sich in ein feuriges Lodern, das von einer Brustwarze zur anderen übersprang und ein pochendes Verlangen zwischen ihren Schenkeln auslöste. Die spielerischen Zärtlichkeiten mit Julia hatten ihren Körper wachgerüttelt, und seit Antritt der Reise zur Hochzeit hatten sie keine Gelegenheit mehr gehabt, miteinander allein zu sein. Sie wusste nicht, ob Artor überrascht war, jedenfalls verriet sein heftiger Atem ihr, dass jenes Lodern auch ihn gepackt hatte.

Gwendivar ließ die Hände von seinen Schultern über die harten Muskeln an seinen Seiten streichen. Waren die

Körper von Männern und Frauen denn so unterschiedlich? Mit klopfendem Herzen streichelte sie über seine Brustwarzen und hörte ihn stöhnen. Da breitete sich ein Lächeln über Gwendivars Antlitz aus, und sie fasste hinab, um an seiner Unterwäsche zu zerren. Artor versteifte sich, aber wenigstens wich er nicht zurück, und als sie auf das Bett sank, ließ er sich mitziehen, wobei seine Bewegung ihr das Nachthemd über die Schenkel schob.

Sie spürte seinen harten, männlichen Gefährten und wünschte, sie könnte ihn sehen, aber endlich küsste er sie. Gwendivar hielt ihn fest; ein Teil ihres Verstandes registrierte die Unterschiede zwischen seiner geballten Kraft und Julias sanfter Zärtlichkeit, während aufkeimende Begierde den restlichen Teil verzehrte.

Artor presste sich gegen sie, und sie öffnete die Schenkel, wobei sie gleichermaßen vor Erregung und Furcht zitterte. Dies war eindeutig etwas, das sie mit Julia nicht erfahren hatte! Seine Hände schlossen sich schmerzlich um ihre Schultern, als er abermals zustieß. Gwendivar spürte einen brennenden Schmerz, dann verebbte der Druck plötzlich. Ein paar Mal presste er sich noch an sie, jedoch nur mit dem Körper – jener Teil, der ihr Jungfernhäutchen durchstoßen hatte, glitt schlaff aus ihr heraus, und sie war außer Stande, ihn wieder aufzurichten.

Sogleich hielt er inne und sank keuchend neben ihr auf das Bett.

»War es genauso«, fragte sie leise, nachdem er sich beruhigt hatte, »als du deinen Sohn gezeugt hast?«

»Ich weiß es nicht ... ich erinnere mich nicht ...«, stöhnte er. »Aber es kann nicht so gewesen sein«, fügte er verbittert hinzu, »sonst wäre kein Kind daraus entstanden.«

Erst da begriff sie, dass der Akt auch für ihn unerfüllt geblieben war.

»Großer Gott!« Artor drehte sich auf den Rücken, und sie sah, dass er weinte. »Was habe ich nur getan? Was hat sie mir angetan?«

Mit einem langen Seufzer stieß Gwendivar den Atem aus. In dieser Nacht würde sie kein Kind empfangen, so viel war ihr klar. Sie spürte den Schmerz des Mannes neben ihr, ohne ihn wirklich zu verstehen.

»Es wird alles gut«, versuchte sie ihn zu beruhigen. »Wir haben doch Zeit.«

Allmählich beruhigte sich sein stockender Atem. »Zeit ...«, stöhnte er. »Zehn Jahre ...«

Gwendivar berührte ihn an der Schulter, doch er zeigte keine Regung. Danach schwiegen sie beide. Sogar der Lärm vor ihrer Tür war verstummt. Die Stelle zwischen ihren Schenkeln pochte gleichermaßen vor Lust und Schmerz. Schließlich zog sie die Laken über sich und bediente sich ihrer Hand, um die Spannung abzubauen, die Artors Berührung entfacht hatte.

Ihr Gemahl lag reglos neben ihr, und sofern er mitbekam, was sie tat, ließ er es in keiner Weise erkennen.

Während Artors Gefährten in jener Nacht die Reste des Weins des Prokurators vertilgten, lag die Mutter seines Sohnes in einer zwar nicht gesegneten, dafür jedoch umso erfüllenderen Vereinigung in den Armen eines leidenschaftlichen Wachmannes. Igraine schlief allein in jenem Gemach, das sie einst mit Uther geteilt hatte, und wurde von kummervollen Träumen heimgesucht. Merlin hingegen beobachtete von dem uralten Wachturm aus die Nacht und versuchte, die Omen zu begreifen, die er aus den Sternen las, und in der Kirche, in der Gwendivar geheiratet hatte, lag Julia ausgestreckt auf dem kalten Steinboden und rang betend mit ihrer Seele.

VI

Das geheiligte Rund

A. D. 497

Camelot roch nach frischem Holz und war erfüllt vom Klang von Hämmern. Jedes Mal, wenn der Haushalt des Königs hierher zurückkehrte, schien der Ort ein wenig gewachsen, wirkten die Holz- und Steinbollwerke höher, zeichneten sich der Rahmen der großen Steinhalle und die übrigen Bauwerke deutlicher gegen den Frühlingshimmel ab. Der Hügel stellte einen Teil von Gwendivars Mitgift dar, und wenngleich auf der intimen Seite ihrer Beziehung im vergangenen Jahr kaum Fortschritte zu verzeichnen waren, hatte Artor nach außen hin viel erreicht.

Vom hölzernen Wachturm über dem südwestlichen Tor aus sah die Königin die winzigen Gestalten von Menschen und Pferden die Straße erklimmen. Es handelte sich um Madoc von Durnovaria – sie erkannte die Standarte. Mittlerweile war er ein greiser Mann geworden, und Artor war nicht sicher gewesen, ob er kommen würde. Zweifellos trieb ihn die Neugier her, wie so viele andere auch – überall in Britannien kursierten Gerüchte über die neue Feste, die Artor in Leodegranus' Land errichtete.

Die meisten anderen Fürsten waren bereits eingetroffen – der Ort präsentierte sich voller Menschen und Pferde, und die Gruppen der Lederzelte und Strauchhütten, die den Begleitgarden als Unterschlupf dienten, schmiegten sich dicht an die Mauer. Laut Leodegranus war dies, als die Römer kamen, eine Festung der Durotriges gewesen, die in den Jahren nach Boudiccas Krieg zerstört worden war, danach wurde daraus ein heidnischer Schrein. Merlin hingegen behauptete, die Durotriges wären nur das Letzte der Völker gewesen, die auf diesem Hügel Zuflucht gesucht hatten – Stämme, die mittlerweile so lange ausgestorben waren, dass sich niemand mehr ihrer Namen besann.

Gai hatte ihn ausgelacht, denn auf den ersten Blick schien sich der baumüberwucherte Hügel in keiner Weise von den anderen ringsum zu unterscheiden. Doch als sie die Kuppe erreichten, fanden sie eine annähernd flache, von einem Erdwall umgebene Ellipse vor, zudem drei weitere, in den Hang des Hügels gemeißelte Bollwerke. Die Bäume, die sie fällten, um das Gelände zu räumen, versorgten sie mit Holz, um die verfallene Mauer abzustützen, zudem mit Bohlen für das Bollwerk darüber.

Gwendivar erklomm recht oft die Leiter vom Wachgang zum Torhaus hinauf. Hier konnte sie sich auf das Korbgeflechtgeländer lehnen und das Gewusel beobachten, ohne davon überwältigt zu werden, außerdem wehte für gewöhnlich eine angenehme Brise. Wenn sie den Blick über die baumbewachsenen Hügel schweifen ließ, konnte sie sich beinahe vorstellen, frei zu sein.

Unter ihr fügten Männer weitere Steine in das grobe Bollwerk ein. Nur weil Artor einen Rat einberufen hatte, durfte die Arbeit noch lange nicht ruhen. Von hier aus stellte Camelot einen Ort von Kreisen innerhalb von Kreisen dar: die Bollwerke, die den Hügel umringten, die

Hütten innerhalb der Mauer und östlich des traditionelleren, rechteckigen Bauwerks, das Artors Gemächer beherbergte, die große Steinhalle.

In Wahrheit war es eher ein Versammlungsort als eine Halle, denn Teile der Korbgeflechtwände ließen sich entfernen, um Licht und Luft einzulassen. Die Gestaltung war einem von Merlins Einfällen entsprungen und glich weder einer römischen Basilika noch einem keltischen Rundhaus, obwohl sie noch am ehesten Letzterem ähnelte. Merlin behauptete, es wäre eine weitere Eingebung aus uralten Zeiten. Das Rieddach ruhte auf einem Giebelgebälk aus drei dicken Holzsäulen. Die Grundfläche war so groß, dass hundertfünfzig Krieger in einem Kreis um das Feuer in der Mitte hocken konnten. Der alte Zauberer verursachte Gwendivar zwar immer noch Unbehagen, dennoch ließ sich seinen Einfällen eine gewisse Nützlichkeit nicht absprechen.

Sie drehte sich um und sah, wie der Torwächter einen Tonbecher an die Lippen hob.

»Ist das Wein?«, erkundigte sie sich, da sie plötzlich Durst verspürte.

Der Mann errötete, dabei hätte er sich mittlerweile wirklich an sie gewöhnen müssen. »O nein, Fürstin – nur Wasser. Der König würde mir die Ohren abreißen, wenn ich Wein trinken würde, während ich Wache schiebe. Aber Ihr könnt gerne was davon abhaben«, fügte er hinzu und errötete abermals. Hastig wischte er den Rand des Bechers mit dem Saum seines Kittels ab und hielt ihr das Wasser hin.

Gwendivar beäugte den Becher kritisch, denn sein Kittel wirkte alles andere als übermäßig sauber, doch sie wollte den Mann nicht beleidigen, indem sie nun doch ablehnte. Das Wasser, das durch den Tonbecher kühl geblieben war, schmeckte köstlich. Genießerisch ließ sie es auf der Zunge rollen, ehe sie es schluckte. Nachdem sie getrunken hatte, reichte sie ihm den Becher zurück und lächelte. Die Bewunderung, mit der er sie betrachtete, linderte einen Durst, den kein Wasser der Welt zu stillen vermochte. Und morgen beim Rat würde sie ihre Schönheit in den leuchtenden Augen zahlreicher anderer Männer bestätigt sehen.

Ein Ruf von unten ließ sie herumwirbeln. Sie beugte sich über das Geländer und winkte Bediver zu, der ausgesandt worden war, um Madoc zum Hügel zu geleiten. Das erste Tor war geöffnet worden, und Bediver, der sich vor der Pferdesänfte befand, in welcher der greise Mann reiste, ritt unter dem Turm hindurch. Madoc würde eine Weile brauchen, um sich zu erholen und zu erfrischen, aber danach würde Artor gewiss nach ihr verlangen, um ihn offiziell willkommen zu heißen. Es war an der Zeit aufzubrechen.

Dunkle Schatten und flackerndes Licht wechselten einander ab, als die Fürsten Britanniens die neue Rundhalle betraten. Das kurz aufblitzende Funkeln und Glitzern von Gold blendete die Augen, und Bediver, der wie üblich an Artors Schulter stand, musste den Blick abwenden. Alsbald passte sich seine Sicht den Verhältnissen an, und er begann neuerlich zu zählen.

Unterhalb der niedrigen Traufen, wo die Korbgeflechtabdeckungen entfernt worden waren, fiel trübes Licht ein und erhellte die unteren Teile des Inneren, während das Feuer in der Mitte einen warmen Schimmer ausstrahlte; unter dem Dachgiebel herrschte Finsternis. Bediver unterdrückte ein Lächeln, als er beobachtete, wie die Fürsten und ihr Gefolge herauszufinden versuchten, welche Sitze bei einer runden Anordnung die ehrenvollsten waren. Genau aus diesem Grund hatte Merlin Artor nahe gelegt, diese Halle so zu errichten. Letzten Endes erfolgte die Sitzwahl annähernd nach geografischen Gesichtspunkten, da die kleinen Gruppen sich Plätze neben ihren Verbündeten und Nachbarn suchten.

Madoc von Durnovaria hatte sich für einen Platz neben Leodegranus entschieden, gleich unterhalb von Cador von Dumnonia, der seinen Sohn Constantin mitgebracht hatte. Die Gruppe aus Demetia wurde von Agricola beherrscht, einem Kriegsführer aus einer alten, römischen Familie, der mit Durchschlagskraft wettmachte, was ihm an edlem Blut mangelte. Da er Römer war, bezeichnete er sich nicht als Fürst, sondern als Beschützer, wenngleich die damit verbundene Befehlsgewalt dieselbe war. Auch er hatte einen Sohn mitgebracht; sein Name lautete Vortipor. Sein nördlicher Nachbar war Catwallaun Langarm, der noch die Narben seines letzten Feldzugs gegen die Iren von Laigin zur Schau trug, die sich unter König Ulan dort angesiedelt hatten.

Auch andere, vertrautere Gesichter waren da – der alte Eleutherius aus Eboracum mit seinem Sohn Peredur; Eldol, der über das Gebiet um Glevum herrschte; und Cadrod von Verulamium, der die Sachsen aus dem Osten keinen Lidschlag lang aus den Augen ließ. Als Bediver den Blick über die Runde schweifen ließ, waren es überwiegend die jüngeren Männer, die seine Aufmerksamkeit erregten. Sie waren diejenigen, mit deren Kraft Artor Britannien aufbauen wollte, deren Augenmerk der Zukunft galt.

Dennoch waren auch die silbrigen Haare des Alters und der Erfahrung nach wie vor stark vertreten. Ridarchus war von Dun Breatann heruntergereist. Er war so alt wie Leudonus, wenngleich er kräftiger wirkte. Es hieß, er sei mit einer Schwester Merlins vermählt, was Bediver sich schwerlich vorstellen konnte. Neben ihm saß sein Halbbruder Dumnoval, ein Enkel des großen Germanianus. Mittlerweile hielt Dumnova die Länder der Votadini südlich von Tava, unterhalb der Gebiete von Leudonus, der zu krank gewesen war, um herzukommen.

Stattdessen war der junge Cunobelinus da, um für die Votadini von Dun Eidyn zu sprechen. Darüber hatte es zuvor Streitgespräche gegeben, denn als rechtmäßiger Erbe von Leudonus galt Gwalchmai. Doch Gwalchmai befand sich zu Artors Rechten, Gai zu seiner Linken, und niemand wagte zu fragen, ob dies bedeutete, dass der Nordländer auf sein Geburtsrecht verzichtet hatte, um dem Hochkönig zu dienen, oder dass er Anspruch auf ein noch bedeutenderes Recht als Artors Erbe erhob.

Dies schien jedoch unwahrscheinlich, denn obwohl im Leib der Königin in einem Jahr Ehe keinerlei Saat aufging, war sie immer noch jung und gesund und würde gewiss eines Tages ein Kind gebären. Als wäre der Gedanke ein Ruf gewesen, bemerkte Bediver eine Veränderung in den Mienen der Männer des Kreises; er drehte sich um und erblickte Gwendivar, die inmitten eines Lichtscheines in der Tür stand.

Ob alt, ob jung, allesamt verstummten die Männer, als Gwendivar, den großen, silbernen Mischkelch an den Griffen zu beiden Seiten haltend, die Runde machte. Dies, dachte Bediver, war nicht das fröhliche Mädchen, das seine Freundin geworden war, sondern die Hochkönigin, unerreichbar und vollkommen wie eine Ikone in ihrer perlenbesetzten Dalmatika aus cremefarbenen Damast und einem Schleier aus feinsten Leinen, der das Haar unter dem Diadem verdeckte. Jedem Mann, an dem sie vorüberkam, bot sie den Mischkelch an. Als der Wein über das funkelnde Silber floss, fing sich darin das Licht und ließ ihn granatfarben schimmern.

»Das Blut der Traube ist das Blut des Landes«, sagte sie leise. »Und ihr seid des Landes starke Arme. Trinkt in Frieden, trinkt in Eintracht und seid willkommen in dieser Halle.«

»Fürstin, erst Ihr verleiht uns Anmut«, murmelte Vortipor, der hochrot anlief, als ihm bewusst wurde, dass er laut gesprochen hatte. Doch es schien niemandem sonst aufzufallen – schließlich gab er auch nur das preis, was sie alle empfanden.

Gwendivar vollendete die Runde und brachte Artor den Mischkelch. »Das Blut der Traube ist das Blut des Landes, und du, Pendragon, bist des Landes Haupt.«

Artors Hände schlossen sich auf dem Mischkelch um die ihren. Er zog sie dichter an sich und hob das Gefäß an die Lippen. Auf seinem Gesicht zeigte sich ein Ausdruck, den Bediver noch nie zuvor gesehen hatte – er vermochte nicht zu sagen, ob er von Freude oder Schmerz zeugte. Dann ließ er sie los und schaute zu ihr auf.

»So wie du des Landes Herz bist, meine Königin«, murmelte er. Kurz schloss er die Augen. Als er sie wieder öffnete, strahlten seine Züge wieder die übliche Ruhe aus. Nun war es Gwendivar, in deren Augen Bediver Schmerz entdeckte. Flüchtig neigte die Königin das Haupt, dann ergriff sie den Mischkelch wieder und trug ihn mit demselben schwebenden Schritt aus der Halle.

Allmählich setzte das Gemurmel der Unterhaltungen wieder ein, aber die Stimmung hatte sich gewandelt. All das erinnerte Bediver an etwas – jäh besann er sich der verzückten Antlitze in der Kirche seiner Kindheit, nachdem die Ikone der Jungfrau herumgetragen worden war. Ihm stockte der Atem – kam der Gedanke einer Gotteslästerung gleich? Ein Vertreter der Kirche mochte es durchaus so sehen, doch sein Herz versicherte ihm, dass die Königin während ihres Ganges durch die Halle eine Macht ausgestrahlt hatte, die auf ihre Weise ebenso heilig war wie alles von der Kirche Gesegnete.

Artor hatte zu reden begonnen.

»Auch in meinem Namen heiße ich euch willkommen. Wir haben viel zu besprechen und noch mehr, worüber wir nachdenken müssen. Die Sachsen sind geschlagen, und eine Zeit lang werden ihre Eide sie binden. Wir müssen planen, wie wir diese Zeit ausnutzen, um ihre Herzen voneinander fern zu halten, damit sie sich nicht wieder gegen uns vereinen können. Auch einen neuen Feldzug gegen die Männer von Eriu müssen wir planen, die Land in Demetia besetzt haben, das wir wieder unter britische Herrschaft bringen wollen. Aber diese Aufgaben, so dringend sie auch sein mögen, stellen lediglich einen Beginn dar. Viel zu lange war Gewalt unser einziger Herrscher – wenn wir die Sicherheit wiederherstellen wollen, die wir unter den Römern erfahren haben, müssen wir zur Herrschaft des Gesetzes zurückkehren.«

Bediver verlagerte das Gewicht, während Artor in seiner Eröffnungsrede fortfuhr. Wäre er zu Hause in Gallia geblieben, dachte er, hätte er womöglich einem solchen Treffen in der Halle seines Vaters beigewohnt. Doch so wie

Gwalchmai hatte er sich dafür entschieden, in Britannien zu bleiben und Artor zu dienen.

Am Nachmittag entließ Artor die Mitglieder des Rates, um sich auszuruhen, über die vor ihnen erläuterten Angelegenheiten nachzudenken und sich zu ertüchtigen. Bediver erbot sich, einigen der jüngeren Männer die Umgebung zu zeigen. Als er sich an den Pferdeställen mit ihnen traf, sah er, dass auch Gwendivar im Reitgewand auf ihn wartete. Ihre Anwesenheit würde wohl die Zungen der Männer ein wenig zügeln, ihrer Ertüchtigung würde sie jedoch keinen Abbruch tun, denn Bediver wusste bereits, dass sie so gut reiten konnte wie jeder Mann. Und sofern die Prinzen daran zweifelten, stand ihnen eine tüchtige Überraschung bevor, dachte er lächelnd bei sich.

Jedenfalls unterschied sich die junge Frau, die sich ohne jede Hilfe auf den Rücken der weißen Stute schwang, die ihr Artor geschenkt hatte, völlig von jenem Inbegriff der Macht, die sie noch in der Halle beim Darreichen des Weines ausgestrahlt hatte. Zum Reiten trug Gwendivar eine Hose und einen kurzen Kittel. Einzig der Leinenstreifen, mit dem sie ihr Haar zusammengebunden hatte, kennzeichnete sie als Frau und einzig der bestickte, an den Schultern befestigte blaue Umhang als Königin.

Nachdem sie aufgestiegen waren, war sie es, die vorausritt. In Wahrheit, dachte Bediver, der das Schlusslicht bildete, hätte sie die Besucher auch ohne seine Hilfe zu führen vermocht. Doch während er beobachtete, wie sie über etwas lachte, das Peredur gesagt hatte oder wie sie den jungen Vortipor anlächelte, da wurde ihm klar, dass er heute nicht über ihre Sicherheit, sondern über ihren guten Ruf wachen würde.

Am Fuß des steilen Hügels zügelte Gwendivar die Stute. Sie waren durch das Tor hinter der Quelle auf der nordöstlichen Seite des Hügels aufgebrochen. Von seinem Fuß aus verlief die Straße geradewegs auf das kleine Dorf zu, das in jener Zeit entstanden war, als das einzige Bauwerk auf dem Hügel der Schrein war.

Die Stute der Königin schnaubte und schüttelte den Kopf; Gwendivar lachte.

»Schwanenweiß will die Beine fliegen lassen!« Sie deutete auf das Dorf. »Glaubt ihr, ihr könnt sie einholen, wenn wir mal richtig die Zügel geben?«

Als sie das Dorf erreichten, schienen sowohl Pferde als auch Reiter bereit, eine etwas gemächlichere Gangart einzuschlagen. Gwendivars Haarband hatte sich gelöst, sodass ihr die Lockenpracht wie flüssiges Gold über den Rücken wallte. Ihre Wangen waren gerötet, ihre Augen leuchteten. Sie wirkte so viel lebendiger als die Frau, die in der Ratshalle neben Artor gestanden hatte, dachte Bediver und spürte einen seltsamen Stich in der Nähe seines Herzens.

Miteinander plaudernd trabten sie durch die frühlingsgrüne Landschaft. Durch ihre warmherzige Ausstrahlung legten Vortipor und die übrigen Prinzen jedwede Scheu ab. Grölend hallte ihr tiefes Gelächter durch die Luft. *Sie verzaubert sie*, dachte Bediver. *Artor sollte zufrieden sein.*

Vortipor beglückte sie mit einer langen Geschichte über eine Hirschjagd in den Bergen von Demetia, der Peredur eine Mär über eine Bärenjagd in den Tälern westlich von Eboracum entgegensetzte. Jeder, so schien es, hatte eine Geschichte zu bieten, die vor männlicher Tapferkeit strotzte – mit gegenseitig überflügelnden Worten protzten und prahlten die jungen Männer vor ihr wie

Hengste vor einer Stute. Es war Ebicatos, jener Ire, der die Garnison in Calleva befehligte, der darauf hinwies, dass die Königin all dieser Geschichten von Blut und Kampf allmählich überdrüssig werden musste, wenngleich Bedi- ver keinerlei Anzeichen davon in ihren Gesichtszügen entdecken konnte. Doch als der Ire Gwendivars Stute dafür lobte, dass sie das Rennen ins Dorf gewonnen hatte, und die Geschichte der Kinder Lirs zu erzählen begann, die von einer eifersüchtigen Stiefmutter in Schwäne ver- wandelt worden waren, lauschte Gwendivar mit halb offenem Mund und leuchtenden Augen.

Der Ritt führte sie in einem weiten Halbkreis nach Süd- westen. Als der Hügel wieder vor ihnen aufragte, verlang- samten sie den Trab. Die jungen Männer starrten ihn erstaunt an. Es schien unmöglich, dass sie in so kurzer Zeit einen so weiten Weg zurückgelegt hatten, aber die Sonne, die gerade ihren Höchststand erreicht hatte, als sie aufbrachen, war längst im Untergehen begriffen.

Bald sollte die Abendsitzung des Rates beginnen. Mer- lin war von seinen jüngsten Wanderungen zurückgekehrt und würde heute Abend berichten, was er gesehen hatte. Das sollte bestimmt interessanter werden als die endlosen Streitgespräche, denen sie gelauscht hatten, wenngleich es zweifellos zu wenig mehr führen würde.

»Ach, Fürstin«, rief Vortipor. »Ich wünschte, wir müssten nicht zurückkehren. Ich wünschte, wir könnten westwärts reiten, ohne innezuhalten, bis wir das Meer erreichen, wo sich unsere Pferde allesamt in Schwäne verwandeln würden, die uns zu den Hesperiden-Inseln hinaustrügen!«

»Die Insel der Gesegneten, die Insel der Schönen Frau- en, die Insel der Vögel«, murmelte Ebicatos.

»Das ist gewiss nicht nötig, wo doch die schönste aller Frauen bei uns auf dieser geheiligten Insel weilt«, warf Peredur ein. Dann ergriff er Gwendivars ausgestreckte Hand und küsste sie voller Inbrunst.

Bediver stockte der Atem, als er zu der jungen Königin blickte, die auf schmerzliche Weise schöner aussah als je zuvor. Doch dann schüttelte sie den Kopf, und Bitterkeit trübte den strahlenden Glanz gleich einer Wolke, die sich vor die Sonne schiebt.

»Und hier werde ich auch bleiben.« Ein jäher Tritt mit den Fersen ließ die Stute mit einer Kruppade losspringen. Vor Bestürzung sprachlos, folgten ihr die anderen.

Was ist das bloß, das ich empfinde?, fragte sich Bediver, während sie den Hügel erklommen. *Meine süße Roud ist eine gute Frau, und ich liebe sie und meinen Sohn . . .*

Das rothaarige Mädchen aus Alba, mit dem er vor elf Jahren im Rausch des Lugus-Festes geschlafen hatte, war zwar eine unerwartete Gefährtin gewesen, jedoch eine gute. Es war eine Soldatenhochzeit, die von der Kirche nicht gesegnet, aber von den Schriftführern der Armee Artors verzeichnet wurde. Doch die Zufriedenheit, mit der Roud ihn erfüllte, hatte nichts mit dem schmerzlichen Gefühl gemein, das er bei Gwendivars Anblick in seinem Herzen empfand. Ein Blick auf die anderen Männer verriet ihm, dass sie dasselbe fühlten. Sie würden ihr dienen, würden für sie sterben, ohne auf mehr als ein Wort oder ein Lächeln als Belohnung zu hoffen.

Sie ist Venus –, legte ihm die bruchstückhafte Erinnerung an seine klassische Ausbildung nahe. *Und wir sind ihre Anbeter. Was nur ziemlich erscheint, schließlich ist sie die Königin.* Aber als sie mit klappernden Hufen unter dem Torhaus hindurchtrabten, fragte er sich, warum der König trotz einer solchen Frau an seiner Seite so wenig Freude zu empfinden schien.

Artor ist nicht glücklich … Merlin musterte den König unter den buschigen Brauen und runzelte die Stirn. Da er zu seiner Rechten saß, konnte er ihn nicht unmittelbar ansehen, aber allein die Augen bestätigten, was ihm andere Sinne bereits verraten hatten. Artor wirkte blasser als früher, außerdem um die Hüfte etwas rundlicher – diese Veränderungen waren eine natürliche Folge des ständigen Sitzens in Ratskammern und des guten Essens. Aber um seine Augen war etwas Gehetztes.

Mit dem Verlauf des Rates hatte das nichts zu tun, denn mit den Ergebnissen konnte man durchaus zufrieden sein. Mittlerweile war klar geworden, dass eine römische Ordnung erst dann nach Britannien zurückkehren würde, wenn wieder römisches Recht herrschte. Die Fürsten mussten lernen, sich als *rectores* zu betrachten, ihre Kriegsführer als *duces*, die Generäle des Landes. Diejenigen, die bislang als Häuptlinge geherrscht hatten, waren zu Richtern und Friedensrichtern geworden und leiteten ihre Macht wieder von Rektoren und dem Kaiser ab. So und nur so konnten sie ihre Zivilisation von der Lebensweise der Barbaren abgrenzen.

Für Merlin, der sich nach seiner Wildnis im Norden sehnte, schien beides gleichermaßen einschränkend, doch er war geboren worden, um dem Verteidiger Britanniens zu dienen und somit auch seiner Gesetzgebung. Es machte sogar den Anschein, als könnte Artors Versuchen, die alte Ordnung wiederherzustellen, Erfolg beschieden werden. Folglich hätte er, wenn schon nicht überschwänglich, doch zumindest zufrieden wirken müssen. Irgendetwas stimmte nicht, und Merlin hielt es für seine Pflicht, der Sache auf den Grund zu gehen und die Dinge wieder zu richten. Allein der Gedanke ermüdete ihn, und ihn erfüllte das heftige Verlangen, wieder im Wald und bei der anspruchslosen Gesellschaft des Wildvolks zu sein, das dort lebte. Eines Tages, dachte er, würde er jene grüne Welt der Geheimnisse aufsuchen und nicht mehr zurückkehren.

Der Tonfall der Stimmen rings um ihn veränderte sich, und er richtete die Aufmerksamkeit wieder auf die Gegenwart. Die Erörterung der Titel und Pflichten neigte sich dem Ende zu.

»Damit wäre das also geregelt, und wir können uns der nächsten Angelegenheit zuwenden«, verkündete Artor. »Die Sachsen. Merlin hat sich bei ihnen aufgehalten – sie scheinen ihn als einen heiligen Mann zu achten –, und ich glaube, seine Beobachtungen könnten uns nützlich sein.«

Merlins Lippen zuckten. Schon in vergangenen Zeiten war er wohlbehalten durch feindliche Gebiete gewandelt, geschützt durch die Achtung, die sie jenen zollten, die sie für alt oder verrückt hielten. Mittlerweile begegneten sie ihm in anderer Weise, und er wusste, weshalb.

Als hätte der Gedanke den runenüberzogenen Speer geweckt, der an seinem Stuhl lehnte, spürte er dessen pulsierende Macht und den vertrauten Druck in seinem Bewusstsein, so als lauschte jemand. Die Spitze des Speers war mit Seide verhüllt, die in den Schaft geschnitzten Runen von Lederstreifen bedeckt, dennoch barg er die Macht des Gottes Wotan, und wenn Merlin mit jenem Stab und einem alten, tief über die Augen gezogenen Hut zu einem sächsischen Gehöft kam und sein langer Bart sich im Wind bauschte, dann wusste er, für wen die Menschen ihn hielten.

Merlin erhob sich, schritt zum Kamin in der Mitte der Halle und stützte sich auf den Speer. Artor straffte sich und verengte die Augen, als spürte etwas in seinem Inneren dessen Macht. Oder vielleicht war es das Schwert an seiner Seite, das die Anwesenheit eines weiteren Heiligtums erkannte. Einst hatte der Gott des Speeres gegen jene im Schwert verborgene Macht gefochten, nun jedoch schien es, als hätten sie sich verbündet. Eines Tages musste er Artor erklären, was geschehen war.

Nun aber hatte er diesen britischen Anführern zu berichten, was er in den Ländern der Sachsen gesehen hatte.

»In Cantium hat Fürstin Rigana einen Kreis von Schwertrittern versammelt, der sie berät. Das Kind, Oescs Sohn, erfreut sich bester Gesundheit, und die Menschen scheinen durchaus bereit, eine längere Herrschaft von Oescs Linie zu unterstützen. Viele ihrer jungen Krieger sind am Mons Badonicus gestorben. Zwar besitzen sie ausreichend Männer, um die Küsten gegen kleinere Angreifergruppen zu verteidigen, aber für uns werden sie wohl frühestens dann wieder eine Gefahr darstellen, wenn eine weitere Generation herangewachsen ist.«

»Das ist ja alles gut und schön«, meldete Cadrod sich zu Wort. »Aber was ist mit den Sachsen im Süden und Westen?«

»Aelle ist ein greiser Mann«, erwiderte Merlin. *In meinem Alter, aber der Mons Badonicus hat ihn zerbrochen …* »Er wird nie wieder in den Krieg ziehen. Selbst wenn er nach Vergeltung dürstete, steht fest, dass ihn die Schwertritter seines Vaters nicht unterstützen werden.«

»Und die Angeln?«, wollte Peredur wissen.

»Auch von dort sehe ich, wenngleich aus anderen Gründen, keine Gefahr«, antwortete Merlin und begann seine Gedanken über Icels Stellung als geheiligter König zu erklären und die Gründe darzulegen, weshalb ihn sein Eid an Artor auch weiterhin binden würde.

»Jeder für sich stellen diese Stämme keine Gefahr dar. Mein Rat an euch lautet, tapfere Männer auszuwählen und sie in den Gebieten anzusiedeln, die zwischen den ihren liegen. So lange die Sachsen ihre Länder als Stammesgebiete empfinden, dürfte es ihnen schwer fallen, sich zu vereinen. Sie mögen wohl halb Britannien besetzen, doch sie empfinden es nicht so, und solange ihr, meine Fürsten, zusammenhaltet, werdet ihr die Stärkeren bleiben.«

Sogar Cador von Dumnonia sah ein, dass dies ein guter Rat war. Merlin kehrte auf seinen Platz zurück, während die Fürsten von Britannien sich in ausführliche Beratungen ergingen, welche Grenzländer neu besiedelt werden sollten und wo man die Männer dafür auftreiben sollte.

In jener Nacht, nachdem alle gespeist hatten, wandelte Merlin mit sorgenvollen Gedanken den in die Halle eingebauten Wachgang entlang. Während des Mals hatte er Artor beobachtet, der mit seiner Fürstin an der Seite am Mitteltisch saß. Der König hätte lächeln sollen, denn der Rat war an jenem Tag gut verlaufen. Mit einer Frau wie Gwendivar hätte er bestrebt sein müssen, sich bald zurückzuziehen. Doch obwohl Artors Körper durchaus signalisierte, dass er sich in jedem Augenblick ihrer bewusst war, berührten sie einander nicht. Auch sein Lächeln spiegelte sich nicht in seinen Augen wider. Und nachdem die Königin sich verabschiedet hatte und zu ihrem Gemach aufgebrochen war, das vom Hauptteil der Halle abgegrenzt war, blieb der König zurück, um sich beim Feuer mit Eldol und Agricola zu unterhalten.

Der Vollmond ging auf; sein fahles Licht glitzerte auf dem Wasser der Teiche und Bäche und schimmerte sanft in den Nebelschwaden, die von den Feldern aufstiegen. Die fernen Hügel wirkten gespenstisch; bei jenem flackernden Licht vermochte Merlin nicht zu sagen, ob er die im Nordwesten aufragende spitze Form des Tors mit den Augen des Körpers oder des Geistes sah.

So stand er schon seit geraumer Zeit da und trank Frieden wie ein durstiger Mann Wasser, als er plötzlich spürte, dass er nicht mehr allein war. Eine fahle Gestalt bewegte sich den Pfad entlang, zu anmutig, um einer der Männer zu sein. Der Weiße Geist, was eine der Bedeutungen ihres Namens war ... Gwendivar ...

Merlin holte den Geist gänzlich zurück in den Körper und trat einen Schritt auf sie zu. Sie wirbelte heftig herum und presste sich mit dem Rücken an die Wand; der japsende Laut, den sie von sich gab, als sie scharf die Luft einsog, wirkte in der Stille ausgesprochen laut.

»Es stimmt tatsächlich, Ihr *könnt* Euch unsichtbar machen!«

»Nicht unsichtbar, nur ganz reglos ... Ich bin hergekommen, um den Frieden der Nacht zu genießen«, erklärte er und weitete sein Bewusstsein, um sie zu umfassen. Als die Spannung aus ihrem Körper wich und sie einen Schritt auf ihn zutrat, lächelte er.

»Genau wie ich ...«, sprach sie mit leiser Stimme.

»Ich dachte, Ihr wärt längst mit Eurem Gemahl im Bett.«

Sie zuckte zusammen und starrte ihn an. »Was soll das heißen? Was wisst Ihr?«

»Ich weiß, dass etwas zwischen euch nicht stimmt. Und ich weiß, dass ihr kein Kind habt ...«, erwiderte er besänftigend.

Gwendivar straffte die Schultern, umgab sich mit Würde, und er spürte, wie sie die innere Zugbrücke hochzog.

»Ihr habt kein Recht ...« Die Stimme versagte ihr den Dienst.

»Ich bin einer der Hüter Britanniens, und Ihr seid die Hochkönigin. Wo fehlt es denn, Gwendivar?«

»Warum nehmt Ihr an, dass die Schuld bei mir liegt? Fragt doch Artor!«

Merlin schüttelte den Kopf. »Die Macht geht vom Mann auf die Frau und von der Frau auf den Mann über. Ihr seid die Herrin Britanniens. Auch wenn die Schwierigkeiten von ihm ausgehen, muss die Heilung von Euch kommen.«

»Und wie ich das anstellen soll, kommt von Euch, nehme ich an? Ihr schmeichelt Euch selbst, alter Mann!« Damit drehte sie sich um und beobachtete ihn über die Schulter.

Im Licht des Mondes wirkte ihr Haar wie versilbert. Sogar Merlin, der sich in seinem ganzen Leben nur das Verlangen nach einer einzigen Sterblichen eingestanden hatte, spürte eine Regung. Aber er schüttelte den Kopf.

»Der Körper dient dem Geist«, entgegnete er ruhig. »Ich würde Euch auf geistiger Ebene unterweisen.«

»Sagt doch der Frau, die Artor verletzt hat, sie soll ihm helfen! Lasst ihn bei der Mutter seines Sohnes Heilung suchen! Vielleicht kann er dann zu mir kommen!«

Just in dem Augenblick, als Bestürzung ihn lähmte, setzte sie sich anmutig in Bewegung. Ein Wort der Macht hätte ihr sogar in dem Moment noch Einhalt gebieten können, aber zu jener Aufgabe, um die er sie bitten wollte, ließ der Geist sich nicht zwingen.

Igraine hatte dies vorhergesehen. Aber sie hatte nur das Kind, nicht die Mutter gesehen. Das Kind würde Krieg über Britannien bringen, die Mutter jedoch hatte bereits einen heftigen Schlag angebracht. Wer war sie? In einer Hinsicht, dachte er, hatte Gwendivar Recht. Er musste mit Artor sprechen.

Die Feste war für die Nacht verriegelt worden, doch der Dienst habende Wachmann am Nordtor war ein sehr junger Mann, zudem halb in seine Königin verliebt, und so ließ er sie durch. *Sie alle sind in mich verliebt!*, dachte Gwendivar verbittert. *Alle außer dem einzigen Mann, den ich lieben darf.*

Vor Hast beinahe stolpernd, bahnte sie sich einen Weg den Pfad hinab zur Quelle. Eine fahle Gestalt schwirrte über den Pfad; Gwendivar erschrak und wäre um ein Haar gestürzt. Kurz starrte sie furchtsam, mit pochendem Herzen in die Finsternis, dann entspannte sie sich, da sie erkannte, dass es sich lediglich um eine weiße Eule handelte. In solchen Nächten, wenn der Himmel klar war und der Vollmond im Triumph über das Firmament wanderte, fühlte sie sich innerhalb der Mauern wie erdrückt. Sogar Julias Arme waren ein Gefängnis, in dem sie unter dem Gewicht des Verlangens der anderen Frau zu ersticken drohte.

Gwendivar hatte gedacht, ein Spaziergang auf den Mauern würde ihrem Geist gestatten, frei wie ein Vogel aufzusteigen, doch Merlin war vor ihr da gewesen. Was hatte sie zu ihm gesagt? Gewiss musste er, der über alles im Bilde war, auch über Artor Bescheid gewusst haben. Der alte Hexer hatte ihr Hilfe angeboten – eine Weile überlegte sie, ob sie eine Närrin gewesen war, vor ihm davonzulaufen.

Aber wie konnte eine Veränderung in *ihr* etwas bewirken? Die Sünde war auf Artors Seite, falls es eine Sünde war – was er jedenfalls zu glauben schien. Er hatte noch zweimal nach jenem fürchterlichen Reinfall versucht, ihr ein Gemahl zu sein, beide Male mit noch weniger Erfolg als in der Hochzeitsnacht. Danach hatten sie es aufgegeben. Zwar war er nett zu ihr und behandelte sie in der Öffentlichkeit mit allen Ehren, aber im Bett, das die Amme und das Herz ihrer Ehe hätte sein sollen, schliefen sie, ohne einander zu berühren, wobei die gegenseitige Nähe ihnen nur noch mehr Einsamkeit vermittelte.

Gwendivar kannte diesen Pfad gut, doch sie war noch nie in der Nacht hier gewesen. Im düsteren Licht wirkten die vertrauten Formen der unteren Bollwerke wie eingerollte Schlangen. Über dem traurigen Ruf der Eule hörte sie die süße Musik von fließendem Wasser. Überall sonst waren die Bäume gefällt worden, um ein Feuerfeld um die Mauern der Feste zu schaffen, doch auf halbem Weg den Hügel hinab scharten sich immer noch schützend Bäume um die Quelle.

Gwendivar hatte den Hügel nie aufgesucht, bis Artor hier mit dem Bau seiner Feste begann, aber die Menschen aus den Gebieten ihres Vaters wussten zahlreiche Geschichten über jene Tage zu erzählen, als er noch ein Pilgerort war. Nachdem die Herrscher von Lindinis sich dem christlichen Glauben zugewandt hatten, hörten sie auf, für den Schrein zu sorgen, und nachdem dessen letzter Priester gestorben war, begann das rechteckige Bauwerk mit der breiten Veranda zu verfallen. Nun waren die eingestürzten Steine Teil von Artors Mauern.

Aber die geheiligte Quelle, aus der die Priesterinnen das Wasser bezogen hatten, das sie für ihre Heilzauber verwendeten, war geblieben und sprudelte immer noch aus den Tiefen der Hügels hervor, um einen stillen Teich zu bilden. Die Mauerkrone darum war verwittert, doch das Abflussrohr, das den Überlauf ableitete, war frei geblieben. Von dort plätscherte das Wasser mit melodischem Gurgeln in Form eines kleinen Baches den Hang hinab. Durch die Birken schimmerndes Mondlicht hüllte Teich und Stein gleichermaßen in fleckige Schatten.

Im gespenstischen Licht des Weges blinzelte Gwendivar unsicher. Die alten Mächte waren von der Hügelkuppe verbannt worden, hier jedoch konnte sie ihre Anwesenheit immer noch fühlen. Sie streckte die Arme aus und rief, was sie gerufen hatte, wenn sie zu Hause durch die Hügel getollt war. Kleid und Umhang hingen schwer an ihr, weshalb sie beides ablegte. Auch die klobigen Dutte ihres Haares löste sie. Sie streckte sich, erfreute sich am freien Spiel von Muskeln und Gliedern. Eine leichte Brise richtete die feinen Härchen an ihren Armen und Beinen auf, liebkoste ihren nackten Körper, ließ die Birkenblätter zittern, bis das wandernde Schattenmuster, welches das Mondlicht warf, auf den unruhigen Wassern des Teiches glitzerte.

Licht wirbelte darüber gleich einem vom Wasser aufsteigenden Nebel, bildete die Gestalt einer Frau, die, so wie Gwendivar, einzig ihr leuchtendes Haar bekleidete.

»Wer bist du?«, flüsterte sie. An das Elfenvolk war sie gewöhnt, doch dies war ein Wesen von edlerer Art als alle anderen, die sie je getroffen hatte.

»Ich bin Cama, die Biegung des Hügels und des sich windenden Wassers, ich bin das geheiligte Rund. Es ist lange … sehr lange her, seit ich zuletzt von Sterblichen angerufen wurde … Was ist dein Begehr?«

Gwendivar spürte, wie ein Kribbeln heiliger Ehrfurcht ihre Haut überzog. Es war dem neuen Glauben noch nicht gelungen, die alte Weisheit so vollständig zu verdrängen, dass sie die uralte Göttin dieses Teils des Landes nicht erkannt hätte. Doch ihr Schrei war wortlos ausgefallen. Mühevoll rang sie nach einer Antwort.

»Das Wasser fließt – der Wind weht – ich aber bin gefesselt! Ich will frei sein!«

»Frei …« Die Göttin kostete den Klang, als verstünde sie nicht recht. *»Das Wasser fließt hügelabwärts ins Meer. Hitze und Kälte bestimmen die Strömungen des Windes. Sie sind frei, ihrem Wesen zu folgen. Ist es das, wonach du verlangst?«*

»Was ist mein Wesen? Ich bin zwar verheiratet, aber keine Ehefrau!«

»Du bist die Königin …«

»Ich bin ein vergoldetes Bildnis. Ich besitze keinerlei Macht …«

»Du bist die Macht …«

Gwendivar, den Mund zum Widerspruch geöffnet, verharrte und vermeinte beinahe zu begreifen. Dann ertönte der Ruf der Eule, und der Augenblick des Verstehens zerriss. Sie sah, wie die Gestik der Herrin zu einer Säule schimmernden Lichts zerfloss.

»Hilf mir!«, schrie sie. Zwar folgte keine Antwort, aber die Gestalt öffnete die Arme.

Zitternd kletterte Gwendivar über die Mauerkrone und trat in den Teich. Weicher Schlamm gab unter ihr nach, und sie glitt so schnell in die kalten Tiefen, dass ihr nicht einmal ein Aufschrei entfahren konnte. Wasser schlug über ihrem Kopf zusammen, Dunkelheit umfing sie. *Dies ist der Tod*, dachte sie, aber es war keine Zeit für Furcht. Und dann schnellte sie empor zum Licht. Macht wirbelte rings um sie, doch sie war der Mittelpunkt des Kreises – *Sein* und *Tun*, die Bewegung und ihre Stille, ein und dasselbe.

An diesem Ort gab es keine Zeit, dennoch musste Zeit verstrichen sein, denn alsbald erfuhr Gwendivar die Welt übergangslos wieder mit ihren gewöhnlichen Sinnen. Der Mond hatte sich ein Viertel seines Weges über den Himmel geschoben, sein Licht schien nicht mehr voll auf den Teich. Sie stand, Wasser troff von ihr, aber der Boden des Teichs unter ihren Füßen fühlte sich fest an.

Sie selbst fühlte sich leer, und sie erkannte, das jener Teil, der aus ihr gewichen, ihre Verzweiflung gewesen war. Vielleicht würde diese Gelassenheit nicht ewig andauern, aber sie war überzeugt, sie würde im Bewusstsein behalten, was sie gesehen hatte.

VII

Der verwundete König

A. D. 498

Gwendivar kauerte neben dem Kamin des Hauses, das der Haushalt des Königs besetzt hatte, und lauschte dem Zischen des Feuers und dem dumpfen Pochen des Regens auf dem Rieddach. Wenn sie noch näher rückte, dachte sie betrübt, würde sie Feuer fangen, aber ihr Rücken fühlte sich immer noch feucht an, obwohl ihre Vorderseite bereits dampfte.

Keines der anderen Häuser dieses Weilers war auch nur einen Deut besser. Sie bedauerte die Männer von Artors Armee, die im zweifelhaften Schutz von Zelten aus geölten Häuten zitternd die Iren verfluchten. Das Hochgefühl über ihren großen Sieg bei Urbs Legionis – der Legionsstadt, die auch Deva genannt wurde – war mittlerweile verblasst. Illan, König der Menschen Laigins, die sich vor einer Generation im nördlichen Gwenet angesiedelt hatten, war zwar auf der Flucht, doch er würde die Briten für jeden Zoll Boden zwischen Deva und der Irischen See kämpfen lassen.

Gwendivar legte ein weiteres Holzscheit ins Feuer und fragte sich, weshalb sie Artor unbedingt auf diesen Feldzug begleiten wollte. Den überwiegenden Teil der vergangenen Woche hatte es geregnet; der Himmel war grau mit der silbrigen See verschmolzen. Mit jedem Tagesmarsch waren die steinigen Hügel näher gerückt, die das grüne Weideland säumten. Mittlerweile erhoben sie sich linker Hand als bedrohliche Mauer, gelegentlich unterbrochen von einem kleinen Steiltal, aus dem jeden Augenblick brüllende Horden von Iren hervorstürzen konnten, um die Armee anzugreifen, die sich entlang des zunehmend schmäleren Flachlandstreifens zwischen den Bergen und dem Meer beständig nach Westen vorkämpfte.

Artor war irgendwo draußen bei den Kundschaftern. Es war dumm gewesen zu hoffen, ihre Beziehung würde sich verbessern, wenn sie ihn begleitete. Der König verbrachte die Tage im Sattel und kehrte bei Einbruch der Dunkelheit erschöpft, nass und hungrig zurück, für gewöhnlich mit Verwundeten. Artor hatte sie nicht mitnehmen wollen, aber während der kurzen Zeit, in der er ihr den Hof machte, hatte er ihr versprochen, sie könnte mit der Armee reiten, und sie hatte sich geschworen, sie würde sich weder beklagen noch die anderen aufhalten.

Für Letzteres bestand ohnehin keine Gefahr, dachte Gwendivar verbittert, denn sie reiste mit der Nachhut. Was das Beklagen anging, hatte sie bislang ihre Zunge gehütet, doch sie wusste, wenn sie noch lange in dieser Bruchbude eingepfercht bliebe, würde sie aufbegehren.

Bei dem Gedanken ertappte sie sich dabei, dass sie aufstand und auf die Tür zusteuerte. Sie schob sich durch die Kuhhaut, die den Eingang verhing, hielt unter dem Dachvorsprung inne und sog tief die klare Luft ein. Sie war feucht und roch durchdringend nach nassem Gras und Seetang. Um die Hügelkuppen prangten immer noch Nebelschwaden, aber ein frischer Wind blies, und hie und da funkelte ein vereinzelter Sonnenstrahl auf dem Meer.

Der Himmel klarte auf, obschon vielleicht nur vorübergehend. Sehnsüchtig schaute Gwendivar zu den Hängen, deren Grün mit jedem Lidschlag üppiger wurde. Gewiss, so dachte sie, unterschieden sie sich nicht gänzlich von den sanften Hügeln ihrer Heimat. Einige derselben Kräuter würden dort wachsen, Pflanzen, die zum Heilen zu verwenden ihre alte Amme sie gelehrt hatte ...

Der junge Soldat, der zu ihrer Leibwache ernannt worden war, straffte die Schultern, als sie hinaus ins Freie trat. Sein Name war Cau. Er war einer der Männer, die mit Marianus aus den Ländern der Votadini gekommen waren. Zwischen dem Gefolge des Marianus und jenem Catwallauns herrschten Spannungen. Beide waren Enkel des großen Cuneta, wenngleich Catwallauns Zweig der Familie vor einer Generation in Gwenet angesiedelt worden war. Vielen der Neuankömmlingen widerstrebte es, zur Bewachung der Nachhut der Armee eingesetzt zu werden, Cau hingegen hatte sich mit einer Hingabe in Gwendivars Dienste gestellt, die an jene der Mönche im Dienste der Jungfrau Maria erinnerte. Zu Hause in Deva hatte er eine Frau und einen kleinen Sohn namens Gildas zurückgelassen, dennoch errötete er stets heftig, wenn Gwendivar ihn anlächelte.

»Sieh nur – es hat aufgehört zu regnen.« Sie streckte die Hand mit der Handfläche nach oben aus und lachte. »Wir sollten die Wetterveränderung nützen. Ich möchte ein wenig in diese Hügel reiten, um Heilkräuter zu sammeln.«

Cau schüttelte jedoch den Kopf. »Mein König hat mir aufgetragen, hier über Euer Wohl zu wachen.«

»Der König hat auch befohlen, dass seine Verwundeten versorgt werden müssen. Gewiss hätte er nichts dagegen, wenn ich aufbreche, um Medizin zu suchen, die ihnen hilft. Bitte, Cau …« Sie schenkte ihm ein unsicheres Lächeln. »Ich werde noch verrückt, wenn ich nicht ein wenig Bewegung bekomme. Mittlerweile ist der Feind sicher weit vor uns!«

Cau wirkte zwar immer noch unschlüssig, aber ihn und seine Männer entmutigte die Untätigkeit genauso sehr wie Gwendivar. Sie unterdrückte ein Lächeln, da sie – noch bevor er sprach – wusste, dass er zustimmen würde.

Nach dem Gestank und Rauch der Hütte war es einfach himmlisch, draußen an der frischen Luft zu sein. Als das Grasland anzusteigen begann, saßen sie ab, und Gwendivar schlenderte über die Wiese, um nützliche Kräuter zu suchen, während Cau ihr mit einem Korb folgte und die anderen Männer, verschmitzt in die Bärte grinsend, auf den Pferden hockten.

Gwendivar stellte sicher, dass sie zwischen den Gräsern genug Kräuter fand, um den Ausritt zu rechtfertigen. Sie pflückte die fünfblättrigen Blüten des Frauenmantels und die gemeine Brunelle mit ihren purpurnen Trompeten, die sich beide zum Reinigen von Wunden eigneten. Als sie weiterwanderte, erblickte sie die cremefarbenen Blüten und zahnförmigen Blätter der gemeinen Waldrebe, aus deren Rinde sich ein wirkungsvoller Aufguss zur Fiebersenkung herstellen ließ, und Tausendgüldenkraut, ebenfalls gut gegen Fieber, außerdem zur Linderung von Magenbeschwerden und zur allgemeinen Kräftigung des Körpers. Auch Purgier-Lein wanderte in den Korb und wilder Majoran, um wunde Muskeln damit zu baden und Blutergüsse zu mildern.

Es war ein hartes, von Meereswinden gepeitschtes Land. Im Überfluss wuchsen die nützlichen Pflanzen zwar nirgends, dennoch hatten sie den Korb gegen Mitte des Nachmittags beinahe gefüllt. Die Männer hatten sich eine Rast verdient, und Gwendivar führte sie zum melodischen Plätschern des Wassers, das sich aus einer kleinen Bergschlucht ergoss. Der Bach selbst verbarg sich hinter einer Einfriedung aus Hasel- und Dornbüschen und ein paar verkümmerten Birken, doch nach dem langen Umherwandern war der feuchte Hauch äußerst wohltuend.

Sie wollte Cau gerade auftragen, das Brot und den Käse aus ihren Satteltaschen zu holen, als ein gellender Schrei und heftiges Knacken im Gebüsch sie herumwirbeln ließ. Männer mit gezückten Speeren stürzten daraus hervor. Es mussten an die fünfzig sein, denen sich das Dutzend der Leibwache der Königin gegenübersah. Ihre Begleiter traten die Rösser in Bewegung, um den Angreifern entgegenzustürzen, doch das Gelände war steil und uneben; zwei Pferde fielen, die anderen bäumten sich auf, als Männer auf sie zurannten.

»Selenn! Lauf! Hol Hilfe!«, rief Cau. Der Letzte der Reiter zügelte das Pferd, während die Angreifer die Übrigen umzingelten und mit den Speeren auf sie einstachen. Einen Lidschlag später riss er den Kopf des Rosses herum und galoppierte den Hang hinab.

Cau ergriff Gwendivars Arm, zog sie zu Boden und baute sich mit gezogenem Schwert über ihr auf. Ein Feind kam ihr zu nah, weshalb ihn ein Hieb der Klinge fällte, doch ein Wort des Anführers lenkte die Übrigen auf den Rest der Leibwache. Wenig später waren die Männer der Königin tot oder gefangen, sie selbst und ihr Beschützer von gezückten Speeren umringt. Gwendivar rappelte sich auf die Beine und streckte trotzig das Kinn vor.

»Leg die Klinge jetzt nieder, dann geschieht euch nichts«, forderte der Anführer Cau auf. Natürlich sprach er mit irischem Akzent – dass es sich um Iren handelte, war Gwendivar bereits klar gewesen, als sie die Jacken und Hosen aus gepolstertem Leder gesehen hatte.

»Artor wird mich töten ...«, stammelte Cau, als er das Schwert senkte.

Gwendivar schüttelte den Kopf. »Es war mein Wille, somit auch meine Verantwortung.«

Der feindliche Anführer trat einen raschen Schritt vor, ergriff die Waffe und reichte sie einem seiner Männer. Er zog zwei Lederriemen vom Gürtel und fesselte zunächst Caus, danach Gwendivars Hände.

»Kommt jetzt, wir haben einen weiten Weg vor uns.«

»Ihr seid wahnsinnig«, sprach die Königin. »Lasst uns frei, dann hetzt Artor euch vielleicht nicht zu Tode.«

»Fürstin, wollt Ihr etwa unsere Gastfreundschaft ablehnen?« Abwägend musterte er sie. »Ich glaube, Euer König wird üppig bezahlen, um Euch zurückzuerhalten.«

Einer der Speere schwenkte zielstrebig auf Caus Rücken. Das Grinsen des Kriegers verriet Gwendivar, dass er nicht zögern würde, seinen Gefangenen zu durchbohren. In dem Wissen, dass Cau ihr folgen musste, setzte die Königin sich in Bewegung.

»Mir selbst, Melguas, Sohn des Ciaran, ist die Ehre beschieden, Euer Häscher zu sein«, verkündete der Anführer über die Schulter, wobei seine Zähne gelblich im rotbraunen Bart aufblitzten. Sein Haar war stärker blond als rot und in zahlreichen kleinen Zöpfen angeordnet, die Silber- und Goldschleifen zusammenhielten und zierten.

Er legte eine ordentliche Geschwindigkeit vor, und Gwendivar brauchte allen Atem, um mit ihm Schritt zu halten.

»Gwendivar, Tochter des Leodegranus, und Fürst Cau, der meine Garde befehligt, haben das Pech, Eure Gefangenen zu sein«, sagte sie, als sie oben am Hang kurz innehielten. Hier vertiefte sich die Bergschlucht, und im Schutz der Bäume warteten Ponys, einheimische Tiere, die das raue Gelände kannten und sich sicheren Fußes darin zu bewegen vermochten.

»Meint Ihr, das wussten wir nicht? Viele Tage lang haben wir euch beobachtet.« Lachend warf Melguas den Kopf zurück, und Gwendivar sah die Silberkette, die unter seinem Bart funkelte.

»Ein verflucht gut gelaunter Schurke«, murmelte Cau, aber Gwendivar schloss voll inneren Schmerzes die Augen. Dies war kein böser Zufall gewesen, sondern ein sorgfältig ausgearbeiteter Plan des Feindes, der nur auf ihre Narretei gewartet hatte. Sie dachte an die drei Männer ihrer Garde, die von den Iren getötet worden waren, und wusste, dass ihr Blut an ihren Händen klebte.

Als sie endlich anhielten, war es bereits dunkel, und sie hatten viele Meilen zurückgelegt. Mit zu Tode betrübtem Herzen und vom Schaukeln des Ponys schmerzendem Leib ließ Gwendivar widerspruchslos zu, dass Melguas sie vom Pferd zog und in die Hütte aus Buschwerk stieß. Cau ließen sie gefesselt neben dem Feuer liegen und warfen eine Decke über ihn. Es half nichts, sich einzureden, dass Artor der Verlust eines seiner Gefährten ebenso schmerzen würde wie ihre Entführung – keiner von ihnen hätte sich so mühelos erwischen lassen.

In jener Nacht kuschelte sie sich in stillem Elend in die stinkenden Decken. Wie lange, fragte sie sich, würde es dauern, bis Selenn bei der Nachhut eintraf und Bericht erstattete? Wie lange, bis ein weiterer Bote Artor erreichte? Bis er in der Lage sein würde, Männer zu ihrer Rettung auszusenden, würde der Regen, den sie auf das Buschwerk prasseln hörte, ihre Spuren verwischt haben. *Vielleicht ist er froh, mich los zu sein* ... Mit bitterer Genugtuung ließ sie sich die Aussicht einer endlosen Gefangenschaft durch den Kopf gehen. Nun war sie froh, dass sie Julia in Camelot zurückgelassen hatten, denn dadurch blieb ihr wenigstens die Last ihres Kummers erspart.

Am nächsten Morgen reichte man ihr eine Schüssel Haferbrei, dann zwang man sie, wieder auf das Pony zu steigen. Den Großteil des Tages zogen sie stetig weiter und folgten den verborgenen Pfaden durch die Hügel. Hier im Hochland blies der Wind kalt und rein, als wäre er nie mit sterblichen Lungen in Berührung gekommen, und der Adler, der auf halbem Weg zwischen Erde und Sonne am Himmel hing, stellte das einzige Lebewesen dar, das sie sahen. Als Gwendivar sich überrascht zeigte, dass die Iren diese Pfade kannten, lachte Melguas.

»Mein Vater ist ein Fürst im Lande Laigin, aber ich wurde hier geboren und bin auf Du und Du mit jedem Gipfel, jedem Tal.«

So wie ich im Sommerland, dachte Gwendivar. »Bringt Ihr mich zu König Illan?«, fragte sie laut.

»Gewiss – der liebreizende Körper von Artors Königin beschützt uns besser als jeder Steinwall.«

»Seid Euch da nicht so sicher«, entgegnete Gwendivar grimmig.

»Wieso nicht?« Überrascht musterte Melguas sie. »Seid Ihr etwa nicht die Weiße Herrin, zwischen deren runden Hüften die Fruchtbarkeit des Landes liegt und von deren Stirn die Herrschaft funkelt?«

Nicht für Artor, dachte Gwendivar, doch sie wollte ihn nicht verraten, indem sie es aussprach. Diese Iren schienen ungemein überzeugt von ihrem Wert – welche Magie besaßen Königinnen in Eriu, dass diese in der Fremde lebenden Söhne ihnen solche Ehrerbietung zollten? Melguas hatte Gwendivar wohl zum Gehorsam gezwungen, aber weder er noch seine Männer hatten gewagt, sie zu beleidigen oder ihr zudringlich zu werden. *Das ist es, was Merlin mir zu sagen versuchte*, dachte sie, *aber ich muss wohl gleichermaßen eine Heuchlerin und eine Versagerin sein, denn etwas in mir fehlt und verhindert, dass ich wahrlich Artors Königin werde!*

In jener Nacht schliefen sie in Mäntel gehüllt unter einem groben Unterschlupf aus Buschwerk. Mitten in der Nacht verspürte Gwendivar das Bedürfnis, sich zu erleichtern. Sie kroch aus dem Unterschlupf und schauderte, als die kalte Luft ihre Haut berührte. Nachdem sie fertig war, erhob sie sich und betrachtete die schwarzen Schemen der Berge, die sich vor den Sternen abzeichneten. Wäre dies ihr Heimatland gewesen, hätte sie versucht, sich in der Finsternis davonzustehlen, doch sie kannte diese Gegend nicht. Außerdem war Melguas ein umsichtiger Befehlshaber, und obwohl sie keine Wachen sah, waren gewiss welche in der Nähe.

Sie drehte sich um, und als hätte der Gedanke ihn herbeigerufen, sah sie, wie die dunkle Gestalt eines Mannes sich von den Felsen löste.

»Ah, Fürstin, Ihr friert ja – lasst mich Euch wärmen.«

Es war Melguas, doch irgendetwas in ihr hatte es bereits vorausgeahnt. Ein Gefühl der Unvermeidbarkeit beschlich sie, als sie spürte, wie seine Hände sich um ihre Schultern schlossen, ihr der Geruch männlichen Schweißes in die Nase stieg, er sie an sich drückte und auf den Mund küsste.

»Ich bin eine Königin«, flüsterte sie, als er sie schließlich losließ. »Ist das die Achtung, die Ihr mir entgegenbringt?« Doch ihr Herz pochte heftig in der Brust, und sie hatte nicht gewollt, dass er sie losließ.

»So ist es – genauso würde ich dem Land selbst dienen, hätte es einen Körper, dem ich huldigen könnte ...« Die leise, irische Stimme zitterte, sein Griff hingegen war fest.

Ich muss dies beenden, dachte Gwendivar, als er sie abermals an sich zog und seine Hände ehrfürchtig über ihre Haut strichen. Doch selbst wenn sie laut aufschreien würde, käme niemand zu Hilfe – es gäbe höchstens weitere Zeugen ihrer Schande. Seine Hand suchte ihre Brust; sie taumelte, als all ihre enttäuschte Sinnlichkeit nach Befriedigung rief. Melguas spürte das Verlangen ihres Körpers, lachte und trug sie in den Schutz eines Felsvorsprungs, wo er sie auf das weiche Gras legte.

Vom Gewicht seines Körpers auf die Erde gedrückt, hatte die Königin keine Kraft, sich zu wehren. Und im Augenblick der Erfüllung vermeinte sie, die Erde zu sein, die sich verzückt öffnete, um seine Liebe zu empfangen.

Voller Scham und Schmerz erwachte Gwendivar in einem sanften Nieselregen, der den ganzen Tag lang andauern sollte. Sie zog sich das Kopftuch über und musterte die Mienen der Krieger. Doch sie entdeckte keine anzüglichen Blicke, kein verschmitztes Grinsen, und für Melguas triumphierendes Antlitz war ihre Entführung Grund genug. Vielleicht war ihr Geheimnis sicher. Sie fragte sich, ob Cau einen Verdacht hegte. Ihre Häscher hatten ihn die ganze Nacht in Fesseln gelassen; er musste sich noch weitaus schlimmer fühlen als sie. Zwar hockte er auf dem Pony, ohne sich zu beklagen, aber er lächelte nicht mehr.

Die Wolkendecke begann, sich zu verfinstern, als Melguas das Ross zügelte.

»Illans Lager befindet sich dort drüben.« Er deutete auf die nächste Hügelkuppe, und Gwendivar, die sich nach zwei Tagen an die kalte Stille des Hochlands gewöhnt hatte, vermeinte, ein fernes Murmeln zu hören, das an einen Hochwasser führenden Fluss erinnerte. »Wenn Ihr wollt, halten wir eine Weile inne, damit Ihr Euer Haar kämmen, die Kleider bürsten und als eine Königin vor meinen Herrn treten könnt.« Aus seinem Blick sprach eine vertraute Wärme.

Gwendivar starrte ihn nur an. Da sie mit Artors Männern geritten war, hatte sie jeglichen königlichen Schmuck verstaut, damit die Männer sie als eine Schwester und Kameradin betrachteten. Nach zwei Tagen im Sattel musste sie wie eine der Frauen aussehen, die der Armee folgten, das Gesicht schmutzig, das Haar mit Laub verfilzt. *Wenn all meine Juwelen mich zu keiner echten Königin machen, was nützt es da, wenn ich mir das Haar richte?*

Melguas wartete. Gwendivars Mutter hatte sie stets ermahnt, sie sollte zumindest so tun, als wäre sie eine Fürstin. Wieso sollte dieser Moment hier anders sein? Seit drei Jahren tat sie so, als wäre sie eine Königin. Was ihr letzte Nacht widerfahren war, hätte selbst den Anschein von Rechtmäßigkeit zerstören müssen, doch der Glaube ihres Häschers an sie als Königin nötigte sie. Langsam ergriff sie den Kamm, den der Ire ihr entgegenstreckte, und begann, ihre Zöpfe zu entwirren.

Durch den Schleier ihrer Haare sah sie, wie das Licht in Melguas Augen sich in eine Flamme der Verehrung verwandelte. Als der Wind die rotgoldenen Strähnen erfasste, starrten auch die anderen Männer sie an; sogar Cau richtete sich im Sattel auf und beobachtete sie mit der alten Ehrfurcht in den Augen. Ihre Gesichter glichen Spiegeln, in denen sie das Bildnis einer Königin erblickte. Sie verlangsamte die Griffe, vollführte jeden Strich bewusst, bezog von den Männern die Kraft, um das zu werden, was sie für sie sein musste.

Und in jenem Augenblick, als die Aufmerksamkeit der Häscher auf die Schönheit der Königin geheftet war, preschten urplötzlich Reiter über den Rand des Hügels, und der Kriegsschrei des Pendragon hallte gen Himmel.

Zuvorderst ritt Gwalchmai, groß und barbarisch wie ein Ire. Melguas griff nach Gwendivars Zügeln, doch sie erholte sich rechtzeitig vom ersten Schreck des Begreifens, um das Pony in Bewegung zu versetzen. Sogleich ließ sie den Kamm fallen und packte die Mähne des Tieres, das in einen ruckenden Kanter verfiel. Es gelang ihr gerade noch, der Zügel habhaft zu werden, ehe das Pony mit ihr durchbrennen konnte.

Mittlerweile tauschten Melguas und Gwalchmai Hiebe aus; das Klirren von Stahl durchschnitt die bebende Luft. Sie erspähte Bediver, Gai und Gwalchmais Brüder –

Christus! Artor hatte all seine Gefährten gesandt! Und dann erkannte sie, dass er sie nicht gesandt, sondern angeführt hatte; dass der große Mann mit der silbernen Kettenrüstung und dem Spangenhelm, der seine Züge verbarg, Artor selbst war, der sich wie ein Bär in die Schlacht stürzte.

Nie zuvor hatte sie Artor im Kampf erlebt. Gwalchmai focht mehr mit vergnügter Wildheit, Bediver mit genaueren Hieben, doch Artor stellte sich seinen Gegnern mit einer finsteren Entschlossenheit, die sie noch bei keinem anderen Mann beobachtet hatte; gleich einem Blitz des Untergangs sauste das Sarmaten-Schwert auf jeden Kämpfer nieder, der ihm gegenüberzutreten wagte.

Tut er es für mich, fragte sich Gwendivar, *oder für seine Ehre? Oder für jenes Wesen der Einbildung, die Hochkönigin?*

So wie die Iren Gwendivars Begleitgarde überwältigt hatten, wurden sie nun von Artors Gefährten überwältigt, obwohl diese in der Unterzahl waren. Nach nur wenigen Augenblicken, so schien es, waren ihre Häscher tot oder auf der Flucht, mit Ausnahme Melguas, der sich immer noch lachend gegen Bediver und Aggarban zur Wehr setzte.

Doch sie ließen von ihm ab, als Artor mit seinem letzten Gegner fertig war und, das blutige Schwert im Anschlag, auf sie zuschritt.

»Ihr verdient sie nicht«, keuchte Melguas atemlos. »Aber wie ich sehe ... seid Ihr ein Mann von Ehre!«

Schweigend duckte sich Artor in Kampfhaltung; jede Faser seines Körpers strahlte tödliche Entschlossenheit aus. Melguas Augen verengten sich, als wäre ihm eben erst die Klasse seines Feindes bewusst geworden; er stemmte die Füße in den Boden und hob das Schwert.

Einen langen Augenblick rührte sich keiner der beiden. Dann, wie auf ein unausgesprochenes Zeichen hin, schritten beide Kämpfer zur Tat. Die Schwerter bewegten sich zu schnell für Gwendivars Augen, aber als die beiden Gestalten sich trennten, stand Artor noch aufrecht, während Melguas stürzte, auf dessen Bauch und Brust sich gleich einer aufblühenden Blume Blut ausbreitete.

Mit einem langen Seufzer stieß Gwendivar den Atem aus, den sie unbewusst angehalten hatte. Melguas lag, wo er gefallen war. Seine Brust hob und senkte sich unter lautem Keuchen, während Blut die Lederrüstung durchtränkte und in den Boden zu sickern begann. Sie trat einen Schritt vor, dann noch einen und starrte in entsetzter Faszination auf die Überreste des Mannes, der sie gefangen genommen hatte.

»Beendet es«, flüsterte Melguas. »Ihr ... habt mich besiegt ...«

»Herr«, sprach Bediver und trat mit gezogenem Dolch vor. »Es ist nicht nötig, dass Ihr Euch die Hände schmutzig macht.«

Artor schüttelte den Kopf. »Ein guter Jäger bereitet seiner Beute immer selbst ein Ende.« Damit ergriff er den Dolch von Bediver, kniete sich neben seinen Gegner und legte das Schwert neben ihn auf den Boden.

Melguas drehte sich zuckend herum, sein Körper verspannte sich, als hätte ihn Schmerz kurzzeitig überwältigt. Nur Gwendivar, die näher kam, sah, wie seine Finger sich um den Griff des an den Oberschenkel gebundenen Dolches schlossen. In demselben Lidschlag, den ihr Verstand benötigte, um zu begreifen, was ihre Augen gesehen hatten, riss Melguas die Waffe frei und stieß damit unter das herabhängende Kettenhemd Artors.

Der König zuckte mit einem unterdrückten Fluch zurück.

»Nicht gut für sie ...«, setzte Melguas an, doch Artor, dessen Antlitz vor Wut schäumte, hechtete vorwärts, stützte sich auf die linke Hand, trieb mit der rechten den Dolch oberhalb der Silberkette in die Kehle seines Feindes und riss ihn seitwärts, sodass der Kopf des Iren mit vor Überraschung geweiteten Augen jäh zur Seite ruckte.

Mit verzerrter Miene starrte Artor auf ihn hinab, dann sank er langsam zurück; Blut breitete sich auf seiner Hose aus.

»Artor!«, »Herr!«, riefen Gwalchmai und Bediver gleichzeitig aus, als sie ihn erreichten. Behutsam streckten sie ihn aus und zogen das Kettenhemd beiseite. Der Dolch hatte das Fleisch an Artors Schenkelinnenseite aufgerissen und sich bis in die Lendengegend hochgearbeitet. Der König gab zwar keinen Laut von sich, aber er wurde zunehmend blasser, und sein Körper bebte vor Schmerz.

»Die Arterie hat er nicht erwischt«, murmelte Bediver, der den Stoff von der Wunde schälte. Zwar floss beständig Blut, doch nicht in jener roten Flut, die keine Arztkunst einzudämmen vermochte.

»Ebenso wenig Eure Männlichkeit!«, fügte Gwalchmai hinzu und drückte Artors Schulter. »Lasst es vorerst bluten, dadurch reinigt sich die Wunde. Legt Euch auf die rechte Seite, dann befreien wir Euch von diesem Kettenhemd.«

Gwendivars Fäuste hatten sich krampfhaft in ihren Rock geklammert, doch diese Männer wussten mehr über Wunden und Rüstungen als sie. Erst nachdem sie ihm

Schwertgurt und Kettenhemd abgenommen und die Hose wegschnitten hatten und nach Tüchern suchten, um sie auf die Wunde zu drücken, konnte Gwendivar etwas tun.

Nach drei Tagen im Sattel waren ihre eigenen Kleider alles andere als sauber, aber sie trug mehr und weicheren Stoff am Leib als seine Gefährten zu bieten hatten. Hastig zog sie ihre Röcke hoch, schnitt die Vorderseite ihres Hemdkleids ab und faltete es zu einem Ballen, den sie mit ihrem Kopftuch über die Wunde band.

»Ihr müsst eine Bahre bauen«, befahl sie den Männern. »So kann er nicht reiten.«

»Ja, und zwar schnell«, pflichtete Gwalchmai ihr bei. »Bevor diese Bastarde, die entkommen sind, uns Illan auf den Hals hetzen, um ihre Aufgabe für sie zu vollenden.«

»Bediver ... du führst die Armee an«, flüsterte Artor, während die Männer begannen, eine junge, am Hang des Hügels wachsende Eiche zu fällen. »Nimm den Großteil der Männer und halte geradewegs auf die Küste zu. Illans Männer sollen dir folgen.«

»Und was wird aus Euch, Herr?« Bediver verlieh seiner Stimme einen ruhigen Klang, doch seine Züge waren beinahe genauso fahl wie jene Artors.

»Gwalchmai bringt mich ... zum See ... zu Igraine.«

»Ich begleite dich ...«, erklärte Gwendivar fest entschlossen. Artor, der ihrem Blick nicht mehr begegnet war, seit sie seine Wunde verbunden hatte, sagte nichts, und als sie auf die anderen ihren Blick heftete, erkannte sie, dass sie, zumindest in diesem Augenblick, nicht nur durch ihren Titel, sondern wirklich eine Königin war.

Als ihre Frauen kamen, um ihr zu berichten, dass ein Bote eingetroffen sei, war Morgause keineswegs überrascht – galoppierende Hufe hatten sie bereits in ihren Träumen heimgesucht. Der Reiter war der Mann, den sie als ihre Augen und Ohren zu Artors Armee geschickt hatte. Als sie ihn erkannte, spürte sie, wie etwas schmerzlich in ihrem Bauch zuckte, und das überraschte sie durchaus.

»Was ist los?«, erkundigte sie sich mit beherrschter Stimme. »Ist dem König etwas geschehen?«

»Er ist nicht tot, Fürstin«, antwortete der Mann rasch. »Aber er ist verwundet, und zwar zu schwer, um den Feldzug fortzusetzen. Er hat Bediver die Befehlsgewalt übergeben.«

»Nicht Gwalchmai?« Morgause runzelte die Stirn.

»Euer Sohn ist bei Artor. Sie reisen in gemächlichen Abschnitten gen Norden – niemand will sagen wohin oder warum ...«

»Zum See«, erklärte Morgause nachdenklich. »Das muss ihr Ziel sein. Seine Verletzung muss fürwahr schwerwiegend sein, wenn er sich um Heilung an meine Mutter wendet.«

An Igraine und an den Kessel, fügte sie für sich hinzu und grub die Fäuste in den Rock ihres Kleides. War die Wunde tatsächlich so schlimm, oder bediente Artor sich der Entschuldigung, um Zugang zu den Geheimnissen des Kessels zu erlangen?

»Welcher Art ist die Verletzung?«, erkundigte sie sich.

»Ich weiß es nicht genau«, erwiderte der Spion. »Jedenfalls kann er nicht reiten. Es heißt«, fügte er etwas verschämt hinzu, »der König sei in der Lendengegend verwundet ...«

Morgause unterdrückte ein siegesbewusstes Lächeln. Die Königin hatte Artor kein Kind geboren. Ob es die Worte waren, die sie den beiden anlässlich ihrer Hochzeit mitgegeben hatte, oder ob es der Wille der Götter war, wusste sie nicht. Doch wenn des Königs Manneskraft beeinträchtigt war, würde es wohl lange dauern, ehe er wieder versuchen konnte, einen Erben zu zeugen. Gwalchmai war jedermann als Artors Neffe und als tapferster seiner Gefährten bekannt. Es würde Britannien leicht fallen, ihn als den Erben des Königs anzuerkennen. Und falls er die Ehre ablehnte – hatte sie immer noch Medrod ...

»Es war klug von dir, mir diese Neuigkeit zu überbringen.« Morgause verstummte und musterte den Boten. Sein Name war Doli, ein Mann der uralten Rasse des Hügelvolks. Seine Züge waren fein geschnitten und dunkel; ihren Diensten hatte er sich durch Riten der alten Magie verschrieben. Vor einigen Jahren hatte sie seiner Schwester die Möglichkeit eingeräumt, der Gemeinschaft der Priesterinnen auf der Insel der Maiden beizutreten.

»Nun habe ich eine weitere Aufgabe für dich«, verkündete sie. »Ich wünsche, dass du zum See reitest und deiner Schwester einen Besuch abstattest. Wenn die Gruppe des Königs, so wie du sagst, langsam reist, kannst du dort ankommen und wieder verschwunden sein, bevor er eintrifft.«

»Und wenn ich dort bin?« Fragend zog Doli eine dunkle Augenbraue hoch.

»Du überbringst ihr die Flasche, die ich dir mitgebe, und eine Botschaft. Aber ich wage nicht, sie aufzuschreiben. Ich werde sie dir in deinem Gedächtnis aufzeichnen, und erst wenn deine Schwester Ia die Worte ›durch Stern und Stein‹ spricht, wird die Botschaft freigegeben.«

»Nun denn.« Untertänig neigte Doli das Haupt, dann setzte er sich mit untergeschlagenen Beinen auf den Boden und schloss die Augen, während seine Brust sich im uralten Rhythmus des Dämmerzustands hob und senkte.

Nachdem Morgause verspürt hatte, dass seine Energie gesunken war und brachlag, gebot sie seinem Geist Aufmerksamkeit, indem sie seinen geheimen Namen aussprach. Dann begann sie die Botschaft zu singen, die er überbringen musste.

»So lauten die Worte der Herrin von Dun Eidyn, die man die Vor-Tigerna nennt, die Große Königin, an Ia, Tochter des Malcuin. Die Priesterinnen werden das Heilungsritual für König Artor vollführen. Schütte den Inhalt der Flasche, die dein Bruder dir überreicht, in das Wasser des Teichs. Dies sind die Worte, die du sprechen musst, während du es tust: ›Du bist ein schaler Tümpel in einem vergifteten Land, ein kahles Feld, ein fruchtloser Baum. Dein Samen wird versagen, deine Herrschaft vergehen. Durch den Willen der Großen Königin wird es so geschehen!‹«

Morgause wartete einen Augenblick, dann sprach sie die rituellen Worte, die Doli aus dem Dämmerzustand zurückholten. Schließlich schickte sie ihn zum Essen, während sie selbst zu der Hütte ging, in der sie Kräuter und Medizin zubereitete, um einen Trank zu brauen, der stark genug sein würde, um es mit der Macht des Kessels und all der Magie ihrer Mutter aufzunehmen.

Im Schlaf glich Artor seinem Vater Uther so sehr, dass Igraine jedes Mal den alten Schmerz verspürte, wenn sie ihn ansah. Vielleicht auch deshalb, weil er krank war, und sich das Bild ihres Gemahls in seinen letzten Jahren am deutlichsten in Igraines Gedächtnis eingebrannt hatte. Aber Artor war erst vierunddreißig, und sie würde ihn nicht sterben lassen. Selbst im Schlaf zeigten sich die Furchen, welche die Bürde der Verantwortung um den Mund und in die Stirn gegraben hatte, zudem prangten in seinem braunen Haar weitere silbrige Strähnen.

Der König war in der Gästekammer der Insel der Maiden zu Bett gebracht worden, wo eine frische Brise vom See durch das Fenster wehen konnte und den Duft mit sich trug, den die Sonne aus den Kiefern löste. Von Zeit zu Zeit zuckte Artor, als schmerzte ihn die Wunde sogar im Schlaf. Die Klinge des Iren hatte die Muskeln der Innenseite seines Schenkels durchschnitten und sich weiter in die Lendengegend vorgearbeitet, war jedoch nicht ganz in den Bauch vorgedrungen. Ebenso wenig zu seinen Weichteilen, wenngleich der Schnitt sie gefährlich nahe gestreift hatte. Die größte Gefahr stellte derzeit ein Wundbrand dar, denn der grobe Feldverband hatte wenig mehr getan, als die Blutung einzudämmen, und durch die beschwerliche Reise gen Norden hatte die Wunde sich entzündet.

Sie beugte sich vor, um das feuchte Haar in seiner Stirn zu streicheln und spürte die Hitze des Fiebers, obwohl sie vermeinte, wie der starke Weidenrindentee, den sie ihm bei seiner Ankunft eingeflößt hatte, es allmählich senkte. Sobald er sich ein wenig ausgeruht hatte, würden sie die Wunde säubern und mit einem Knoblauch-Wickel versehen müssen, um die Entzündung zu bekämpfen. Als sähe er den Schmerz voraus, zuckte Artor unentwegt und murmelte etwas vor sich hin. Igraine beugte sich dichter zu ihm, um ihn zu verstehen.

»Gwendivar ... so wunderschön ...« Das er den Namen seiner Frau rief, war nur zu erwarten gewesen, doch weshalb sprach solche Pein aus seinen Worten? »Hat er sie berührt? Hat er ... Ich habe kein Recht dazu! Es war meine Sünde ...«

Mit gerunzelten Augenbrauen tauchte Igraine das Tuch in das Becken mit kühlem Wasser und legte es ihm wieder auf die Stirn. Sie wusste, dass Artor von jenem Iren verwundet worden war, der die Königin entführt hatte, aber Gwendivar schwor, ihr wäre kein Leid angetan worden. Wieso stammelte er im Fieberschlaf von Sünde?

»Ganz ruhig, mein Kind ...«, murmelte sie. »Jetzt ist ja alles vorbei, und hier bist du in Sicherheit ...«

Stöhnend schüttelte er den Kopf, als hätten die Worte seiner Mutter ihn selbst in seinem Fieberwahn erreicht. »Sie hat mir gesagt ... ich hätte einen Sohn ...«

Mit geweiteten Augen lehnte Igraine sich zurück. »Wer, Artor?« Ihre Stimme erkaltete. »Wessen Sohn?«

»Morgause ...«, lautete die Antwort. »Wieso sollte sie mich hassen? Ich wusste es doch nicht ...«

»Es ist alles gut ... es war nicht deine Sünde ...«, beschwichtigte ihn Igraine, doch ihr Verstand raste, als sie sich eines trotzigen, rothaarigen Knaben besann, der auf dem Gartenweg Kiesel aufsammelte. Sie hatte vermutet, die Familienähnlichkeit stamme allein von Morgause – doch was, wenn Medrod ein doppeltes Erbe hatte?

Kein Wunder, dass Artor im Fieberwahn lag, wenn dieses Wissen in seinem Gedächtnis schwelte. Es würde nicht reichen, sich seines wunden Körpers anzunehmen – sie musste auch seine Seele heilen.

Der See war ausgesprochen schön, dachte Gwendivar, besonders jetzt, da der Widerschein der ersten herbstlich verfärbten Blätter golden und rostrot auf dem Wasser tänzelte und die goldbraunen Hügel die kahlen Schultern in einen nach tagelangem Regen klaren Himmel streckten. Doch nach einer Woche auf der Insel mit den Priesterinnen fühlte sie sich ebenso gefangen wie zuvor bei der Armee. Gwalchmai, der mit den anderen Männern auf der Wiese an der Landungsstelle gegenüber der Insel lagerte, hatte gesagt, er würde sie mit Freuden auf einem Spaziergang entlang des Ufers begleiten.

»Sollten wir angegriffen werden«, meinte sie verbittert, »dann lass die Feinde mich nehmen. Ich bin es nicht wert, dass die Leben weiterer braver Männer für mich herhalten müssen.«

Während des langen Ritts in den Norden hatte niemand sie beschuldigt, niemand sie verdächtigt, in Melguas Armen gelegen zu haben. Durch die Mühen der Reise wäre es ihr beinahe gelungen, den Vorfall selbst zu vergessen.

Nun aber, da sie nichts zu tun hatte, suchte die Erinnerung sie heim.

»Herrin! So etwas dürft Ihr nicht sagen. Ihr seid die Königin!« In Gwalchmais Stimme schwang echter Schmerz.

Gwendivar schüttelte den Kopf. »Igraine ist die Königin. Auf dem Weg nach Norden hätte Artor mich gebraucht, aber ich besitze weder das Wissen noch die Magie, um ihm zu helfen.«

»Ebenso wenig wie ich, Gwendivar – ich gäbe mein Herzensblut, würde es ihn heilen, aber ich bin außerstande, gegen den Feind zu kämpfen, mit dem er ficht.« Gwalchmais breite Schultern sackten herab.

Der Kummer in seiner Stimme linderte ihren eigenen Schmerz ein wenig. Tief sog sie den würzigen Duft des Laubs ein, atmete ihn in einem langen Seufzer aus und spürte, wie die Spannung aus ihr wich. Bei jedem Schritt raschelte Laub, in den Bäumen quietschten Eichhörnchen einander zu.

»Aber du kämpfst gegen seine anderen Feinde«, meinte sie alsbald. »Du bist das Bollwerk seines Throns.«

»Mehr ersehne ich mir auch gar nicht. Auf dem Schlachtfeld bin ich glücklicher als in der Ratshalle. Müsste ich mich mit dem Gezänk der Fürsten herumschlagen, würde ich wohl binnen eines Jahres die Geduld verlieren und das Land in einen Bürgerkrieg stürzen.«

Seine Stimme hatte einen vergnügteren Klang angenommen, und Gwendivar lachte.

»Gewiss wird die Herrin vom See den König heilen und mir die Versuchung ersparen«, meinte er schließlich. »Sie ist eine weise Frau. Und sie hat eingewilligt, meine Tochter als eine ihrer Maiden hier aufzunehmen.«

»Deine Tochter! Ich wusste gar nicht, dass du ein Kind hast!«, rief Gwendivar aus.

»Bis letztes Jahr wusste ich es selbst nicht«, antwortete Gwalchmai reumütig. »Ich habe sie mit einer Frau der alten Rasse gezeugt, jenes kleinwüchsigen, dunklen Hügelvolks, als ich mal auf der Jagd war und mein Pony fernab der Heimat lahmte. Mein Töchterchen ist wild wie ein Rehkitz, aber ihr Haar hat dieselbe Farbe wie meines. Letzten Winter ist ihre Mutter gestorben, also muss ich ein Zuhause für sie finden.«

»Wie heißt sie?«, wollte die Königin wissen, der es

ebenso schwer fiel, sich Gwalchmai als Vater vorzustellen, wie ihm selbst.

»Ninive -«

Also ist Morgause Großmutter! Weiß sie es überhaupt?, fragte sich Gwendivar, doch sie behielt den Gedanken für sich.

»Igraine wird wissen, wie man das Mädchen zähmt«, sagte Gwalchmai. Er bückte sich, um einige Kastanien aufzuheben, dann löste er die dornige Rinde und die ledrige Hülle, bevor er ihr eine anbot. Die Nuss darin war feucht und süß. »Und sie wird Artor heilen.«

»Das wird sie«, bekräftigte Gwendivar seine Überzeugung. »Seit zwei Tagen hat er kein Fieber mehr, und man sagte mir, die Wunde habe zu heilen begonnen.«

Kein Mann hatte je die Höhle des Kessels betreten, doch in dem Tal darunter befand sich im felsigen Grundgestein der Insel ein Becken, das man für Bäder der Reinigung oder des Heilens mit Wasser füllen konnte, und hierher durfte ein Mann kommen, wenn es nötig war. Es war groß genug für mehrere nebeneinander sitzende Frauen oder einen liegenden, erwachsenen Mann.

Hierher brachten sie Artor, als der Neumond erstmals am abendlichen Himmel zu sehen war, um die Heilung zu vervollständigen.

Die Herrin vom See saß auf einer Bank am Kopfende des Teichs, die in jener Nische stand, in der sich das Bildnis der Göttin befand, seit die ersten Priesterinnen die Insel betreten hatten. Oder vielleicht noch länger – das Bildnis war aus Blei gefertigt und zeigte die Göttin mit nackter Brust und einem glockenförmigen Rock, auf eine Weise also, die schon zu Zeiten der Römer für sehr alt gehalten wurde. Eine Terrakottalampe warf flackerndes Licht auf das Bildnis. Igraine hatte den Eindruck, dass die Göttin lächelte.

Es würde noch viele Wochen dauern, bis der König gänzlich genesen war, aber zumindest hatte die Wunde sich geschlossen. Damit Artor vollkommen seine Gesundheit wiedererlangte, musste die Ausgewogenheit seines Körpers wiederhergestellt werden, und auch sein geschundener Geist musste seinen Segen beimengen. Weitere Lampen leuchteten flackernd rings um den Teich; in der vom See hereinwehenden Brise lag der Geruch des Holzrauchs von dem Feuer, mit dem sie das Wasser erhitzten. Manchmal sehnte Igraine sich nach den natürlichen heißen Quellen von Aquae Sulis, und doch barg das Entfachen eines Feuers, das Brauen der Kräuter, die man dem Wasser beimengte, einen wesentlich stärkeren Zauber.

Wenn der Herbst Einzug hielt, wurden die Nächte kalt, nun jedoch, während die Erinnerung an die Sonne noch am westlichen Himmel schimmerte, barg die Luft die Wärme des Nachmittags. Im purpurnen Zwielicht ähnelte der jungfräuliche Mond der Schale einer Perle. Die Luft war von jener Stille erfüllt, die das Ende jeden Tages begleitete, aber als Igraine lauschte, nahm sie ein Geräusch wahr. Ihre Priesterinnen sangen, während sie Artor den Pfad entlang begleiteten.

»Wasser des Lebens, Wasser der Liebe –
Wir entstammen der Mutter, zu ihr kehren wir wieder ...«

Igraine rappelte sich auf die Beine. Als sie die Arme zum Gruß erhob, rutschten ihre schwarzen Ärmel von den bleichen Armen zurück. Das silbrige Mondsteindiadem der Hohen Priesterin prangte als vertrautes Gewicht auf ihrer Stirn.

»Wasser des Himmels, falle nieder zur Erde –
Wir entstammen der Mutter ...«

In Paaren traten die weiß gewandeten Priesterinnen zwischen den beiden Eichen hindurch, die den Teich hüteten. Jedes Paar trug ein Gefäß voll Wasser, von dem sich in der kühler werdenden Luft leichte Dampfschwaden emporkräuselten. Die Paare trennten sich und knieten sich nieder, um den Inhalt der Gefäße in das Becken zu schütten, dann erhoben sie sich wieder und gingen zu beiden Seiten davon, um Nachschub zu holen.

»Wasser des Anfangs, Wasser des Endes ...«, sangen die Priesterinnen.

Je höher die Flüssigkeit anstieg, desto schwerer hingen die Gerüche der Kräuter in der Luft, die sich mit dem Erhitzen des Wassers verstärkt hatten – verschiedene Minzen und Kamille, Rosmarin und Lavendel, Salbei und Waldmeister, darüber hinaus Zusätze wie Meersalz und zu Pulver zerriebene weiße Weidenrinde mit wenig Duft, jedoch großer Heilkraft.

Ein Teil wurde auf der Insel gezüchtet, ein Teil in den wilden Gebieten gesammelt, ein Teil aus der Ferne herbeigebracht. Die Intensität der Düfte benebelte beinahe die Sinne. Und dennoch, als Igraine einatmete, schien irgendetwas anders als früher, irgendetwas roch verdorben. Abermals holte sie tief Luft, doch es war kein Geruch, den sie kannte. Schließlich fragte sie sich, ob es überhaupt irdischer Natur war oder ob sie eine geistige Fäulnis spürte. Bei dem Gedanken vollführten ihre Hände unwillkürlich die Geste des Schützens und Bannens, und der Eindruck, dass etwas nicht stimmte, verblasste.

»Wasser der Tiefe, zum Segen uns werde ...«

Igraine schüttelte den Kopf – vermutlich war es nur Einbildung gewesen. Sie wusste, dass die Zuverlässigkeit ihrer Sinne mit dem Alter nachgelassen hatte.

Mittlerweile war das Bad zu drei Vierteln gefüllt. Nest und Ceincair traten mit dem in eine grüne Robe gewandeten Artor in der Mitte durch das Tor. Er bewegte sich langsam und auf die Priesterinnen gestützt, aber er war auf den Beinen, wenngleich ihm Schweißperlen auf der Stirn standen.

»Wir entstammen der Mutter, zu ihr kehren wir wieder ...«, sangen die Frauen ein letztes Mal, ehe sie verstummten.

Der König und seine Begleiterinnen hielten am Rand des Teichs inne.

»Kind der Göttin, weshalb bist du hergekommen?«, fragte Igraine.

»Ich suche nach Heilung des Körpers und der Seele«, lautete Artors Antwort. Sie sah ihm fest in die Augen und hoffte, dass es stimmte, denn in wachem Zustand konnte sie ihm keine Erklärung der Worte abringen, die er im Fieberwahn gemurmelt hatte.

»So kehre denn zurück in den Leib der Mutter und lasse dich heilen.«

Die Priesterinnen lösten die Kordel und nahmen ihm die Robe von den Schultern. Auf Gesicht und Armen, wo die Krankheit die Sonnenbräune beeinträchtigt hatte, wirkte die Haut gelblich, der Rest von Artors Körper hingegen war blass, und er errötete nun, da ihm bewusst wurde, dass er splitternackt vor neun Frauen stand. Doch ihr Blick war unnahbar und bereits halb vom Nebel des rituellen Dämmerzustandes verhangen; nach einer kurzen Weile erlangte Artor die Fassung wieder und ließ sich von Nest und Ceincair stützen, als er die Stufen in den Teich hinabstieg.

Auf dem ersten Absatz hielt er inne, als überraschte ihn die Hitze, dann biss er sich auf die Lippe und ging weiter, bis ihm das Wasser halb zu den Schenkeln hinaufreichte, wo die Wunde sich leuchtend gegen die fahle Haut abzeichnete. Am Ende des Beckens befand sich eine Kopflehne aus Stein. Nachdem die Priesterinnen ihm ganz hineingeholfen hatten, ermöglichte es ihm die Kopflehne, mit dem Körper vollkommen unter Wasser halb treibend zu liegen.

Die Priesterinnen hatten sich mit untergeschlagenen Beinen rings um den Teich gehockt und sangen leise vor sich hin, um die Heilkraft der Kräuter heraufzubeschwören. Gelegentlich holte eine der Frauen weiteres Wasser, um die Hitze des Bades zu bewahren. Nach und nach wich die Spannung aus Artors Körper. Er lag mit geschlossenen Augen da, während ihm Schweiß über das Antlitz strömte.

Die Gesänge setzten sich fort, während es dunkler wurde, und nahmen allmählich an Eindringlichkeit zu. Igraine, die das Tor beobachtete, sah zunächst die fahle Gestalt darin erscheinen, dann eine jähe Spannung im schlaffen Leib des Königs, so als hätte ihn die Veränderung in der Luft erschrocken. Er schlug die Augen auf, die sich weiteten, als ein Licht, das den Schein der Fackeln überstrahlte, rings um die leuchtenden Roben der Priesterinnen und den silbernen Kessel in ihren Armen aufloderte.

Das Erstaunen blieb in seinen Augen, als die Maid gänzlich in das Licht trat, und er ihr dunkles Haar erblickte, doch die Hoffnung, die auch aus ihnen gesprochen hatte, war verschwunden. Igraine begriff. Sie hatte versucht, Gwendivar zu überreden, den Kessel zu tragen, und konnte nicht verstehen, weshalb die Königin sich geweigert hatte. Weder ihr Sohn noch ihre Schwiegertochter wollten ihre Geheimnisse mit ihr teilen, aber nun wurde ihr klar, dass Artor seine Königin liebte. Einen Augenblick erschütterte Kummer Igraines Konzentration. Dann fegte die Macht des Rituals alle anderen Gedanken hinfort.

»Werde wiedergeboren aus dem Wasser des Lebens«, hallte ihre Stimme gegen die Felsen. »Werde geheilt durch das Wasser der Liebe!«

Die Priesterin hob den Kessel an, und das geheiligte Wasser darin ergoss sich als leuchtender Schwall in den Teich.

VIII

Die grosse Königin

A. D. 500

Das Geheul der Dudelsäcke pulsierte gleich einer alten Wunde durch die frostige Frühlingsluft, so beständig, dass man es vergaß, bis eine Berührung oder eine Erinnerung den Schmerz des Verlustes wieder ins Bewusstsein rief. König Leudonus war tot, und die Votadini versammelten sich, um ihn zu betrauern. Die große Feste auf dem Felsen von Dun Eidyn war voller Häuptlinge, die Schlucht darunter überfüllt mit den Lederzelten und Laubhütten ihrer Gefolge. Morgause, die Vorräte und Köche für die Totenfeier auftrieb, Zwistigkeiten über Vorrechte schlichtete und die Rituale vorbereitete, war zu beschäftigt, um darüber nachzudenken, ob das, was sie empfand, Trauer war oder Erleichterung.

Die vergangenen zehn Jahre war sie ihm keine Gemahlin, sondern eine Pflegerin gewesen, die mit ansehen musste, wie seine Kraft schwand, bis er gleich einer verfallenen Festung dalag und dass Bett überhaupt nicht mehr verließ. Und als die Herrschaft über die Votadini auf sie überging, war Morgause nicht nur zum Symbol der Herrschaft, sondern zu deren Wirklichkeit geworden.

In seiner Glanzzeit war Leudonus ein mächtiger Krieger gewesen, doch am Ende hatte der Tod ihn aus dem

Hinterhalt überfallen, und er ließ sich ohne Gegenwehr übermannen. Eines Morgens hatte sie die Vorhänge beiseite gezogen, die seine Bettkoje verbargen, und ihn steif und kalt vorgefunden.

Es war gut, dachte Morgause, als Dumnoval und die Häuptlinge der südlichen Votadini einmarschiert waren, dass der Kummer sie nicht überwältigt hatte, denn von der Stärke, die sie nun zeigte, hing ihre Zukunft ab. Ihren bei Artor weilenden Söhnen hatte sie zwar Botschaften geschickt, doch sie hegte wenig Hoffnung, dass sie kommen würden. Der Frühlingsfeldzug gegen jene Iren, die sich immer noch an die Küstengebiete von Gwenet und Demetia klammerten, hatte gerade erst begonnen, und die Neffen des Königs zählten zu seinen meistgeschätzten Befehlshabern.

Vielleicht war auch das gut, denn die Kämpfe stellten eine glaubhafte Entschuldigung für Gwalchmais Abwesenheit dar. So konnte sie wenigstens vorgeben, dass ihn einzig eine noch bedeutendere Pflicht fern hielt, obwohl schon lange offensichtlich war, wie wenig ihn die Herrschaft über das Land seines Vaters kümmerte. Dennoch würde ihr Status als Mutter des Erben ihre Befehlsgewalt vielleicht weiterhin rechtfertigen, so wie früher ihre Ehe mit Leudonus.

Es war ja nicht so, dass sie sich auf diesen Tag nicht vorbereitet hatte, dachte sie, während sie Dumnoval das Methorn darbot, um ihn willkommen zu heißen. Es gab kaum eine Familie im Land, die keinen Grund hatte, dankbar zu sein, ob für Essen in einem harten Jahr, ein Darlehen für eine Mitgift, um ein Familienbündnis zu erringen, geschenkte Waffen, Rinder oder Ehre. Und so begrüßte sie Dumnoval, als er von seinem Pony glitt, als die Große Königin von Alba, die einen ihrer Männer empfängt.

An jenem Abend kleidete sie sich in Seide, deren karmesinfarbenen Falten im Fackellicht blutrot schimmerten. Schmuck aus Bernstein oder Gagat leuchtete an ihrem Hals und an den Handgelenken, an den Ohren hingen Bernsteinanhänger. Bereits seit einigen Jahren verwendete sie Henna, um das Silber in ihrem Haar zu übertünchen, und Kajal, um die Augen zu betonen. Im Licht des Feuers blieben die Male verborgen, mit denen Zeit und Macht ihr Antlitz gebrandmarkt hatten. Sie wirkte ewig jung und wunderschön. Sie ging zwischen den Bänken umher; lächelnd, schmeichelnd erinnerte sie die Anwesenden an ihre Verbindungen zu den Pikten, an die Vorteile, die ein vereintes Alba mit sich brächte, und überzeugte sie, dass sie Morgause nach wie vor als ihre Königin brauchten.

Am nächsten Morgen schritt sie verschleiert hinter Leudonus' Totenbahre einher, an ihrer einen Seite ihr Sohn Goriat, der mit siebzehn gleich einem jungen Baum aufragte, an ihrer anderen Seite der dreizehnjährige Medrod mit dem leuchtenden, bronzefarbenen Haar und dem geheimnisvollen Lächeln. Vom Fels von Eidyn wand sich die Prozession zum Wachhügel darüber empor, dann entlang des Hanges zu dem kleinen See, an dessen Ufer der Scheiterhaufen vorbereitet worden war. Die Asche sollte eine Tagesreise entfernt am Königsstein des Stammes unterhalb der alten Votadini-Festung begraben werden. Hier aber, so hatte er verfügt, sollten die Druiden ihre Gebete und Zaubersprüche singen; und hier sollte das heilige Feuer Leudonus' Geist erlösen, während die Dudelsäcke heulten und die Trommeln schlugen.

In jener Nacht tranken die Männer zum Gedenken an ihren toten König, während die Barden von seinen Großtaten sangen. Die Königin blieb, wie es sich geziemte, in den Gemächern der Frauen. Morgause war dankbar für diesen Brauch, denn ihre Blutungen, die mehrere Monde lang ausgesetzt hatten, waren als regelrechte Flut zurückgekehrt.

Sie lag im Bett, lauschte den fernen Klängen der Feier und fragte sich, ob sie wohl schlafen könnte, wenn sie noch mehr Met trank, als sie aus der Richtung des Tores die Geräusche einer weiteren Ankunft vernahm.

»Fürstin«, ertönte Dugechs Stimme von der Tür. »Seid Ihr noch wach, Morgause?«

»Ich hab's gehört. Jemand ist eingetroffen. Sag ihm, er soll sich zu den anderen Trunkenbolden in der Halle gesellen«, antwortete sie und sank zurück auf die Kissen.

»Aber Fürstin, es ist Eure Mutter, die hier ist!«

Morgause richtete sich auf. Rasch rechnete sie aus, wie lange ein Bote für den Ritt zum See und Igraine für die Reise nach Dun Eidyn gebraucht hätte. Hatte ihre Mutter hier einen Spion, so wie sie selbst auf der Insel der Maiden, oder hatte Ia die Kunde von ihrem Bruder erfahren und die Hohe Priesterin bereitwillig oder unfreiwillig eingeweiht?

Sie schwang die Füße über die Bettkante und griff nach einem Kopftuch. Wie auch immer die Wahrheit aussehen mochte, sie musste jedwede kopflose Handlung unterdrücken, bis sie herausgefunden hatte, weshalb ihre Mutter hier war.

Selbst die Wärme des Feuerscheins konnte die Blässe von Igraines Haut nicht übertünchen, und Morgause verspürte einen unerwarteten und überraschend schmerzvollen Stich der Angst. Mitunter hatte sie den Tag herbeigesehnt, an dem ihre Mutter sich von dieser Welt verabschiedete, sodass Morgause ihren Platz auf der Insel der Maiden erben würde. Aber nicht jetzt, da sie darum kämpfte, die Herrschaft über die Votadini zu behalten. Die Vorstellung, dass sie immer noch nach der Liebe ihrer Mutter trachtete, war ein Gedanke, den sie sich nicht erlauben durfte.

»Bring uns Kamillentee, und zeig den Frauen meiner Mutter, wo sie schlafen werden«, befahl sie Dugech. Igraine hatte zwei Priesterinnen mitgebracht, die Morgause nicht kannte, eine ältere Frau und ein Mädchen mit dunklen Augen und strohblondem Haar. Die beiden trugen Körbe und Bündel herein.

»Die Verbrennung hat heute Morgen stattgefunden. Du hast sie verpasst«, erklärte Morgause. »Dachtest du, ich brauchte eine Schulter, an der ich mich ausweinen kann? Es geht mir gut. Meinetwillen hättest du eine solche Reise nicht antreten müssen.«

»Feinfühlig wie immer …«, murmelte Igraine und trank aus der Teetasse, die Dugech ihr gereicht hatte. Ein wenig Farbe kehrte in ihre Wangen zurück. »Vielleicht bin ich ja Leudonus zu Ehren gekommen.«

»An Stelle deines Sohnes, der nicht gestört werden darf«, meinte Morgause. »Oder war Artor außerstande zu kommen? Ich habe gehört, er hätte sich nie ganz von seiner Verletzung von vor zwei Jahren erholt, ungeachtet deiner Versuche, ihn zu heilen.«

»Er kann sehr wohl reiten«, entgegnete Igraine mit gerunzelter Stirn. »Aber selbst wenn es ihm möglich gewesen wäre, die Armee zu verlassen, hätte der König nicht rechtzeitig für die Bestattung hier sein können. Ich erinnere mich noch an Leudonus in seiner Jugend. Du magst vielleicht nicht um ihn trauern, ich jedoch schon. Zwar ist es lange her, seit ich ihn zuletzt gesehen habe, aber er war einer der letzten Männer aus Uthers Generation. Es ist ein Verlust für die Welt, dass er von uns ging.«

Morgause schnaubte verächtlich und hob eine Hand, wie Männer es zu tun pflegen, um einen Treffer anzuzeigen, wenn sie sich im Schwertkampf üben. »Na schön. Dennoch kann es dich wohl kaum wundern, dass ich überrascht bin, dich zu sehen. Schließlich haben wir uns die letzten Jahre alles andere als nahe gestanden.«

»Ich will nicht mit dir darüber streiten, wessen Schuld das ist. Dafür bin ich zu müde.« Igraine stellte die Tasse ab. »Ich hatte gehofft, dass du nun, da du selbst Großmutter bist, in der Lage sein würdest, deinen Groll gegen mich zu begraben ...«

Morgause spürte, wie ihr Röte ins Gesicht schoss und wieder zurückwich. »Was soll das heißen?«

»Gwalchmai hat ein kleines Mädchen, wusstest du das etwa nicht? Sie ist die Tochter irgendeiner Frau, die er in den Hügeln traf. Mittlerweile ist sie zwölf Jahre alt. Letztes Jahr hat er sie zu mir geschickt.« Bei Igraines Worten schaute die jüngere ihrer Gefährtinnen auf, die Augen groß und dunkel wie die eines aufgescheuchten Rehkitzes. »Komm, Ninive, und begrüße deine Großmutter.«

Aus der Nähe betrachtet, war Ninive offensichtlich noch ein Kind, das um sich blickte, als nähme es bei jedem plötzlichen Geräusch Reißaus. *Ein wildes Ding, aber ich wüsste sie schon zu zähmen*, dachte Morgause, als das Mädchen sich bückte, um ihr die Hand zu küssen. *Warum hat Gwalchmai sie nicht mir anvertraut?*

Doch in ihrem tiefsten Innersten wusste sie es. Ihr Bruder hatte ihr bereits ihre beiden älteren Söhne gestohlen, nun beanspruchte ihre Mutter auch das Mädchen für sich, die Enkelin, die sie – Morgause – gemäß einer Tradition, wesentlich älter als jedes von Igraines Geheimnissen, zu einer Priesterin hätte ausbilden können. Igraine war entweder ausgesprochen dumm gewesen, sie hierher zu bringen, oder über alle Maße von ihrer Macht überzeugt.

»Du scheinst ja bei ihr ganz sicher zu sein«, bemerkte sie, nachdem Ninive losgeschickt worden war, um noch Tee zu holen. »Das Leben auf der Insel ist kein einfaches. Was, wenn das Mädchen einen Mann im Bett und Kinder auf dem Schoß haben will? Sie sollte die Möglichkeit haben zu wählen.«

»Was glaubst du, weshalb ich sie hergebracht habe?«, entgegnete Igraine mit jener hochgezogenen Braue, die von einer so unerschütterlichen Selbstsicherheit und von einem Machtbewusstsein zeugte, wie es ihre Tochter seit jeher zur Weißglut brachte.

Einen Augenblick starrte Morgause sie nur an. »Wie großzügig! Nun, nach der Versammlung werde ich mich mit Ninive unterhalten, dann werden wir ja sehen, ob sie nach dir oder nach mir kommt ... Aber ich verstehe, weshalb Gwalchmai kein Mädchen an Artors Hof eingeführt hat«, fügte sie nachdenklich hinzu.

»Was soll das heißen?«

»Mein Bruder schreibt mir zwar nicht, andere hingegen schon«, erwiderte Morgause. »Und es gibt viele, die behaupten, das Bett der Königin wäre keineswegs leer, obwohl Artor nicht darin schläft.«

»Das stimmt nicht«, widersprach Igraine, doch Morgause unterdrückte ein Lächeln, als sie die Unsicherheit in den Augen ihrer Mutter bemerkte.

»Tatsächlich? Nun, ich habe keine Einwände, wenn Gwendivar sich an die Sitten des Nordens hält. Wenn es dem König an Manneskraft mangelt, liegt es an der Königin, dem Land einen Erben zu verschaffen.«

»Indem sie sich Geliebte nimmt, so wie du? Wer hat deine Söhne gezeugt, Morgause?«

Morgause lachte, weil es ihr endlich gelungen war, ihre Mutter zu einem unmittelbaren Angriff zu verleiten. »Welcher Mann würde es schon wagen, damit zu prahlen, der Königin ein Kind gezeugt zu haben, besonders wenn es nicht sie war, mit der er schlief, sondern die Göttin, die sich ihrer Gestalt bediente, und wenn er selbst vom Gott besessen war? Meine Kinder sind mehr als königlich, Mutter, sie sind Gaben der Götter!«

Schon im nächsten Augenblick erkannte sie, dass der Hieb sein Ziel verfehlt hatte. Igraine lehnte sich zurück und trank einen weiteren Schluck Tee.

»Aha – so hat es sich also zugetragen. Nimm dich in Acht, Tochter, auf dass die Götter dich nicht dafür zur Rechenschaft ziehen, was du aus ihren Gaben gemacht hast.«

Morgause, der bewusst wurde, dass sie mehr preisgegeben hatte, als sie beabsichtigt hatte, legte die Stirn in Falten. Aber selbst wenn Igraine über Medrods Herkunft Bescheid wüsste, was könnte sie schon tun? Zumindest dieses Kind gehörte mit Leib und Seele ihr.

»Du hast eine lange Reise hinter dir, Mutter, und bist gewiss müde«, meinte sie schließlich. »Und ich muss für die morgige Klanversammlung ausgeruht sein. Dugech wird dir zeigen, wo du schläfst.« Damit erhob sich Morgause und rief die vor der Tür wartende Frau herein. Doch ungeachtet ihrer Worte war sie es, die sich bis zum Morgengrauen unruhig im Bett hin und her wälzte.

Dennoch hatten die Götter sie nicht verlassen, denn am Ende der Versammlung stimmten die Klans zu, dass Morgause weiterhin als Vertreterin für Gwalchmai herrschen sollte, obwohl sie Dumnovals Anspruch als Anführer der südlichen Votadini anerkannten und Cunobelinus zum Kriegsführer der nördlichen Klans erkoren. Nur Ninive entschied sich dafür, mit Igraine zur Insel der Maiden zurückzukehren.

»Man berichtet mir, dass du dich zu einem guten Krieger mauserst.« Morgause schaute zu ihrem vierten Sohn auf, während die beiden auf dem Wachgang standen, der in das Bollwerk von Dun Eidyn eingebaut war. Obwohl sie eine Frau von großer Statur war, überragte Goriat sie um mehr als einen Kopf. Er überragte so gut wie jeden Mann. Sie war nicht völlig sicher, wer ihn gezeugt hatte, doch es schien zunehmend wahrscheinlich, dass es ein Händler aus Lochlann gewesen war, der Felle und Holz aus den östlichen Nordländern jenseits des Meeres geliefert hatte. Sie erinnerte sich noch an die langgliedrigen, zärtlichen Hände des Mannes.

»Es heißt, Gwalchmai sei der mächtigste Krieger Britanniens. Wenn ich ihn schon nicht ausstechen kann, so habe ich mir geschworen, der Zweitmächtigste zu werden«, gab Goriat grinsend zurück.

»Aber bist du der beste Kämpfer in Alba?«, wollte sie wissen.

»Ich kann jeden Mann der Stämme bezwingen.«

»Der Stämme südlich des Bodotria-Flusses«, berichtigte sie ihn. »Aber du hast dich noch nicht mit den Männern der Pretani gemessen.« Morgause deutete gen Norden, wo die Gebiete der Pikten zart grün unter der Sonne blühten und gediehen.

Goriat zuckte mit den Schultern. »Sobald Artor gegen sie in den Kampf zieht, werde ich es wohl herausfinden.«

Von seinem Tonfall erschrocken, schaute sie auf. Es war nur natürlich, dass er daran dachte, seinen Brüdern in den Dienst seines Onkels zu folgen, doch ihr war nicht bewusst gewesen, dass er es bereits als sicher betrachtete.

»Vielleicht muss Artor gar nicht gegen sie kämpfen«, sagte sie vorsichtig. »Wenn zum Beispiel einer aus seiner Verwandtschaft deren Kriegsführer wäre ... Die Pretani haben eine Prinzessin edelsten Blutes, die reif für die Ehe ist. Du weißt ja, dass sie Fremde als Gatten für ihre königlichen Frauen suchen, um Streitigkeiten innerhalb der Klans zu vermeiden. Sie haben einen Boten geschickt und mich um einen meiner Söhne gefragt. Heirate das Mädchen, und du wirst ihre Armeen anführen und Könige zeugen.«

»Die Pretani!«, rief Goriat empört aus.

»Alba!«, entgegnete Morgause. »Wenn die Votadini und die Pretani sich verbünden, ist der Norden endlich wieder vereint!«

»Und dann mögen die Götter sich Britanniens erbarmen!« Seine langen Finger ballten sich zu Fäusten, als er sich zu ihr umdrehte. »Aber es wird nicht geschehen. Wenn du glaubst, ich gebe mich für diese Ränke her, Mutter, dann musst du wahnsinnig sein. Treib deine Spielchen mit Medrod, wenn du willst, ich jedenfalls bleibe auf der anderen Seite des Spielbretts.«

»Du bist ein Trottel, der nichts begreift«, zischte sie. »Mit einem meiner Söhne auf dem hohen Thron Britanniens und meinem Enkel auf dem heiligen Stein der Pretani werden wir über diese gesamte Insel der Mächtigen herrschen! Du gehst in den Norden, Goriat, oder du gehst nirgendwo hin! Du magst dich für einen Mann und einen Krieger halten, aber die Königin bin immer noch ich!«

Damit wandte Morgause sich ab, stapfte die Brüstung entlang davon und ließ ihn zurück. Er war jung und aufrührerisch, doch sie hielt die Zügel in der Hand. Seine Brüder waren mit Waffen, Pferden und Bediensteten ausgestattet losgezogen, wie es ihrem Rang geziemte, ihr vierter Sohn hingegen würde nichts erhalten, solange er sich ihrem Willen widersetzte.

Aber als sie am nächsten Morgen nach ihm rufen ließ, war Goriat verschwunden.

Drei Tage lang tobte Morgause. Dann begann sie, wieder klar zu denken. Eine Weile spielte sie mit dem Gedanken, an Goriats Stelle Medrod zu den Pikten zu senden, doch er war noch kein Krieger, obwohl er in vielerlei Hinsicht frühreif war, in einer Weise, dass es ihr Sorge bereitete. Aber selbst wenn er alt genug zum Heiraten gewesen wäre, auf Medrod wartete eine andere Bestimmung. Tief im Herzen betrachtete Morgause, so wie Goriat, Britannien als den kostbareren Preis, und von all ihren Söhnen war Medrod jener mit dem größten Anrecht darauf.

Im Mittsommer begingen die Stämme des Nordens den Triumph der Sonne je nach Klan und Gebiet, indem sie Gaben darbrachten, feierten und ihre Rinder und Felder segneten. Es war Brauch, dass die Königin dem Fest jedes Jahr bei einem anderen Klan beiwohnte, diesen Sommer jedoch, nach Leudonus' Tod, ließ sie verkünden, dass sie den Feiertag zu Ehren ihres Gemahls mit ihrem jüngsten Sohn in Abgeschiedenheit verbringen werde.

Einige Tage vor der Sonnenwende brachen sie entlang der Küste nach Osten auf, zu einer Landzunge mit einem Haus, in das Morgause sich häufig zurückgezogen hatte, wenn sie sich von den Anforderungen an sie als Königin erholen musste. Ihr Umfeld hatte sich daran gewöhnt, weshalb es keinerlei Verwunderung darüber gab, als sie alle Bediensteten außer Dugech und Leuku entließ. Doch niemand wusste, dass am folgenden Abend unterhalb des Hauses ein Boot anlegte, dessen Besatzung Pretanisch sprach, und dass es wieder in See stach, ehe die Sonne am Himmel stand, mit der Königin der Votadini, ihrer Zofe Dugech und ihrem Sohn an Bord.

»Wieso kommt Leuku nicht mit uns?«, fragte Medrod, als das Land hinter ihnen zu verschwimmen begann.

»Sie sorgt dafür, dass im Haus ständig ein Feuer brennt, damit jeder, der daran vorbeikommt, glaubt, wir wären alle noch dort.«

Eine Weile schwieg er. »Heißt das, wir werden einige Zeit unterwegs sein?«

»Ein paar Tage. Es ist an der Zeit, dass du erfährst, wie die Menschen, die noch die uralten Traditionen unseres Volkes pflegten, das Fest begehen.«

Medrods Augen leuchteten auf, als ihm klar wurde, dass sie endlich die Wahrheit hinter ihren geheimnisumwitterten Reisen mit ihm teilen würde.

Mit dreizehn hatte er einen unbehaglichen Status zwischen Knabe und Mann erreicht. Er würde wohl nie die Größe und blanke Muskelkraft seiner Brüder erlangen, dachte sie. Doch die Größe seiner Hände und Füße versprach noch Wachstum, und bereits jetzt, im linkischsten Alter eines Jungen, besaß er eine Wendigkeit, die sich zu ungewöhnlicher Behändigkeit und Anmut entwickeln sollte. Gwalchmai, Gwyhir und Goriat verfügten über prächtige Körper, während Aggarban, als sie ihn zuletzt gesehen hatte, eine düstere Wildheit ausstrahlte, die auf ihre Weise ebenso beeindruckend war. Ihr jüngster Sohn würde mit einer Eleganz gesegnet sein, die an Schönheit grenzte. Wenn Medrod nur wollte, wusste er bereits jetzt, wie man Menschen verzauberte.

Auch seine sexuelle Reife hatte früh eingesetzt. Sie hatte ihn beim Baden mit den anderen Jungen gesehen, und obwohl es sich noch nicht lohnte, den Flaum auf seinen Wangen zu rasieren, waren seine männlichen Körpermerkmale bereits voll entwickelt und von buschigem, rotem Haar umgeben. Medrod warf schon bisweilen ein Auge auf Frauen, und nur die fürchterlichsten Drohungen an ihre Zofen hatten seine Jungfräulichkeit bislang bewahrt. Morgause wäre es lieber gewesen, er hielte an der Macht seiner Jungfräulichkeit fest, doch da es wohl unmöglich sein würde, ihm Keuschheit aufzuerlegen, hatte sie vor, die Magie Medrods erster sexueller Erfahrung durch ein Ritual einzufangen.

»Und auf welche Weise, Mutter, unterscheiden die Riten der Pretani sich von denen der Votadini?«

Aus seiner Miene konnte Morgause schließen, dass dem Lächeln, mit dem sie ihm antwortete, etwas Seltsames anhaftete. »Sie beinhalten mehr Blut«, erklärte sie mit leiser Stimme, »und mehr Macht.«

Sie waren mit der Strömung gereist, das nördliche Ufer war bereits nah. Am Strand warteten Reiter. Morgause spürte, wie ihr Herz heftiger zu schlagen begann. Sie holte tief Luft und roch Holzrauch und gebratenes Fleisch im Wind.

In Fodreu trafen sie am Abend ein, als die Sonne, die immer noch ihren Siegeszug dieser Jahreszeit vollführte, den Rauch aus unzähligen Kochfeuern in einen goldenen Schleier verwandelte. Als sie über die Hügelkuppe kamen, sahen sie das Funkeln des Wassers, wo der Tava sich jäh gen Osten wandte. Gleich oberhalb der Biegung befand sich eine Fähre mit Flößen, die sie über den schnell strömender Fluss brachten, danach folgten sie der Straße entlang des gegenüberliegenden Ufers zur königlichen Feste. Drest Gurthinmoch war als Sieger aus den Unruhen nach dem Tod von Naitan Morbet hervorgegangen und hatte die Königin geheiratet. Nun herrschte er in einer mächtigen Festung nahe des geheiligten Hains, der den Krönungsstein beherbergte, sowohl über die Pretani des Südens als auch des Nordens.

Doch das war ein anderes Geheimnis. Heute führte sie der Weg zu einer weitläufigen Wiese, auf der für die verehrten Gäste der Königin der Pretani eine Stätte für Frauen vorbereitet worden war. Hier trennte sich Morgause von Medrod, nachdem sie seinem Begleiter eindringliche Worte der Warnung zugeflüstert hatte. Danach trat sie durch das Tor, wo Tulach wartete, um sie zur Königin zu geleiten.

Der innere Bereich war mit Wolltüchern verhangen, die mit geheiligten Symbolen bestickt waren. Hinter dem Thron der Königin flatterte der Vorhang in der Zugluft, sodass sich die rote Stute darauf zu bewegen schien. Darüber prangten Bilder des Kamms und des Spiegels, Symbole der Göttin, die sowohl in dieser Welt als auch in der nächsten herrschte. Die Königin selbst trug rote, ebenfalls reich bestickte Kleider und aß getrocknete Äpfel aus einem Flechtkorb, den eine ihrer Zofen hielt.

Uorepona – die Große Stute – war für sie gleichermaßen Name und Titel, den jeweils die herrschende Königin trug. Sie war älter als ihr Gemahl und zuvor bereits Naitan Morbets Königin gewesen, eine kleine Frau mit grauem Haar, deren Körper unter der Bürde des Alters schrumpfte.

Morgause erwies ihr ihre Ehrerbietung und fragte sich beunruhigt, ob Uorepona ihren ersten Gatten geliebt hatte, und falls dem so war, ob sie wohl an der Schwester des Mannes Vergeltung üben würde, der ihn getötet hatte.

»Die Große Stute der Pretani heißt Euch willkommen«, verkündete Tulach auf Britisch.

»Die Große Königin der Votadini spricht ihren Dank aus und überreicht ihr diese Gaben als Zeichen ihrer Freundschaft«, antwortete Dugech und bedeutete einer der Sklavinnen, die Truhe herbeizubringen. Höflichkeit war schön und gut, doch zu viel Demut würde als Schwäche aufgefasst werden.

Die Stimmung erwärmte sich merklich, als Uorepona den Elfenbeinkamm, die goldenen Filigranschmuckstücke und die Gefäße aus römischem Glas betrachtete. Ein Ballen scharlachroter Seide wurde ausgerollt und sogleich als Umhang verwendet. Die Zofe der Königin bot Morgause Äpfel aus dem Korb an, und so entspannte sie sich allmählich, als sie begriff, dass sie als anerkannter Gast von nun an sicher sein würde.

»Ich habe meinen Sohn mitgebracht, auf dass er in den Mannesstand erhoben wird«, erklärte sie später an jenem Abend, während sie um das Feuer der Frauen saßen. »Er ist der Sohn eines Königs, entstammt einer Linie von Kriegern und hat noch nie mit einer Frau geschlafen. Ich überlasse Euch die erste Frucht seines Samens, wenn Ihr unter Euren Bediensteten eine unberührte Maid habt, um sie zu empfangen.«

Uorepona sagte auf Piktisch etwas zu ihren Zofen und lachte, woraus Morgause schloss, dass sie Britisch zwar nicht gut sprach, jedoch verstand. Nachdem sie geendet hatte, antwortete eine der Frauen.

»Es ist der Bursche mit dem bronzefarbenen Haar, der mit Euch kam, nicht wahr? Meine Herrin sagt, wenn sie jünger wäre, würde sie seinen Samen selbst empfangen, doch da sie alt ist, wird sie ihren Schmuck wohl einer ihrer Bediensteten anlegen. Fürstin Tulach wird Euch dabei helfen, eine auszuwählen.«

Die Große Stute wurde ausschließlich von Frauen bedient. Sogar die Sklavinnen, im Krieg gefangen genommene Frauen, entstammten gutem Blut. Fast unverzüglich sprang Morgause eines der Mädchen ins Auge, ein schlankes Kind, das kaum älter als Medrod war, obwohl die Brüste voll entwickelt wirkten. Doch was die Aufmerksamkeit der Votadini-Königin erregt hatte, waren das leuchtend rotgoldene Haar und die bernsteinfarbenen Augen. Sie sah Gwendivar ausgesprochen ähnlich ...

»Die da«, deutete sie. »Woher stammt sie?«

Tulach zuckte mit den Schultern. »Sie ist Britin und wurde als Kind in Naitan Morbets Krieg gefangen genommen, aber ihre Herkunft ist unbekannt.«

Morgause nickte. »Sie wird sich hervorragend eignen.«

Der längste Tag zog sich schier endlos unter dem nördlichen Himmel hin. Zuvor hatten die Männer in Wettbewerben ihre Kräfte und ihr Können gemessen, waren die Rinder durch den Rauch der mit Kräutern gewürzten Feuer getrieben worden. Nun sank die Sonne allmählich, obwohl es beinahe Mitternacht sein würde, ehe das letzte Licht vom Himmel schwand. Der Duft gekochten Fleisches trieb durch das Lager, während die Leiber geopferter Rinder über zahlreichen Feuern rösteten, doch auch der Geruch von Blut hing noch in der Luft.

Heute Nacht, dachte Morgause, müssen die Götter der Pretani sich freuen. Selbst die Feste der Votadini waren nicht so überschwänglich, und mit dem Erstarken des Christentums im Süden waren Artors Feste zu blutlosen Nachahmungen früherer Feiern verkommen. Ein ferner Trommelschlag ertönte, in den andere mit einstimmten; ihr Blut pulsierte im Einklang mit dem Rhythmus, der durch die Luft hallte. Bald würde die Göttin eine andere Art Opfer erhalten.

Morgause war ein Ehrenplatz bei den Frauen zugewiesen worden. Auf der gegenüberliegenden Seite des Kreises sah sie Medrod, der bei den anderen Jungen hockte. Er hatte ein Gespür für Sprachen, und seine flinke Zunge wusste die Sprechweise der Pretani offensichtlich hinlänglich zu nutzen, um sie zum Lachen zu bringen. Doch von Zeit zu Zeit wanderte sein Blick fragend zu ihr.

Vertrau mir, sandte sie ihm durch ein Lächeln beruhigend zu. *Dies ist zu deinem Besten. Du wirst schon sehen …*

Die Sklaven brachten Teller voll Fleisch, das noch vom Rösten am Spieß dampfte, zudem Schläuche voll Met und Heidebier. Einige der Männer wirkten bereits beschwipst, aber was man den Jungen zu trinken gab, war verwässert worden. Das Ritual erforderte, dass sie zwar fröhlich, jedoch voll bei Sinnen waren. Häuptlinge erhoben sich, um mit ihren Errungenschaften zu prahlen und den König zu preisen. Junge Krieger traten in die Mitte des Kreises und vollführten Schwerttänze. Und alsbald, nachdem Drests Barde ein Lied zu dessen Ehren beendet hatte, wurde der Trommelschlag schneller, und die Jungen tänzelten mit der linkischen Anmut von Fohlen, die soeben laufen lernen, in einer ungleichmäßigen Reihe in den Kreis.

Morgause hatte sich bei der Ausbildung ihres Sohnes keine Mühen erspart. In diesem Alter wirkten alle Jungen etwas ungelenk, doch Medrod hatte noch nicht jenen Wachstumsschub erfahren, der seinen Körper eine Zeit lang in den eines Fremden verwandeln würde, und zusätzlich zu ihren eigenen Lehren war er durch eine harte Schule gegangen, die Laufen und Springen, Reiten und Schwertkampf sowie die kunstvollen Bewegungen des Kriegertanzes umfasste.

Es war eine Tradition, welche die Votadini mit ihren nördlichen Nachbarn teilten. Medrods dürrer Leib erfüllte sich mit Anmut, als er den rascher werdenden Rhythmus erkannte und Rücken sowie Schultern straffte, während der gegürtete Kilt, der alles war, was er trug, in Einklang mit seinen stampfenden Füßen hin und her schwang. Dies war eine Tradition des unbewaffneten Kampfes. Der Rhythmus veränderte sich, und die Jungen bildeten Paare, sprangen umher und vollführten mit geballten Fäusten oder offenen Händen vorgetäuschte Hiebe, stolz wie junge Hähne ob ihrer Kraft und ihres Könnens.

Knochige Leiber glänzten vor Schweiß; Unterschiede in der körperlichen Verfassung wurden deutlich, als einige der Jungen langsamer wurden. Medrod, der einige Bewegungen gelernt hatte, die nicht der offiziellen Abfolge entsprachen, beugte sich, als sie die Stellung wechselten, mit fliegenden Beinen dicht zu seinem Gegenüber, und im nächsten Augenblick fiel der andere Knabe zu Boden. Mit vor Scham hochrotem Gesicht rappelte dieser sich auf die Beine und schlich zum Rand des Kreises davon, um sich zu jenen zu gesellen, deren Ausdauer erschöpft war.

Abermals kündigte ein Wechsel im Trommelschlag eine Veränderung an, und die Paare formierten sich wieder zu einer Reihe. Schneller und schneller trieb der Rhythmus sie an, die Tänzer wirbelten und kreisten. Ein weiterer Knabe stürzte und rollte davon, diesmal ohne Medrods Zutun. Das Getrommel schwoll zu einem Höhepunkt an und verstummte. Die Jungen hielten inne; einer oder zwei sackten mit heftig sich hebender und senkender Brust auf die Knie, als die Macht der Musik aussetzte. Medrod stand mit erhobenem Haupt da, während ihm Schweiß in glitzernden Strömen über die Brust und über die Seiten lief. Das Haar, das feucht an seinem Hals klebte, war von der Farbe geronnenen Blutes, doch er strahlte den Stolz eines jungen Hengstes aus, der sein Jungfernrennen gewonnen und seine Zucht verteidigt hat.

Nun ließ das Schimmern klimpernden Metalls die Köpfe der Jungen hochrucken, und ihre Augen weiteten sich ob des Anblickes, der sich ihnen bot. Eine Reihe junger Frauen tänzelte herbei, die Kleider mit Silber- und Bronzestückchen benäht. Singend und in die Hände klatschend umkreisten sie die Jungen, dann zogen sie sich zurück, sodass jenes Mädchen, das Morgause auserwählt hatte, allein dastand.

Die junge Frau zog an der Reihe der Jungen vorbei, als begutachtete sie jeden einzelnen. Ihre Bewegungen wirkten steif, ihr Lächeln angespannt, so als wäre sie nicht ganz sicher, ob sie in der Lage sein würde, ihren Anweisungen zu folgen. Das helle Haar, das ihr gleich einem leuchtenden Umhang über die Schultern hing, wogte sanft, während sie sich bewegte. Die Jungen zuckten und leckten sich die Lippen, als sie an ihnen vorüberkam und schließlich vor Medrod innehielt, wie es ihr aufgetragen worden war.

Medrod riss die Augen auf, und seine Mutter lächelte. Der Schmuck, den das Mädchen trug, gehörte der Großen Stute, das Kleid jedoch würde er als das seiner Mutter erkennen, da in jeder Falte ihr Duft hing. *Wenn du sie in die Arme nimmst, wirst du Gwendivars Antlitz sehen, doch es ist mein Duft, den du riechen wirst, und meine Magie, die dich binden wird...*

Voll Schmerz und Leiden hatte sie fünf stramme Söhne geboren, und abgesehen vom letzten hätte sie ebenso gut gleich einem unfruchtbaren Feld sein können. Einen nach dem anderen hatte Artor sie fortgelockt. Ihre Enkelin hatte Igraine ihr weggenommen. Medrod verkörperte alles, was ihr geblieben war, und sie hatte vor, all ihre Magie einzusetzen, auf dass die Bande zwischen ihnen so stark blieben, als ob er immer noch über die Nabelschnur an ihrem Leib hinge.

Die Maid drehte sich vor ihrem auserkorenen Galan. Rings aus dem Kreis erhob sich anerkennendes Gemurmel, als sie die Brosche löste, die ihr Kleidungsstück an den Schultern zusammenhielt, sodass es zu Boden sank. Die Mädchen sangen immer lauter, während sie mit den Händen hin und her wogend ihre Brüste umfasste. Sie waren klein, aber vollkommen; die Nippel ragten aufrecht unter der Kette aus Bernstein und Gold hervor.

Medrods Kilt bildete um die Lendengegend ein kleines Zelt, wodurch Morgause sah, dass ihn das Mädchen erregte.

Dem Jungen war gesagt worden, welche Belohnung ihn erwartete, wenn er sich beim Tanz wacker schlug, ebenso war der Maid erklärt worden, was sie zu tun hatte. Wusste er, wie der Akt vollzogen wurde? Gewiss konnte kein Bursche, der in der Feste aufgewachsen war, gänzlich ahnungslos sein – er hatte gesehen, wie Tiere sich paarten, auch wie Menschen sich vereinigten, wenn die Trinkgelage in der Halle allzu ausgelassen wurden.

Als das Mädchen die Bewunderung in Medrods Augen sah, lächelte es und streckte die Hand aus. Rasch warf er einen Zustimmung suchenden Blick zu seiner Mutter, die nickte. Daraufhin ließ er sich von der Maid zu dem für sie vorbereiteten Unterschlupf führen. Die anderen Mädchen folgten den beiden singend, während die restlichen Jungen teils erleichtert, teils trotzig zu ihren Plätzen im Kreis zurückkehrten und die Sklavinnen bedrängten, ihnen mehr Bier zu bringen.

Den Königinnen wurde Met angeboten. Nun, da ihr Sohn seiner Herausforderung begegnet war, konnte sie sich entspannen. Sie ließ sich einen Becher reichen, trank einen ausgiebigen Schluck, schmeckte das Feuer unter der Süße und seufzte, als der vertraute, leichte Schwindel begann, sie von der Welt zu lösen.

Der königliche Kreis löste sich allmählich auf, als man mit den Vorbereitungen zum Entzünden des großen Freudenfeuers begann, das in der Mitte des Feldes aufgebaut worden war, auf dem früher an jenem Tag die Wettstreite abgehalten wurden. Die Sonne war bereits vor einiger Zeit untergegangen, und das Zwielicht verblasste sanft wie eine Erinnerung zu einem purpurnen Schimmer. Im Osten schickte sich der abnehmende Mond gemächlich gleich einer greisen Frau an, den Himmel zu erklimmen.

Morgause raffte sich auf und holte tief Luft, als die Welt sich um sie drehte. Ihr Herzschlag pochte ihr in den Ohren, oder waren es die piktischen Trommeln, die sie hörte? Uorepona zog sich mit ihren Zofen zurück, Morgause aber spürte, wie Begierde in ihr aufkeimte. Seit den Tagen während Leudonus' Begräbnis waren ihre Blutungen ausgeblieben. Gewiss würde sie wieder fruchtbar werden, wenn sie der Göttin bei den Mittsommerfeuern huldigte!

Das Getrommel wurde eindringlicher. Von der gegenüberliegenden Seite des Lagers näherte sich eine Prozession; das Licht von Fackeln tänzelte unruhig über das Gras. Morgause schloss sich der Menge an, die einen Kreis um eine Pyramide aus Holzscheiten bildete. Zwischen die Scheite war Zunder jeder Art gestopft und alles mit Öl übergossen worden. Würde dieses Freudenfeuer außer Kontrolle geraten, könnte so mancher von den lodernden Flammen erfasst werden.

Es wird brennen, dachte sie, als sie ihren Platz im Kreis einnahm, *so wie ich brennen werde ...*

Mit Gebrüll tanzten die Fackelträger um den wartenden Scheiterhaufen, rannten vor und zogen sich wieder zurück. Wieder und wieder wogten sie vor und zurück während die ersten Sterne den seidenen Vorhang des Himmels zu durchdringen begannen. Jeder Vorstoß wurde von einem Schrei der Menge begleitet. Dann wurde das Geschrei lauter, der Tanz wilder, und Morgause schwankte, spürte eine Wärme zwischen ihren Schenkeln aufflammen. Und dann, als hätte das Verlangen der versammelten Klans sie zu einem Höhepunkt getrieben, sprangen die Tänzer vor und warfen die Fackeln auf den Scheiterhaufen.

Der Zunder fing Feuer, Flammen leckten über die Scheite. Dann spürte Morgause einen warmen Schwall auf den Wangen, als das Feuer himmelwärts züngelte. Das Getrommel setzte wieder ein, und plötzlich tanzten alle. Lachend wirbelte sie auf der Stelle, ehe sie sich mit wogenden Hüften und ausgestreckten Armen im Sonnensinn um das Freudenfeuer drehte.

Einer der Männer erblickte sie und wollte mit ihr tanzen, doch er gefiel ihr nicht, weshalb sie von ihm fortwirbelte. Aber schon bald fand ein hellblonder Krieger ihre Gunst; seine Bewegungen waren ein Spiegelbild der ihren, während sie miteinander tanzten, in seinen Augen loderte dieselbe Flamme. Der Tanz brachte sie einander näher und näher, bis ihr wogender Busen über seine Brust strich. Da ergriff und küsste er sie gierig; taumelnd wie Betrunkene bewegten sie sich an den anderen Tänzern vorbei, bis sie den Rand des Kreises erreichten, wo ihre vor Verlangen lechzenden Leiber gemeinsam zu Boden sanken.

Der Krieger verstand sein Handwerk als Mann durchaus, dennoch verspürte Morgause immer noch Lust, nachdem er sie verlassen hatte. *Nehmt mich!*, brüllte ihr Herz, als sie sich abermals zu den Tanzenden begab. *Erfüllt mich mit eurem Samen, auf dass ich ewig lebe!*

Und alsbald kam ein weiterer Mann zu ihr, und nachdem sie ihn erschöpft hatte, ein dritter. Mittlerweile waren ihre Kleider verschwunden; nur mit Schweiß und ihren Ketten aus Bernstein und Gagat am Leib tanzte sie weiter.

Danach hörte sie zu zählen auf. Irgendwann schlief sie mit zwei Männern gleichzeitig, später, als die frühe Morgendämmerung den östlichen Himmel erhellte, verführte sie einen der Trommler, weil kaum noch Tänzer aufrecht standen, obwohl sich zahlreiche Gestalten in Paaren auf dem Gras wanden.

Morgause zog ihn zu Boden, zerrte hastig an seinen Kleidern, bis er grunzend in sie eindrang. Er war müde und ließ sich Zeit, doch endlich überkam auch sie eine erfüllte Erschöpfung. Ausgestreckt lag sie auf der Erde, erbebte in Einklang mit seinen Stößen, als über seinem rauen Stöhnen ein anderer Laut ihre Aufmerksamkeit erregte. Sie schaute auf und erblickte hinter der muskulösen Schulter des Mannes Medrod, dessen Haar im ersten Tageslicht schimmerte und aus dessen Augen Ekel sprach.

»Du bist jetzt ein Mann«, erklärte Morgause barsch. »Das ist es, was Männer tun. Dachtest du etwa, du wärst anders?« In jenem Augenblick stöhnte der Trommler auf ihr und erlebte seinen Höhepunkt. Morgause lachte.

Es war beinahe Mittag, als Morgause erwachte. Ihr Kopf schmerzte vom vielen Met, ihr Körper vom Wälzen im Gras. Nachdem sie gebadet hatte, fühlte sie sich allmählich besser und kehrte zur Stätte der Frauen zurück. Medrod war nirgends zu sehen, aber sie erblickte seine Maid, die mit den anderen Sklavinnen damit beschäftigt war, den Müll des Gelages der vorigen Nacht zu beseitigen. Sie trug ein Armband, das Morgause zuletzt am Handgelenk ihres Sohnes gesehen hatte.

Morgause duckte sich unter den Schatten der gestreiften Markise, um der Königin ihre Ehrerbietung darzubringen.

»Euer Sohn hat sich letzte Nacht wacker geschlagen«, verkündete Uorepona durch ihre Übersetzerin.

»Das hat er. Aber nun trägt das Mädchen vielleicht sein Kind im Leib. Verkauft ihr es mir?«

»Wenn dem so ist, dann ist das Mädchen umso wertvoller«, lautete die Antwort.

»Ich will offen mit Euch sein«, sagte Morgause. »Die Kinder von Fürsten müssen im rechten Moment und zur rechten Jahreszeit gezeugt werden. Mein Wunsch ist weder, dass es ein Kind gibt, noch dass jenes Gefäß, das dieses heilige Opfer empfangen hat, durch die Verwendung einer Unwürdigen entweiht wird. Doch ich kann nicht über Euer Eigentum verfügen.«

Uorepona beugte sich vor, um in Tulachs Ohr zu flüstern.

»Ah – allmählich verstehe ich Euch. Aber sie ist ein hübsches Ding und hat sich als nützlich erwiesen. Hätte ich Eure Absichten gekannt, hätte ich Euch eine weniger wertvolle Sklavin angeboten.«

»Sie war die beste Wahl für mein Vorhaben«, entgegnete Morgause. »Ich werde angemessen für sie bezahlen.«

Tulach nickte, und sie begannen mit dem heiklen Unterfangen des Feilschens.

Die zwei verbleibenden Nächte des Festes schlief Medrod bei der Sklavin und sprach kaum ein Wort mit seiner Mutter. Dem Mädchen selbst war nicht mitgeteilt worden, dass die Eigentumsverhältnisse sich geändert hatten, weshalb es Medrod weinend umklammerte, als die Zeit der Abreise für ihn nahte. Der Junge hatte bereits versucht, Morgause zu überreden, die Sklavin mit in den Süden zu nehmen, doch er hatte eine Abfuhr erfahren, und als sie schließlich in Richtung der Förde aufbrachen, standen auch ihm Tränen in den Augen.

»Werden wir hierher zurückkehren? Werden sie nett zu ihr sein?«, fragte er, als die grauen Wasser des Bodotria in Sicht gerieten.

»Man wird sich gut um sie kümmern«, antwortete Morgause, die wusste, dass der Sklavenkragen mittlerweile durch die Male des Stricks ersetzt worden sein würde. Zu gegebener Zeit würde sie Medrod mitteilen, dass die junge Frau tot war, und er würde sie vergessen.

»Warum hast du mich hierher gebracht?«, murmelte der Junge. »Jedes Mal, wenn mir etwas Gutes widerfährt, nimmst du mir die Freude ...«

»Du bist ein Prinz. Du musst lernen, deiner Begierden Herr zu werden.«

»So wie du beim Fest?«, schoss er zurück, ehe er rot anlief und den Blick abwandte.

Morgause holte tief Luft und bemühte sich, ihre Wut im Zaum zu halten. Dies war das Kind ihres Herzens, und sie durfte ihn nicht vergraulen. »Ich hatte einen Grund«, erklärte sie schließlich. »Wichtig ist nicht, was man tut, sondern warum man es tut.«

»Und du verrätst es mir nicht ... Wirst du denn überhaupt je eine meiner Fragen beantworten? Du hast mir Dinge beigebracht, die du meinen Brüdern nie gezeigt hast, und die sind auch Prinzen!«

Abermals holte Morgause tief Luft. War nun der Augenblick gekommen, auf den sie gewartet hatte? Begann er nun zu begreifen, was es hieß, ein Mann zu sein?

»Deine Brüder sind lediglich Prinzen der Votadini. Du bist durch deine Geburt der Erbe ganz Britanniens ...«

Scharf zügelte Medrod das Pferd; alle Farbe verließ sein Gesicht, als er sie anstarrte.

»Dein Vater und ich haben unwissend miteinander geschlafen, als Gott und Göttin im geheiligten Ritual des Lugus-Festes. Doch die Saat, die in meinen Leib gepflanzt wurde, war jene Artors«, erklärte Morgause ruhig. »In den alten Tagen wärst du vor dem gesamten Volk verkündet worden, aber nun herrschen Christen über Britannien, die behaupten würden, wir hätten eine Sünde begangen. Und doch bist du Artors einziges Kind.«

Medrods fahle Züge liefen hochrot an. Nach und nach stellte sich seine gewöhnliche Farbe wieder ein, doch seine Augen leuchteten.

O mein Bruder, dachte Morgause. *Du hast dieses Kind zwar gezeugt, aber ich besitze seine Seele …*

IX

Ein Gefäss des Lichts

A. D. 502

Im zweiten Jahr des neuen Jahrhunderts suchte Krankheit das Land heim. Sie setzte mit Übelkeit und Fieber ein, und wenn sie tötete, dann vornehmlich die Jungen und Kräftigen. Die ersten Fälle traten in Londinium auf, wo immer noch einige Handelsschiffe an den Kais anlegten, und die Krankheit verbreitete sich über die Straßen in die übrigen, verbliebenen Ballungsgebiete. Danach schlug sie auch auf dem Land zu. Obwohl sie nicht so zerstörerisch war wie die große Pest, die vor etwa vierzig Jahren das Kaiserreich verwüstet hatte, war sie doch so Furcht erregend, dass die Leute in Scharen aus den Städten flohen, die sich allmählich aus der Asche der Sachsenkriege erhoben.

In jenem Jahr dauerten die Winterregen bis in die Sommermonate hinein an und verdarben die Ernte. Wer noch gesund war, zitterte gemeinsam mit den Kranken und verfluchte jedwede Götter, denen er Treue gelobt hatte. Und einige, insbesondere jene, die noch an den alten Traditionen festhielten, erhoben die Stimmen gegen den König.

Artor hatte sich nie vollständig von der Verletzung erholt, die er im Zuge der Kriege gegen die Iren erlitten hatte. Er konnte zwar gehen, kämpfen und reiten, jedoch nicht lange. Auch hatte er sich nach Deva begeben, um den Abschluss der Feldzüge zu beaufsichtigen, die Ausführung jedoch an Agricola in Demetia und Catwallaun Langarm im Norden von Gwenet übertragen. Die britischen Bemühungen waren sogar von Erfolg gekrönt gewesen. Sogar die heilige Insel Mona war mittlerweile frei. Die einzigen Iren, die noch in Britannien weilten, waren jene, die gelobt hatten, das Reich für Artor zu verteidigen – Brocagnus in Cicutio und andere weiter im Landesinneren. Cunorix, der einst seine Geisel gewesen war, vertraute er die Verteidigung Viroconiums an, der irische Söldner Ebicatos wurde in Calleva angesiedelt.

Doch für das gemeine Volk Britanniens, das hustend unter den löchrigen Rieddächern ihrer Heime kauerte und mit ansah, wie der Regen das junge Korn vernichtete, waren diese Siege fern und belanglos. Jeder Krieger konnte Feinde töten, jene Macht aber, die Gesundheit in Mensch und Tier erhielt und gute Ernten brachte, stammte vom König.

Und der König, so lautete das Gerücht, war kein ganzer Mann mehr. Sechs Jahre war er schon verheiratet, und immer noch trug seine junge Königin kein Kind im Leib. Händler, die den Gefahren der Straße trotzten, um nach Camelot zu gelangen, brachten neben Stoffen, Messerklingen und Gewürzen auch Geschichten mit. Es war die Pflicht des Hochkönigs, das Land zu heilen, ob durch sein Leben oder seinen Tod.

Gwendivar ergriff eine Hand voll Münzen aus ihrer Börse und schob sie dem Bettler an den Päckchen voll Kräutern und Gewürzen vorbei zu. Ihr stand mehr als Pfeffer und

Muskat, Josefskraut, Safran und Sandelholz zu, doch sie wollte nicht feilschen. Dem Lächeln nach zu urteilen, mit dem der alte Mann das Geld entgegennahm, begriff er, dass sie ebenso für Auskünfte bezahlte.

Wäre es bloß immer so einfach, nähere Ausführungen über die Probleme zu erhalten, die er ihr so unbeschwert geschildert hatte, dachte sie, während sie ihre Einkäufe in einen Winkel ihres Mantels steckte und in Richtung Küche aufbrach. Sie war zu Camas geheiligter Quelle gegangen, um zu beten und erfuhr dabei lediglich, dass sie selbst beschützt werden würde. Und letzten Beltene hatte sie sich verschleiert zu den heiligen Feuern begeben, die das Landvolk in den Hügeln immer noch entzündete. Dort ließ sie zu, dass ein junger Mann sie während des Tanzes in den Wald zog, doch auch aus seiner Liebe war keine Frucht entstanden. Dieses Jahr würde es vermutlich zu nass sein, um überhaupt Feuer zu entfachen.

Ebenso wie dem König, dachte sie traurig, mangelte es auch ihr an etwas. Es hätte die tuschelnden Zungen zum Schweigen gebracht, trüge sie ein Kind aus, ganz gleich, wer der Vater sein mochte. Doch sie glich einem kahlen Feld. Seit Melguas sie genommen hatte, als sie seine Gefangene gewesen war, hatte Gwendivar mit mehreren Männern geschlafen, aber trotz deren Zärtlichkeit hatte sie, deren Körper ob der Wärme der Sonne auf ihrem Rücken oder des Gefühls eines weichen Katzenfells vor Wonne strotzte, auf keinen von ihnen angesprochen. Nur beim Elfenvolk fühlte sie sich gänzlich lebendig, doch ihre Pflichten verhinderten oft, dass sie es aufsuchte. Wäre Merlin bei ihnen gewesen, hätte sie ihn angefleht, sie in die Geheimnisse einzuweihen, die sie einst verschmäht hatte. Doch in den letzten Jahren waren die Zeiten seiner Abwesenheit zunehmend länger geworden.

Mittlerweile bedauerte sie, dass Scham sie davon abgehalten hatte, den Kessel zu berühren. Hätte sie den Mut besessen, hätte er sie vielleicht geheilt und durch sie auch den König. Manchmal sprach Artor von der Macht des Kessels, das Land erneuern zu können. Aber er konnte nie die Zeit erübrigen, der es in seinem derzeitigen Zustand bedurfte, um zurück zum See zu reisen.

Unvermittelt hielt sie auf dem schlammigen Pfad zwischen der königlichen Halle und dem Kochhaus inne, ungeachtet des feinen Nieselregens, der kristallene Tropfen über ihren Mantel und ihr Haar ausbreitete. Artor konnte sich nicht zum Kessel begeben, doch konnte der Kessel hierher kommen?

Sie glaubte kaum, dass es möglich wäre, den König zu bewegen, seine Mutter um Hilfe anzurufen, selbst wenn – oder besonders wenn – es seine eigene Sicherheit betraf. Aber würde die Herrin vom See auf eine Botschaft der Hochkönigin antworten?

Der Wind drehte sich und trug ihr Kochgerüche zu. Gwendivar setzte sich wieder in Bewegung. Wenn sie Igraine um Hilfe bitten wollte, musste sie einen Boten finden – keinen von Artors Kriegern, der darauf beharren würde, den Befehl von seinem Herrscher bestätigen zu lassen, sondern jemanden mit der Kraft und dem Verstand, die Reise rasch anzutreten, jemanden, der die Botschaft allein deshalb überbrachte, weil es der Wunsch der Königin war.

Lächelnd schauten die Leute auf, als sie die Tür zur Küche öffnete. Gwendivar hätte nie gedacht, dass sie einst froh über die Ausbildung ihrer Mutter sein würde, doch sie wusste unbestreitbar, wie man mit den Männern und Frauen, die in ihrem Dienst standen, sprach und die Köche waren stets erfreut, sie zu sehen. Sie wussten, Gwendivar würde keine grundlosen Befehle erteilen und dafür sorgen, dass sie die Mittel zur Verfügung hatten, die sie für ihre Arbeit brauchten. Die Königin selbst hatte festgestellt, dass man mit Männern einen vernünftigen Umgang pflegen konnte, wenn sie gut versorgt wurden, und in diesem Punkt unterschieden sich Artors Krieger in keiner Weise von anderen Männern.

»Ein Händler war hier; ich habe ihm seinen Vorrat an Gewürzen abgekauft.« Damit schüttete sie den Inhalt ihres Mantels auf den zerkratzten Holztisch. Das Oberhaupt der Köche, ein großer, rotgesichtiger Mann namens Lollius, legte das Hackbeil beiseite, um die Schätze zu betrachten. Die anderen scharten sich um ihn und plapperten durcheinander, während die Päckchen begutachtet wurden, mit Ausnahme eines Burschen, der kräftig gebaut und so groß war, dass er sich bücken musste, um durch die Tür zu gelangen. Als sie eingetreten war, hatte er nur kurz aufgeschaut und war bis zu den hellen Haaransätzen rot angelaufen, dann hatte er seine Aufmerksamkeit sogleich wieder den Knoblauchknollen zugewandt, die er schälte und deren durchdringender Geruch die Luft erfüllte.

Der dort, dachte Gwendivar, *ist in mich verliebt.*

Was selbstverständlich keineswegs ungewöhnlich war – die Hälfte von Artors Männern träumte von ihr oder hatte Fantasien, denen sie ihren Namen verliehen. Doch dieser Bursche, der trotz seines undeutlichen nördlichen Grollens besser sprach, als seinem Rang geziemte, schien sie anzusehen. Während der Koch sich in einem Vortrag über die Eigenschaften und Verwendung von Gewürzen erging,

Gemüse überprüfte oder an den Inhalten einer Schüssel schnupperte, ging sie um die Tische herum, bis sie neben ihm stand.

»Kommt der Knoblauch in den Eintopf?«, fragte sie mit leiser Stimme.

»Lollius sagt, er bekämpfe Krankheiten«, antwortete der Mann. »Stark genug ist er auf jeden Fall!« Er wagte ein schüchternes Lächeln.

»Du bist ziemlich geschickt. Wie heißt du?«

»Manus.« Abermals errötete er. »*Manus Formosus*«, fügte er hinzu. »Wegen meiner Hände.«

»Sie sind fürwahr wohl geformt und wunderschön«, pflichtete Gwendivar ihm bei. »Aber das ist nicht der Name, den deine Mutter dir gab, und diese Schultermuskeln hast du nicht erlangt, indem du ein Schälmesser bedient, sondern indem du ein Schwert geführt hast. Wer bist du, Bursche?«

Bei diesen Worten hielten die flinken Finger, die weiter die papierene Rinde von den Knollen geschält hatten, jäh inne.

»Ich habe geschworen, es nicht zu verraten«, gab Manus schließlich zurück, »bis ich ein Jahr und einen Tag in den Diensten des Königs gestanden habe.«

»Diese Zeit ist beinahe vorüber«, entgegnete die Königin. Nun erinnerte sie sich an seine Ankunft, obwohl er damals wesentlich dünner gewesen war, so als wäre er lange unterwegs gewesen und hätte ein schweres Leben geführt. »Danach wirst du meinen König um die Gnade bitten, die er dir versprochen hat. Aber bis dahin gehören deine Dienste mir.«

»Immer ...«, murmelte er, obwohl er ihr dabei nicht in die Augen blickte.

»Ich möchte eine Botschaft an die Herrin vom See senden. Aber niemand darf wissen, wohin du gehst oder weshalb. Willst du dies für mich tun?« Eine kurze Stille trat ein. Einer der anderen Bediensteten fing plötzlich an, ungestüm auf eine geschälte Rübe einzuhacken; Gwendivar zog Manus hinter sich her zum Ende des Tisches und fragte sich, ob der Mann etwas gehört hatte.

»Ich werde es tun, Herrin«, antwortete Manus schließlich.

»Ich bin zu alt, um so durch die Gegend zu hetzen«, meinte Igraine und wand sich unbehaglich. Die anderen Priesterinnen, die sie von der Insel der Maiden mitgebracht hatte, bewegten sich geschäftig durch den Raum, packten Kleider aus und hängten Mäntel und Umhänge zum Trocknen auf, denn sie hatten Camelot auf den Schwingen eines bevorstehenden Unwetters erreicht. Die Truhe am Fußende ihres Bettes jedoch rührten sie nicht an.

»Ist das Bett zu hart?« Gwendivar klopfte die Kissen zurecht, bevor Igraine sich wieder zurücklehnte. Das helle Haar der Königin lag unter einem Kopftuch verborgen, unter ihren Augen prangten Ringe der Erschöpfung. Was für einen Grund hatte sie denn, so müde zu wirken, fragte sich Igraine. Sie hatte keine zweiwöchige Reise bei strömendem Regen hinter sich.

»Das Bett ist fein, aber jeder Herzschlag durchzuckt mich, als säße ich immer noch in dieser verfluchten Pferdesänfte«, fuhr sie die junge Frau zur Antwort an. »Ich hatte angenommen, Artor zuallermindest auf dem Totenbett vorzufinden, aber stattdessen scheint er durchaus in guter Verfassung zu sein, abgesehen von etwas

Speck um die Mitte, der von mangelnder körperlicher Ertüchtigung herrührt, und der Blässe um die Nase, weil er sich ständig im Haus aufhält. Warum also hast du mich gerufen?«

»Ihr wisst, in welchem Zustand er war, als er die Insel der Maiden verließ«, erwiderte Gwendivar mit gerunzelter Stirn. »Es mag ihm wohl nicht schlechter gehen, doch gewiss auch nicht besser. Aber deshalb habe ich Euch nicht geschrieben. Es sind das Land und die Menschen selbst, die von einer Krankheit befallen sind und sterben, und wenn Ihr das nicht versteht, weshalb seid Ihr dann überhaupt gekommen?«

Mit einem Seufzer ließ Igraine von ihrem Zorn ab. »Nicht allein wegen deiner Botschaft, du brauchst also weder Schuld noch Stolz zu empfinden. Den ganzen letzten Monat haben mich schlimme Träume heimgesucht.«

»Träume von Wasser, das als rauschende, riesige Welle das Land überschwemmt?«, fragte Gwendivar mit zittriger Stimme.

Igraine stützte sich auf einen Ellbogen und besann sich der Kraft, die sie einst in diesem Kind gesehen hatte – aber nein, mittlerweile war Gwendivar einundzwanzig und somit eine Frau. Wuchs sie nun endlich in ihre Macht hinein?

»Ganz genau«, antwortete sie leise. »Ich glaube, es ist eine der Gaben von Königinnen, so zu träumen. Aber der Letzte jener Träume war anders. Mit dem Wasser setzten ein gewaltiges Licht und eine Stimme ein, die sang.«

»Ich habe sie auch gehört«, flüsterte Gwendivar, »obwohl ich die Worte nicht verstehen konnte. Aber das Licht stammte aus dem Kessel.«

Igraine nickte, wobei ihr Blick unwillkürlich zu der Truhe wanderte. Äußerlich unterschied sie sich in keiner Weise von den anderen, obwohl sie auf Grund der Bleiplatten-Ummantelung schwerer war. Dennoch spürte sie die Anwesenheit des Kessels gleich einem Kribbeln entlang ihrer Nervenbahnen – vielleicht war dies und nicht die Reise der Grund, weshalb sie so erschöpft war. Nun begriff sie, weshalb der Kessel stets hinter der schützenden Erde, dem schützenden Stein des Schreins verborgen gehalten worden war.

»Was hast du mit ihm vor?«, erkundigte sich die Königin.

»Ich weiß es nicht. Die Göttin hat es mir nicht verraten. Wir können nur darauf warten, dass sie uns ihren Willen offenbart …«

Die ganze Nacht hindurch regnete es beständig, und dennoch war dies nur der Vorbote eines Sturmes, der unmittelbar von der hibernischen See hereinfegte; eines Sturms, wie ihn die Gebiete im Westen noch kaum je erlebt hatten. Auf den Ebenen unterhalb der Insel aus Glas würde der anschwellende Meeresspiegel die Flüsse ansteigen lassen und das höher gelegene Gelände in Inseln verwandeln. Gwendivar konnte sich gut vorstellen, wie die in den Sumpfländern lebenden Menschen auf dem Tor Zuflucht suchten, während die Mönche und Nonnen verzweifelte Gebete an ihren Gott sandten.

In den geschützten Niederungen stieg das Wasser an, und auf den Höhen bekam man die volle Kraft des Windes zu spüren. Artors Mauern boten kaum Schutz dagegen. Der Sturm fegte über die Bollwerke Camelots hinweg und zerrte an den Rieddächern der darin befindlichen

Gebäude. Allein die große Rundhalle, die Merlin entworfen hatte, blieb gänzlich unbeschädigt, obwohl auch durch ihre Korbgeflechtwände die Zugluft pfiff und das Bauwerk sich bei jedem Angriff des Sturmes beugte und zitterte. Vater Kedi, der christliche Priester, der missmutig von Hexerei gesprochen hatte, als die Halle errichtet wurde, kam recht demütig herbei, um bei den anderen darin Zuflucht zu suchen, wenn er sich auch bekreuzigte, als er durch die Tür trat. Es war gerade keine Zeit der Versammlung, weshalb sich viele von Artors Häuptlingen zu Hause in ihren eigenen Ländern aufhielten – anwesend waren nur seine Gefährten, seine Bediensteten und die Priesterinnen von der Insel der Maiden, für die gerade genug Platz war.

Den ganzen Nachmittag war Gwendivar mit ihren Zofen beschäftigt, um Essen, Getränke und Betten bereitzustellen. Danach konnte sie nichts mehr tun, außer ihren Platz neben Artor einzunehmen, sich zum Lächeln zwingen, während sie beobachtete, wie die Flammen der Fackeln in der Zugluft flackerten, und auf die Dämmerung zu warten.

Igraine schauderte und fragte sich, ob es tatsächlich ein Wassertropfen gewesen war, den sie auf der Wange gespürt hatte. Vom Verstand her wusste sie, dass die Halle sie nicht im Stich lassen würde – sie spürte Merlins Magie, die Pfosten an Säule und Ried an Sparren band –, in ihrem tiefsten Inneren jedoch war sie weniger überzeugt. Ceincair half ihr, den Umhang fester um die Schultern zu schlingen. Igraine dankte ihr und durchsuchte die Menge nach ihren anderen Priesterinnen, als sie sich umdrehte.

»Wo ist Ninive?«

»Sie ist zur Seitenpforte gegangen. Um sich zu erleichtern, hat sie gesagt, obwohl ich glaube, sie wollte eher den Sturm betrachten«, erwiderte Ceincair.

Seufzend schüttelte Igraine den Kopf. Das Kind hierher zu bringen, war ein Wagnis gewesen – zwar hatte sie in den vergangenen drei Jahren viel gelernt, dennoch war sie im Herzen immer noch ein Wildfang, und wenn Ninive schon die friedliche Gesellschaft der Insel der Maiden mitunter als zu einengend empfand, wie musste sie dann erst in dieser überfüllten Halle leiden. Sie war jung, und es würde ihr nicht schaden, ein wenig nass zu werden. Ihre Abwesenheit war auch nicht der eigentliche Grund für das Unbehagen der Priesterin.

Es war der Kessel.

Igraine hatte geglaubt, die Göttin wollte, dass sie ihn nach Süden brachte, doch was, wenn ihre Sorge um Artor sie getäuscht hatte? In Eriu erzählte man sich eine Geschichte über eine Frau, die eine geheiligte Quelle beleidigte und dadurch eine Flut heraufbeschwor, die das Land überschwemmte. War dies ein natürlicher Sturm oder hatte sie das Gleichgewicht der Elemente gestört, indem sie den Kessel aus seinem durch Zaubersprüche geschützten Heiligtum entfernte, sodass sie nun Britannien zerstören würden? Wäre es nötig, trüge sie den Kessel mit eigenen Händen zum Meer, doch sie wusste nicht recht, was sie tun sollte. Wenn nicht so viel auf dem Spiel gestanden hätte, so hätte Igraine ihre Panik als notwendige Lektion der Demut hingenommen, aber wie die Dinge nun einmal lagen, konnte sie nur die Augen schließen und beten.

»Herr, erbarme dich unser; Christus, erbarme dich unser«, murmelte der kleinwüchsige Priester, wahrend der Sturm wütete. Bediver, dem seit seiner Kindheit kaum ein Gebet über die Lippen gekommen war, ertappte sich dabei, die Worte nachzutuscheln, so wie viele andere, die auf römische Weise erzogen worden waren. Ein auflodernder Blitz erhellte die große Tür, einen Lidschlag später grollte ohrenbetäubender Donner über ihnen. Hinter sich hörte er, wie Männer Jupiter, Taranis und sogar den sächsischen Thunor anriefen.

Ein Schauder überlief ihn; durch seine Venen pulsierte eine ähnliche Mischung aus Furcht und Zorn, wie er sie vor Schlachten verspürte. Unwillkürlich suchte sein Blick den königlichen Thron und seinen König. Mit angespanntem Körper harrte Artor des nächsten Donnerschlags, dennoch ähnelte er in keiner Weise mehr der teilnahmslosen Gestalt des Vortags. Dies war der kühne Befehlshaber, an den Bediver sich aus Hunderten von Feldzügen erinnerte. Gwendivar sagte etwas; Artor beugte sich dicht zu ihr, um ihr zu antworten und ergriff lächelnd ihre Hand.

Bediver konnte sich kaum erinnern, je zuvor gesehen zu haben, wie der König sie berührte, doch bevor er sich darüber wundern konnte, zuckte der nächste Blitz, grollte der nächste Donner rings um sie.

Gwendivar spürte die Wärme und Stärke von Artors Griff und erwiderte den Druck krampfhaft, als der Donnerschlag die Halle erschütterte.

Herrin, steh uns bei! Um des Königs, des ganzen Landes Willen! Ich werde tun, was immer du verlangst, aber ich flehe dich an, beschütze uns nun!

Sie hatte sich noch nie vor Stürmen gefürchtet, dieser jedoch war von einer solch unerwarteten und elementaren Kraft. Jeder aufzuckende Blitz verdeutlichte die Belanglosigkeit ihrer eigenen Ängste und Enttäuschungen. Im Sturm war ein Leben, das nichts mit den Sorgen der Königin Britanniens zu tun hatte. Seltsamerweise vermittelte ihr der Gedanke Erleichterung. Gleich einem reglosen Häufchen kauerte sie inmitten des Tosens, durch den unnachgiebigen Griff der Hand ihres Gemahls mit der Erde verwurzelt, und harrte der nächsten Entladung des Himmels.

Diesmal traten das Zucken des Blitzes und das Grollen des Donners beinahe gleichzeitig auf. Die Halle erbebte, die großen Türen schwangen weit auf. Heulend drang der Wind herein, jede Fackel erlosch, doch im selben Augenblick sauste ein blaues, strahlendes Licht durch die Öffnung, wirbelte herum und überzog Pfosten, Sparren und Bänke gleichermaßen mit einem grellen Schimmer.

»Es ist Pfingsten!«, rief Vater Kedi aus. »Und der Heilige Geist ist in Wind und Feuer zu uns gekommen!«

Doch der zuckende Blitz verblasste, und eine plötzliche, knisternde Stille verdrängte das Tosen des Himmels. Sie befanden sich im Auge des Sturms. Wie gebannt saßen sie mit weit aufgerissenen Augen da, während das Blut in ihren Ohren pulsierte und sich der Blitz in eine einzige, strahlende Kugel verwandelte, die sich langsam durch die Halle bewegte. Sie war so grell, dass niemand zu sagen vermochte, wer sie trug oder ob sie sich überhaupt durch menschliches Zutun bewegte.

Gwendivar starrte das grelle Licht an und wusste, dass sie weinte, obwohl sie keinen Laut von sich gab. Von einem zum anderen kroch es, hielt bei jedem einige Augenblicke inne und zog weiter zum nächsten, wobei es Häuptlingen genauso viel Zeit widmete wie Knechten, den Frauen, welche die Schweine fütterten ebenso viel wie den Priesterinnen, die mit Igraine gekommen waren. Gwendivar sah, wie es Julia umkreiste, die sich erst bekreuzigte und dann mit vor Tränen glänzenden Wangen die Hände ausstreckte.

Was bist du? Wer bist du?, schrie das Herz der Königin, als das Licht sich näherte. Mittlerweile hatte sie den Eindruck, dass sich in jenem Strahlenkranz Gestalten bewegten; ein Tross greller Wesen, der durch die Halle wanderte. *Was wollt ihr von mir?*

Und dann befand es sich vor ihr, verschlang jedwede andere Empfindung außer dem Druck der Hand ihres Gemahls.

Eine Antwort erklang. »*Ich bin so voller Wunder wie das Elfenvolk und so gewöhnlich wie der Tag. Ich bin, was du am meisten begehrst. Jetzt stehe ich vor dir, doch erst wenn ich hinter dir stehe, wirst du mich wahrhaft begreifen und Erfüllung erfahren.*«

Dann erschien es ihr, als ob das Licht schimmerte, und sie erblickte darin die Gestalt einer Frau. Der Strahlenkranz umgab sie, und sie schmeckte eine Süße jenseits sterblicher Nahrung, wenngleich sie später nie wissen sollte, ob sie jene Süße tatsächlich geschmeckt und nicht gesehen oder gehört hatte.

Bediver vernahm ein Singen, wie er es als Kind in der großen Kirche des heiligen Martin gehört hatte. Gleichzeitig roch er den Duft von Weihrauch, der die Halle in breiten, leuchtenden Schwaden erfüllte. Das grelle Licht näherte sich, umgeben von einem unsteten Flackern gleich mächtigen, sich bewegenden Schwingen. Kurz erspähte er einen Gral, durch dessen vollkommene Form ein rosiger Strahl schimmerte.

»Ich bin dein wahrer Herr und dein Befehlshaber. Folge mir!«, ertönte eine lautlose Stimme, und Bedivers Geist antwortete mit verzückter Hingabe.

»Ich bin dein bis an mein Lebensende. Wie kann ich dir dienen?«

»Diene Britannien ... diene dem König ...«, lautete die Antwort, und er neigte huldigend das Haupt.

»Auf ewig ...«, murmelte er. »Auf ewig, wohin der Pfad auch führen mag ...«

Für Igraine, die sich inmitten dieser Gesellschaft mutterseelenallein fühlte, hatte die Erscheinung eine greifbare Form. Sie erblickte den silbrigen Schimmer und erkannte ihn als den Kessel, doch als er sich näherte, entwuchs dem Relief des Mittelstreifens das Bildnis der Göttin, das anschwoll, bis es die Halle erfüllte.

»Brigantia, o Vielgepriesene, du aufstrebende Macht«, flüsterte sie, »wache über deine Kinder.«

»Wann habe ich das je versäumt? Du bist es, die sich von mir abgewandt hat ...«

»War es falsch, den Kessel zum König zu bringen?«

»Du hast richtig gehandelt, wenngleich eine Zeit kommen wird, da du deine Wahl infrage stellen wirst. Vorerst aber sei getröstet, denn deines Sohnes Fleisch ist geheilt, obwohl sein Geist erst wieder gesunden wird, wenn er mich in einer anderen Maske sieht.«

Der Strahl verstärkte sich, schwoll an, bis sie den grellen Schein nicht länger ertrug und er sie in ein Reich beförderte, in dem Geist und Sinne eins sind, und sie nichts mehr um sich herum wahrnahm.

Der Kessel beglückte jede Seele im Kreis, und jede in einer Form, in der sie ihn am deutlichsten erkannte. Jeder der Anwesenden erhielt leiblich und geistig jene Nahrung, nach der ihn am meisten dürstete.

Und alsbald begannen die Menschen zu blinzeln und sich zu regen. Sie starrten um sich, als waren die bemalten Säulen und die gewobenen Vorhänge, ihre Hände und Gesichter gleichermaßen fremdartig und wundervoll. Es war kein übernatürlicher Strahl, der ihnen diese Dinge offenbarte – jenes Licht war verschwunden. Doch die große Tür der Halle stand immer noch offen, und draußen prangte ein klarer, rosiger Himmel und die ersten güldenen Strahlen der aufgehenden Sonne.

Bediver wirkte nachgerade verzückt, wie ein Krieger der einen Sieg errungen hat. Es war ein Ausdruck, der sich auf den Gesichtern von zahlreichen Gefährten Artors zeigte, wenngleich sie nun verwirrt und verloren um sich blickten.

»Ich hatte es«, flüsterte jemand. »Ich hatte beinahe begriffen – wohin ist es verschwunden?«

Igraine lag, von ihren Priesterinnen umringt, reglos da. aber ihre Brust hob und senkte sich, und Gwendivar wusste, dass sie zu gegebener Zeit unversehrt erwachen würde. Vater Kedi, dessen Miene ungewöhnlich friedvoll wirkte, murmelte Gebete. Die Köche und Küchensklaven schauten sich erstaunt um. Manus' Augen jedoch leuchteten wie zwei Sterne.

Gwendivar drehte sich zu ihrem Gemahl um und begriff, dass sie das Wesen gesehen hatte, das sich hinter dem Elfenvolk verbarg, welches sie einst so verzaubert hatte, und dadurch auch die Quelle seiner Magie, obwohl die Bilder so schnell verblassten, dass sie nicht mehr zu sagen vermochte, was genau sie erblickt hatte.

»Was hast du gesehen, Artor?«, flüsterte sie. »Was hast du gesehen?«

Doch er schüttelte nur den Kopf, die Augen nach wie vor weit aufgerissen und vom grellen Licht halb geblendet. Sie streckte die Arme nach ihm aus, und er zog sie dicht an sein Herz; und in jenem Augenblick waren sie beide frei.

Morgause betrachtete die Pracht des neuen Tages und verfluchte die Götter. Eine Nacht voller Zorn der Elemente gefolgt von einer Morgendämmerung, die zum Tagesanbruch der Welt gepasst hätte, konnte nur bedeuten, dass Igraine den Kessel zum Einsatz gebracht hatte. Die Mysterien, mit denen Morgause sich in den letzten Jahren beschäftigte, hatten sie gelehrt, die Zyklen des Landes zu spüren, so wie sie einst ihre eigenen Zyklen aufgezeichnet hatte, und sie wusste, dass dies kein natürlicher Sturm gewesen war. Die Überlieferungen, deren sie in den Jahren auf der Insel der Maiden gewahr wurde, legten nahe, dass die Vorsichtsmaßnahmen, mit denen der Kessel stets bedacht wurde, nicht allein dazu dienten, über den Zugang zu ihm zu wachen – sie waren nötig, um seine Macht im Zaum zu halten.

In der vergangenen Nacht hatten sie eindeutig das Ergebnis des freien Fließens jener Macht erlebt. Die Erde war mit Blättern übersät, die Wälder mit hellen Schnitten, wo ganze Äste aus den Bäumen gerissen worden waren. Während die Pferde sich einen Weg über den schlammigen Pfad nach Camelot bahnten, sah Morgause, dass es den Heimen der Menschen noch schlimmer ergangen war. Zahlreiche Hütten glichen halb gerupften Hühnern; Dachverstrebungen ragten gleich Skeletten empor, wo die Riedschichten fortgerissen worden waren. In dieser Hinsicht hatten sich die keltischen Rundhäuser, deren Rahmen sich im Sturm beugten, besser bewährt als die rechteckig gebauten römischen Häuser, die zum Einstürzen neigten, wenn der Wind ihre Terrakotta-Schindeln fortpeitschte.

Für jeden, den der Sturm unter freiem Himmel erwischt hatte, so wie Morgause und ihre Begleiter, hatten die Stunden der Dunkelheit sich als Albtraum erwiesen. Der Mantel, den sie trug, dampfte immer noch vor Feuchtigkeit. Allein der Eibenhain, in dem sie vor dem Sturm Zuflucht suchten, hatte sie vor Schlimmerem bewahrt.

Und dann, in den geheimnisvollsten Stunden vor der Dämmerung, war der Wind verebbt. Eine Weile hatte Morgause sich gefragt, ob das Toben des Sturms die Wahrnehmungsfähigkeit ihres Gehörs überstiegen hatte. Dann wurde die Luft wärmer, und sie wusste, dass jene Stille von einer Anwesenheit zeugte und keinen bloßen Mangel an Geräuschen darstellte.

Bis dahin hatte sie gehofft, sie hätte sich geirrt. Ihr Spion in Artors Küche wusste nur, dass Gwendivar die Herrin vom See herbeigerufen hatte. Doch in ihren Träumen hatte Morgause gesehen, wie der Kessel gleich einem riesigen Mond über dem Land aufstieg. Und so war sie nach Süden gereist – aber nicht rasch genug, um zu verhindern, dass ihre Mutter den Kessel, jenes Heiligtum, auf das Morgause ein Geburtsrecht hatte, zu Artor brachte.

Dieser freundliche Morgen bestätigte ihre Befürchtungen lediglich. Sie fühlte sich verwaist; sie war außer sich.

Von den Hexen der Pretani hatte sie zwar viel gelernt, dennoch war sie stets eine Fremde unter ihnen geblieben, und ihr war nur allzu bewusst, dass sie ihr Geheimnisse vorenthielten, die sie nie erfahren würde. Mit dem Kessel wäre sie ihnen ebenbürtig gewesen. Im Lauf der vergangenen Jahre war das Verlangen danach von einem beständigen Ärgernis zu einer Besessenheit geworden. Der Kessel musste ihr gehören!

Morgause hatte vorgehabt, ihrer Mutter nach Camelot zu folgen und ihr dort gegenüberzutreten, doch nun war der Schaden bereits angerichtet. Dennoch musste Igraine irgendwann auch schließlich wieder abreisen. Mittlerweile hielt Morgause es für besser, ihre Anwesenheit in der Gegend geheim zu halten. Vor ihr hatte der Sturm die Straße ausgewaschen. Jede Reisegesellschaft, die versuchte, aus dem Süden zum See zurückzukehren, musste einen Umweg über die Wälder einschlagen.

Der vom Sturm in Mitleidenschaft gezogene Wald hätte sich kaum besser für einen Hinterhalt eignen können. Erlen- und Eichenäste lagen über den Boden verstreut, während Salweiden und Weiden sich im Sturm geneigt hatten. Das Sumpfgras stand halb unter Wasser, das höher gelegene Gelände präsentierte sich schlammig. Zu ihren Füßen neigte sich eine Ringelblume in der sanften Brise. Morgause fragte sich, wie die Pflanze dem Zorn des Sturmes entkommen sein mochte.

»Hier halten wir«, erklärte sie ihren Männern. »Uinist, stell eine Wache auf und schick Kundschafter in die Wälder, um die Straße nach Süden zu beobachten. Doli, deine Aufgabe besteht darin, die Männer so aufzustellen, dass sie erfolgreich angreifen können. Nachdem wir fertig sind, fliehen wir nach Westen. Falls ein Verdacht aufkommt, wird man die Hauptstraße absuchen, die von Lindinis aus nach Norden führt. Niemand wird erwarten, dass wir das höher gelegene Gelände umgehen und uns auf das Meer zubewegen.«

Sie mussten drei Tage warten, ehe ihre Männer von einer großen Reisegesellschaft berichteten, die aus Richtung Camelot die Straße heraufkam. Morgause war klar, dass die Pferdesänfte ihre Mutter befördern musste. Doch auch ohne die Kundschafter hätte sie gewusst, wer und was sich näherte – sie spürte die Anwesenheit des Kessels, als hätte dessen jüngster Einsatz seine Macht verstärkt. Sie fühlte und begehrte ihn, so wie ein Dürstender eine Quelle.

Morgause befahl ihren Männern, der Herrin vom See kein Leid anzutun. Es war viel besser, dachte sie rachsüchtig, ihre Mutter mit dem Wissen über ihren Verlust leben zu lassen, so wie sie selbst bislang ohne ihr Geburtsrecht leben musste. Sie anderen konnten sie ruhig töten, solange sie das gesamte Gepäck und die Ausrüstung mitnahmen.

Und so wartete sie, während ihre Männer im Wald verschwanden. Kurz nach Mittag hörte sie Frauen kreischen und nördliche Kriegsrufe, und sie lächelte.

»Mutter, es war nicht deine Schuld!« Artor ergriff Igraines Hände und rieb sie. »Wäre ich nicht so schwach gewesen, hätte der Kessel die Insel der Maiden nie verlassen.«

»Es war mein Ruf, der Euch hergebracht hat«, fügte Gwendivar in gleichem Selbstvorwurf hinzu.

»... aber meine Entscheidung, ihm zu folgen ...«, presste Igraine mühsam hervor.

Sie zitterte immer noch so heftig wie seit dem Angriff.

Die Männer ihrer Begleitgarde waren getötet worden, aber Ninive hatte sich eines der Pferde geschnappt und war zurück nach Camelot galoppiert, um Hilfe zu holen. Das war am Vormittag gewesen, mittlerweile war es bereits fast Abend. Der Kessel war verschwunden, und seit Uthers Tod hatte sie keine größere Katastrophe erlebt. Ceincair schlang Decken um sie und redete von Schock, doch Igraine wusste, dass es Angst war.

»Aber wer *waren* sie?«, fragte Aggarban.

»Männer mit Speeren, Schilden und Hemden aus gehärtetem Leder«, antwortete Nest. »Die einzigen Worte, die ich gehört habe, ertönten in einem Britisch, wie wir es im Norden sprechen, aber nicht auf Piktisch. Es könnten Brandschatzer gewesen sein, oder herrenlose Männer.«

»Ich dachte, die Soldaten des Königs hätten solches Gesindel zur Strecke gebracht«, meldete sich Gwendivar zu Wort.

Artors Augen blitzten gefährlich. »Das hatte ich auch gedacht ...«

»Es spielt keine Rolle, wer sie sind – wir müssen hinter ihnen her!«, rief Gwalchmai aus. »Wenn es tatsächlich der Kessel war, der durch die Macht der Götter durch die Halle strahlte, gäbe ich mein Herzblut dafür, ihn wiederzusehen!«

»Ich ebenso!«, sprach Vortipor. Andere Stimmen schlossen sich dem Gelübde an.

Als die Priesterinnen nach jener Nacht des Sturms und des Glanzes in das Haus der Frauen zurückgekehrt waren, hatten sie den Kessel unversehrt in seiner Truhe vorgefunden, und niemand ließ sich dazu bewegen einzugestehen, ihn berührt oder bewegt zu haben. Doch was sonst konnte es gewesen sein? Und nun war er verschwunden, und Igraine schauderte bei dem Gedanken, welche Verheerung er in feindlichen Händen anzurichten vermochte.

Sie hüstelte und zupfte an Ceincairs Ärmel. »Sind dir unter den Reitern irgendwelche Frauen aufgefallen?«

»Nein«, antwortete die Priesterin. »Glaubt Ihr etwa, dass Morgause ...« Jäh verstummte sie, als sie Gwalchmais betroffenen Blick sah.

»Glaubst du etwa, Enkel, dass es für mich nicht ebenso schwer ist, es auszusprechen, als für dich, es zu hören?«, fragte Igraine. »Aber deine Mutter hat den Kessel schon immer begehrt. Vergesst bei eurer Suche nicht die Straßen in den Norden.« *Und wenn sie ihn tatsächlich geraubt hat, ist es meine Schuld*, dachte sie. *Morgause hat mich angefleht, sie in die Geheimnisse des Kessels einzuweihen, und ich habe mich geweigert.*

»Wir werden alle Straßen absuchen, Mutter«, sagte Artor. Als sie zurück in den Schutz ihrer Decken sank, hörte sie, wie er Befehle erteilte.

»Und wir werden uns hier um Euch kümmern«, fügte Gwendivar hinzu, »wo ihr die Berichte hören könnt, die von den Suchenden eintreffen.«

Igraine schüttelte den Kopf. »Die Suche muss im irdischen Reich stattfinden, und es ist die Hochkönigin, die Tigernissa, die für eure Krieger das Bildnis der Göttin auf dieser Welt verkörpert. Ich kehre zurück zum See ... den ich nie hätte verlassen sollen, denn ich bin Branwen, die verborgene Königin, und die geistige Suche muss von dort aus gelenkt werden. Vielleicht erhört der Kessel unsere Gebete und findet von allein nach Hause.«

X

Die Suche
A. D. 502

Als Erster von denjenigen, die von Camelot aufgebrochen waren, um nach dem Kessel zu suchen, kehrte Bediver zurück. Als er eintraf, befand sich Gwendivar in der Kräuterhütte und zupfte die zarten Blätter von der Minze, die sie im Wald gesammelt hatte. Der durchdringende, süße Duft erfüllte die Luft.

»Wo ist der König?«, fragte er, nachdem er sie begrüßt hatte.

»Er ist nach Lindinis hinübergeritten. Zum Abendessen sollte er zurück sein.«

»Der König reitet?«, hakte er nach, wobei Verblüffung seiner Stimme einen schneidenden Tonfall verlieh.

»Es geht ihm viel besser«, erwiderte Gwendivar leise, »außerdem ist das Wetter schön. Sollte irgendjemand bezweifeln, dass jenes Ereignis, dessen Zeuge er wurde, heilig war, sprechen eindeutig die Ergebnisse dafür.«

»Ich bezweifle es nicht, obwohl ich glaube, dass jene Vision alles ist, was ich je sehen werde.« Bediver ließ sich auf eine Bank sinken; das Leuchten, das stets in seine Augen trat, wenn er sie betrachtete, verstärkte sich. »Vielleicht fühle ich mich deshalb nicht gezwungen, weiterhin alles dareinzusetzen, es wiederzusehen.«

»Was soll das bedeuten?«, wollte sie wissen und musterte ihn eingehend.

»Was ich in dem Licht sah, als es zu mir kam, war der Gral unseres Herrn, und ich wurde genährt und geheilt. Wir haben keinen Beweis dafür, dass jenes Wunder, das sich durch die Halle bewegte, der Kessel war. Igraines Priesterinnen behaupten, ihn nicht aus der Truhe genommen zu haben, wie also sollte er ein solches Wunder bewirkt haben?«

Nachdenklich runzelte Gwendivar die Stirn. Igraine hatte ihr erzählt, sie hätte die Gestalt der Göttin aus dem Kessel erwachsen gesehen, während Julias Vision wie jene Bedivers vom Gral der christlichen Messe gehandelt hatte. Sie selbst hatte lediglich schimmernde Schemen in einem Lichtschleier und überhaupt kein Gefäß gesehen.

»Die anderen, die aufgebrochen sind, meinten, die Vision habe in ihnen das lodernde Verlangen geweckt, sie abermals zu sehen ...«, erklärte sie schließlich.

»Das stimmt, aber nachdem ich weg war, stellte ich fest, dass alles, wonach ich mich wahrhaft sehne, hier ist.«

Kurz bannte Bedivers Blick den ihren, und Gwendivar zuckte zusammen, als sie seine unausgesprochene Liebe für sie unverhohlen in seinen Augen erkannte. Mittlerweile hatte sie sich daran gewöhnt, Lust oder Sehnsucht zu entdecken, wenn Männer sie betrachteten. Einer oder zwei hatten sogar gedroht, den Tod in der Schlacht zu suchen, sollte sie ihre Leidenschaft nicht erwidern. Doch nur Bediver schien in der Lage, sie zu lieben, ohne seiner Geliebten in Londinium oder seinem König untreu zu werden. Ihr war nicht bewusst gewesen, welchen Trost diese stete, anspruchslose Hingabe ihr spendete, bis sie feststellte, wie glücklich sie über seine Rückkehr war.

Als er fortfuhr, wurde sein Tonfall nüchterner. »Dennoch darf der Diebstahl des Kessels nicht ungesühnt bleiben, welcher Natur er auch sein mag. Ich habe Botschaften an all unsere Garnisonen gesandt und Wachen an den Häfen aufstellen lassen. Somit sehe ich keinen Sinn mehr darin, durch die Gegend zu streifen. Ich kann Britannien besser dienen, indem ich Artor helfe.«

»Der König wird dankbar dafür sein«, meinte Gwendivar vorsichtig. »Ebenso wie ich. Es war sehr still und einsam hier, während ihr alle fort wart.«

Die Macht des Kessels wuchs mit dem Zunehmen des Mondes. Während Morgause und ihre Männer sich querfeldein einen Weg entlang der Ränder der durchweichten Niederungen bahnten, wobei sie nachts reisten und tagsüber schliefen, stellte sie fest, dass sie seine Anwesenheit ständig spürte, so wie man selbst mit geschlossenen Augen die Richtung spürt, in der sich ein Feuer befindet. Doch dies war eine silberne Flamme, kühl wie Wasser, verführerisch wie die verborgene Strömung eines Flusses. Sie fühlte, wie ihre Laune sich wandelte, so wie damals, bevor ihre monatliche Regel endete. Manchmal trieb die kleinste Enttäuschung sie zur Weißglut oder zu Tränen, manchmal und zunehmend häufiger, je mehr sich der Mond von einer perlfarbenen Sichel zu einer Viertelscheibe wandelte, schwebte sie auf einer Wolke der Glückseligkeit.

Langsam, weil die Pfade uneben waren und sie oft umkehren mussten, um einen neuen Weg zu finden, reisten sie gen Westen. Und alsbald wichen die sanften Hügel mit ihren Weiden und Waldstreifen einem hoch gelegenen Heideland, wo gleich dem rauen Klima an der See ein ständiger Wind blies. In der Zeit des Imperiums waren diese Hügel dicht besiedelt gewesen, denn Rom brauchte das Blei aus Britanniens Minen. Aber die meisten Gruben waren erschöpft oder aufgegeben worden, nachdem die Handelsrouten unterbrochen waren. Nun wucherte Gras auf den Erdwällen und Steinhaufen der einstigen Bergwerke.

Mittlerweile reisten Morgause und ihre Gruppe ungehemmter und folgten der alten Straße zur Mündung der Uxela, wo früher die Bleischiffe anzulegen pflegten. Nur einmal kamen sie an einer Ansammlung von Hütten neben einem noch betriebenen Minenschacht vorbei, doch niemand grüßte sie. An der Flussmündung sahen sie die Überreste des Hafens, der nur noch einigen Fischern als Heimat diente, deren Boote ans Ufer gezogen waren. Entlang der Küste zu beiden Seiten des schmalen Kanals erstreckten sich Salzsümpfe und Watten, deren schaler Geruch bei Ebbe die Luft erfüllte. Doch wenn die Gezeiten umschlugen, strömte Wasser die Mündung der Sabrina herauf und brachte frische Meeresluft mit und Seevögel, die im Wind kreischten.

Und als hätten die Götter sich verschworen, ihr zu helfen, wartete dort ein Boot.

»Geh zum Kapitän und erkundige dich, woher er kommt und welche Ladung er führt«, befahl sie Uinist. »Falls er Blei lädt, um es nach Gallia zu bringen, brichst du die Unterhaltung ab, aber falls er nach Norden segelt, fragst du ihn, ob er bereit ist, ein paar Fahrgäste mitzunehmen.«

Ursprünglich hatte Morgause vorgehabt, der Mündung zu folgen und von dort aus querfeldein zu reisen, doch je deutlicher sie den Kessel wahrnahm, desto stärker fürchtete sie, Igraine könnte vielleicht in der Lage sein, der Spur seiner Macht zu folgen. Befände der Kessel sich auf hoher See, würde die Ausstrahlung jenes Elements, zu dem er gehörte, seine eigene gewiss verschleiern.

Und so begab es sich, dass Morgause mit dreien ihrer Männer in See stach, während die anderen zu Pferde umkehrten und in Zweier- und Dreiergruppen weiterzogen, um jegliche Verfolger in die Irre zu führen, die ihnen auf den Fersen sein mochten.

Aggarban kehrte auf einer Bahre nach Camelot zurück. Als Gwendivar den Tumult hörte, kam sie aus der Halle gerannt. Einen Augenblick vermeinte sie, man hätte ihr einen Leichnam gebracht, der zu Grabe zu tragen war, dann aber sah sie, dass sich seine Brust hob und senkte.

»Wir haben erfahren, dass sich fremde Reiter in den Hügeln im Westen aufhalten«, erklärte Edrit, jener Halbsachse, den Aggarban in seine Dienste aufgenommen hatte. »Bei Einbruch der Nacht sind wir mit ihnen zusammengestoßen, und als sie nicht anhalten wollten, haben wir gekämpft. In den Wirren wurden mein Herr und ich getrennt. Ich habe zu lange gebraucht, um meinen Gegner zu töten, und als ich endlich den Weg zurück gefunden hatte, war es bereits vollkommen finster. Auf der Lichtung lag ein Toter, aber ich musste bis zum Morgen warten, bis ich meinen Herrn auffinden konnte. Er lag in seinem Blut, der Leichnam seines Gegners neben ihm. Ich habe seine Wunden so gut wie möglich verbunden, dann musste ich ein Gehöft und einen Karren finden, um ihn damit zu befördern. Es tut mir Leid, Fürstin.« Mit kummervollem Blick sah er sie an. »Ich habe mein Bestes getan ...«

»Ich bin sicher, das hast du«, erwiderte sie ermutigend, während sie mit einem Auge die greise Frau beobachtete, die als die Geschickteste im Behandeln von Wunden galt und die Aggarban gerade untersuchte.

»Als ich ihn fand, war er bewusstlos«, plapperte Edrit weiter, »und als ich mit dem Karren zurückkehrte, glühte er vor Fieber. Aber jetzt, wo wir hier sind, wird es ihm bald besser gehen. Ihr werdet ihn heilen, Fürstin, das weiß ich!«

»Wenn es Gottes Wille ist«, antwortete sie vorsichtig, doch er blickte sie an, als wäre sie die Göttin oder vielleicht auch nur die Tigernissa. Erst da begann Gwendivar zu begreifen, dass dies für einige ein und dasselbe war.

Mittlerweile hatte die Heilerin ihre Untersuchung beendet.

»Wird er sich wieder erholen?«, wollte Gwendivar wissen.

»Ich glaube schon, im Lauf der Zeit und durch sorgfältige Pflege«, erwiderte die Frau. »Den Blutverlust kann er wettmachen, und seine Wunden sind nicht allzu schlimm. Nur dieses Fieber gefällt mir ganz und gar nicht.«

Mehr konnte Gwendivar nicht tun, doch sie hatte Edrit versprochen, sie würde alles daransetzen, seinen Herrn zu retten. Drei Nächte lang wechselte sie sich mit den anderen Frauen ab, saß bei dem Verwundeten, kühlte seine Stirn und lauschte seinem Gemurmel, bis die Krise einsetzte.

Es war nach Mitternacht, und die Königin saß im Halbschlaf auf ihrem Stuhl, als ein Stöhnen sie weckte.

»Halt!« Aggarban sprach mit deutlicher Stimme, obwohl seine Augen geschlossen blieben. »Versucht erst gar nicht, es zu leugnen – ich erkenne Euch als einen Mann aus dem Norden. Ist meine Mutter in diese Angelegenheit verwickelt?« Stille trat ein, als würde ein Unsichtbarer antworten, dann ertönte abermals jenes grässliche Stöhnen. Als er weitersprach, klang seine Stimme sanfter und von Schmerz erfüllt.

»Ach, Mutter, du warst in dem Licht, das durch die Halle gewandert ist – und dann hast du uns verlassen. Sind dir deine Söhne einerlei? Aber das waren sie dir ja immer, abgesehen von jenem rothaarigen Balg. Dem vom König beim Feste empfangenen Bastard – oh, ich habe die Geschichten gehört. Kennst du den Namen irgendeines unserer Väter?« Die anklagenden Worte gingen in qualvolles Gemurmel über.

»Aggarban!« Die Königin wrang Wasser aus dem Tuch und legte es auf seine Stirn. »Es ist alles gut, es ist vorbei ... du musst schlafen und gesund werden.«

Jäh schlug er die Augen auf, und er schien sie zu erkennen. »Königin Gwendivar ..., ihr leuchtet wie der Mond ... und seid auch Ihr treulos?«

Sie zuckte zusammen, als hätte er sie geschlagen, doch seine Augen waren bereits wieder geschlossen. Er verstummte; nach einer Weile holte sie tief Luft, und als sie die Hand auf seine Stirn legte, fühlte sie sich kühl an. Da erhob sich Gwendivar und rief die Heilerin herbei, auf dass sie ihn untersuchte, während sie sich zu Bett begab und weinte, bis der Schlaf sie endlich erlöste.

Es war Sonnenuntergang, und der mittlerweile viertelvolle Mond hatte den Himmel halb erklommen. Für Morgause, die auf einer Taurolle neben dem Heckgeländer saß, sah er wie ein Kessel aus, in den alles Licht tröpfelte, während der Himmel sich von rosa über malvenfarben zu einem sanften Purpurblau verfärbte. Als sie wieder auf das Meer schaute, präsentierte die wogende Landschaft sich schillernd vor Farben; wenn die Wellen emporstiegen, brachen sie das Licht zu Blau- und Purpurtönen, wenn sie sanken, wandelte es sich in ein trübes Grau.

Das Schiff bäumte sich auf und tauchte ab, bahnte sich durch die Wogen den Weg zum abendlichen Ankerplatz. Es hieß Sirene, und im Verlauf der Woche an Bord hatte Morgause den täglichen Ablauf kennen gelernt. Außer bei ungewöhnlich gutem Wetter und stetem Wind legten sie jede Nacht in einer geschützten Bucht an, erwarben frisches Essen und Wasser und tauschten Neuigkeiten aus. An diesen abgeschiedenen Orten kursierten keine Gerüchte über die Suche nach dem Kessel, doch selbst hier hatten die Menschen den Sturm gespürt und erfreuten sich an dem darauf folgenden Frieden. Wer nicht an der großen Seuche gestorben war, befand sich auf dem Weg der Besserung, und Hoffnung war in das Land zurückgekehrt.

Zunächst hatten derlei Unterbrechungen Morgause an den Rand des Zorns getrieben. Hätte es in den ersten Dörfern Pferde zu kaufen gegeben, sie hätte das Schiff verlassen und wäre über Land weitergereist – die Gefahren der Berge hätten genau zu ihrer Stimmung gepasst. Doch als Tag auf Tag folgte, immer anders und doch stets gleich, stellte sie fest, dass ihre Wut sich verflüchtigte. Sogar die Anwesenheit des Kessels störte sie nicht mehr, denn auf dem Meer befand sie sich in seinem Element, und es gab keine Trennung zwischen ihnen.

Während sie sich über die Wasseroberfläche bewegte, gleichsam zwischen Erde und Himmel schwebend, hatte sie das Gefühl, ebenfalls zwischen der Zeit, bevor sie den Kessel raubte, und der ungewissen Zukunft danach zu schweben. Ihr Verlangen nach dem Kessel war unverändert, doch inzwischen fragte sie sich, weshalb sie so verbissen dafür gekämpft hatte, den Norden zu beherrschen. In dem Wirkungskreis des Kessels verblassten sogar ihre ehrgeizigen Ziele für Medrod. Und sie begann zu verstehen, dass unabhängig davon, was auch geschehen mochte, die Frau, die in den Norden zurückkehrte, eine andere sein würde als jene, die vor einem Monat aufgebrochen war.

Als Vortipor in Camelot eintraf, umschwirrten ihn Raben. Als die zu seiner Begrüßung Herauseilenden erkannten, dass die runden Gegenstände, die von seinem Sattelknauf baumelten, abgetrennte Köpfe waren, begriffen sie, weshalb. Der Mann, der sie erobert hatte, war gebräunt, kerngesund und grinste triumphierend. Auf die Köpfe traf dies weniger zu, und sogar Vortipor erhob keine größeren Einwände, als Artor taktvoll vorschlug, Vater Kedi möchte ihnen ein christliches Begräbnis angedeihen lassen.

»Obwohl ich bezweifle, dass sie es verdienen. Ich war in der Unterzahl und konnte ihnen keine Zeit gewähren, ihre Sünden zu beichten.« Dabei hörte er sich keineswegs bedauernd an.

»Ich bin sicher, sie haben den Tod verdient, den du ihnen beschert hast«, bemerkte Artor, doch der stahlharte Tonfall seiner Stimme trug nicht dazu bei, das Lächeln des jungen Mannes zu trüben.

»O ja. Die Höhle, in der sie mich festhielten, war übersät mit den Überresten *ihrer* Opfer. Wir müssen Leute losschicken, um ihnen mindestens ein ebenso würdiges Grab zu bescheren wie ihren Mördern.«

»Also waren es Räuber«, sagte Gwendivar.

»Ganz sicher, aber indem sie mich gefangen nahmen, haben sie mehr geschluckt, als sie verdauen konnten! Es tut mir Leid, Fürstin, dass ich keine Neuigkeiten über den Kessel habe, aber als das Licht durch die Halle wanderte, sah ich darin einen kriegerischen Engel, und ich kann nur der Wahrheit dienen, die ich sehe ...«

»Niemand von uns kann mehr als das behaupten«, antwortete der König und führte ihn in die Halle.

Sogar an Land schien der Boden zu schwanken. Morgause stolperte und hielt lachend inne. Die *Sirene* hatte sie am Nordufer des Flusses Belisama abgesetzt, denn weiter segelte der Kapitän nicht. Ein halber Tagesmarsch würde sie zur Straße nach Bremetennacum bringen, was weit genug war – niemand würde auf den Gedanken kommen, hier nach den Flüchtigen zu suchen. In Wahrheit bereitete ihr die Angst vor Verfolgern keine Sorgen mehr, so wie jede Fragwürdigkeit hinsichtlich des Raubs des Kessels ihre Schärfe verloren hatte.

Er gehörte *ihr*, so wie die Götter es schon immer vorgesehen hatten, und die Zeit, ihr Erbe einzufordern, war gekommen. Als Doli sie nach dem nächsten Abschnitt ihrer Reise fragte, verscheuchte sie ihn.

»Darüber können wir morgen nachdenken. Heute Nacht ist Vollmond. Trag die Truhe den Strand hinauf – dort hinter die Bäume – und sorg dafür, dass mich niemand stört.« Er war ein Pikte, und sie wusste, dass er keinen Befehl seiner Königin infrage stellen würde.

Die Sonne versank bereits im westlichen Meer, und als

sie die von Morgause auserwählte Stelle erreichten, säumte ein silbriger Rand den fernen Hügel.

Rasch legte sie die Kleider ab und erhob sich. Die Arme huldigend emporgestreckt, stand sie da, während das silbrige Rad des Mondes über den östlichen Himmel rollte. Es war lange her, seit sie den Mond gemeinsam mit den Priesterinnen begrüßt hatte, dennoch konnte sie sich an den Beginn des Lobliedes besinnen.

»Herrin des dreifachen Pfades, Herrin vom silbernen Rund …« Eine Weile summte sie vor sich hin, während sie versuchte, sich an die nächsten Zeilen zu erinnern, bis ihr die Worte zuflogen. *»Du schenkst uns die Träume des Rates, Schicksale tust du uns kund.«*

Sie wiederholte den Reim, versank tiefer in den Sprechgesang, fand neue Verse, mit denen sie das Lied fortsetzte.

Sie sang Worte der Macht, um ihre Herrschaft zu bekräftigen, doch nach und nach vermeinte sie, auch andere Stimmen die alten Worte singen zu hören, wenngleich sie nicht wusste, ob sie aus ihrer Erinnerung stammten oder ob die vertraute Melodie sie im Geiste irgendwie mit den Priesterinnen verbunden hatte, die auf der Heiligen Insel in diesem Augenblick ebenfalls den Mond anbeten würden.

»Heiligkeit ist deine Bleibe, Hilfe und Heil gibt es dort.« Doch Morgause hatte kein Heil gewollt, sondern Macht.

»Allzeit sich wandelnd du thronest, da in der Bewegung du ruhst.«

Während sie die Worte sang, verließ sie die Kraft, und sie sank auf ihre ringsum verstreuten Kleider; ihr Atem verfiel in ein ersticktes Schluchzen. Es dauerte lange, bis sie zu einer inneren Stille zurückfand, die jener der Nacht um sie gleichkam.

Und während all dieser Zeit stieg der Mond höher in den Himmel. Morgause hockte da und beobachtete ihn, schlang sich den Mantel um die nackten Schultern, um sich gegen die nächtliche Kälte zu schützen. Allmählich wurde ihr bewusst, dass die Stille eine atmende Ruhe war, die sich aus dem Quaken von Fröschen, dem sanften Klatschen der Wellen auf den Sand und dem Flüstern des Windes im Gras zusammensetzte. Alsbald sah sie das erste Funkeln auf dem Wasser, und der Mond, der immer höher wanderte, begann einen Pfad des Lichts über die See zu ziehen.

Welle für Welle verlängerte der Mondpfad sich. Langsam, wie in einem Traum, stand Morgause auf, löste die Schnappschlösser, welche die Truhe sicherten und öffnete den Deckel.

Weiße Seide verhüllte den Kessel. Behutsam schob Morgause sie zurück und atmete tief ein, als sie das silbrige Schimmern darunter erblickte. Der Kessel funkelte, als wäre er frisch poliert. Die Priesterinnen auf der Insel der Maiden pflegten zu tuscheln, dass er niemals anlief, nie gereinigt werden musste.

Eine Weile bannte sie die Ehrfurcht vor dem Heiligtum, dann ergriff sie den Kessel und trug ihn zum Wasserrand. Die Flut hatte vollständig eingesetzt, weshalb sie nicht weit zu gehen brauchte. Der Mond stand klar und hoch an einem indigoblauen Himmel, so hell, dass auch die See sich tiefblau präsentierte. Doch über den Fluss näherte sich ein tänzelndes, schillerndes Licht. Mit dem Kessel in den Händen watete Morgause ins Wasser, und als es ihr gegen die Hüften klatschte, senkte sie das Gefäß und füllte es.

Hier, wo der Fluss sich in die Flut ergoss, war das Wasser sowohl süß als auch salzig. Es sind alle Wasser der Welt, dachte Morgause, als sie den Kessel zurück ans Ufer trug.

Am Wasserrand stellte sie ihn ab und kniete sich dahinter. Eine letzte Welle kroch über den Sand und bespritzte sie, dann wandelte die Flut sich in Ebbe, doch der Mondpfad verlängerte sich unablässig, glitzernd über den feuchten Sand, bis das Licht zunächst den Rand des Kessels, danach das Wasser darin berührte, das sogleich zu leuchten begann.

Dies war die Macht, die sie beim Ritual ihrer Mutter erspäht hatte, jedoch tausendfach verstärkt. Es war alles, was sie sich je erhofft, je ersehnt hatte. Mit klopfendem Herzen umfasste Morgause den Rand des Kessels und blickte hinein.

Im ersten Augenblick sah sie nur den Mond, der sich auf der Wasseroberfläche widerspiegelte. Im nächsten zuckte Licht rings um sie auf.

Sie wusste nicht, ob das Wasser emporgesprungen oder ob sie hineingefallen war. Schillernde Gestalten umschwirrten sie; Morgause blinzelte und erkannte die Göttinnen, deren Bildnisse in die Außenseite des Kessels geprägt waren. Die Herrin des Silberrades und die Herrin der Raben, die Blumenbraut und die Große Mutter, die Herrin des Heils und die Todesgreisin, sie alle schwebten an ihr vorüber. Aber nun nahm Morgause sie ohne jene Schleier wahr, die der menschliche Verstand ihnen auferlegte, um Augen zu schützen, die nicht bereit waren, solche Pracht zu schauen.

Morgause trieb inmitten ihres Kreises und schauderte, als eine nach der anderen sich umwandte, um sie anzusehen. Sie versuchte, ihr Antlitz zu verbergen, doch sie besaß keine Hände, auch keine Füße, um wegzurennen, hätte es einen Weg zur Flucht gegeben. Als nackte, hilflose Seele kauerte sie unter jener gnadenlosem Musterung, die jeden zornigen Gedanken, jede selbstsüchtige Tat, jedes bittere Wort ans Licht zerrte und beurteilte. All ihre Rechtfertigungen und Ausflüchte lösten sich in jenem strahlenden Glanz restlos auf.

Und mit ihnen verflüchtigten sich auch die einzelnen Bilder, verwoben sich miteinander, bis nur noch eine Göttin übrig blieb, die ihrer Mutter Antlitz besaß und sie mit all der Liebe in den Augen betrachtete, nach der Morgause sich immer gesehnt hatte; dann verblasste auch dieses Bild und wich einem strahlenden Glanz jenseits aller Formen, jenseits jeden Geschlechts, und Morgause verlor das Bewusstsein.

Etwa fünfzig von Artors Gefährten waren losgezogen, um nach dem Kessel zu suchen. Während der Mond immer voller wurde, kehrten sie nach und nach zurück. Einige kehrten so wie Aggarban verwundet heim. Aggarban, der sich missmutig und schweigsam gab, nachdem das Fieber ihn verlassen hatte, genas bald, andere hingegen, die Camelot erreichten, starben, wieder andere kehrten überhaupt nicht zurück, und Gwendivar fragte sich unwillkürlich, ob es Morgause gelungen war, den Kessel zu verfluchen.

Und doch gab es auch manche, die mit einem neuen Licht in den Augen zurückkamen, die zwar nicht den Kessel, wohl aber das gefunden hatten, was ihm Bedeutung verlieh. Es hatte einige Tage gedauert, bis Gwendivar bemerkte, dass Manus, der Igraine aus dem Norden begleitet hatte, mit den anderen Männern losgezogen war. Auch er war bislang nicht zurückgekehrt, doch sie konnte sich nicht erklären, weshalb sie sich um einen Küchenknecht sorgte.

Die Tage verstrichen, und Gai traf ein. Er wirkte friedlicher als zuvor, wenngleich er sich weigerte, viel über seine Reise zu erzählen.

»Ich habe nie auch nur eine Spur von den Dieben gefunden«, erklärte er. »Trotzdem fühle ich mich besser – vielleicht musste ich einfach nur mal raus ...«

Peredur wartete mit einer seltsamen Geschichte über ein Mädchen auf, das er an einer geheiligten Quelle traf, und Gwendivar fragte sich, ob auch er eine Begegnung mit dem Elfenvolk gehabt hatte. Gwyhir kehrte triumphierend zurück, weil er mehr Geächtete getötet hatte als Vortipor. Der junge Amminius kam nicht zurück, sandte jedoch eine Botschaft, die besagte, dass er seine Welt verlasse, um sich einem Einsiedler anzuschließen, den er in einem Wald getroffen hatte.

Bei Neumond wusste man um den Verbleib der bekanntesten Krieger, mit Ausnahme Gwalchmais. Anfangs weigerte Artor sich, Sorge einzugestehen. Sein Neffe besaß weithin den Ruf, der beste Kämpfer einer Armee zu sein, die als die beste Britanniens galt. Gewiss kam er mit jedem Feind zurande, der ihn herauszufordern wagte. Doch als im Verlauf der Zeit immer noch keine Kunde über ihn eintraf, gestand man sich allmählich ein, dass selbst der großartigste Kämpfer einem Hinterhalt oder schierer Übermacht zum Opfer fallen konnte. Und doch musste Gwalchmai selbst in der Unterzahl seine Haut so teuer verkauft haben, dass die Götter ihm stehend Beifall gespendet hätten.

Aber dann, als die erste Sichel des Neumondes am nachmittäglichen Himmel schimmerte, berichtete die Torwache, dass ein einsamer Reiter die Straße heraufkam, ein großer Mann mit einem strohblonden Haarschopf. Jenes Haar und der rotweiße Schild waren in ganz Britannien berühmt. Als Gwalchmai durch das Tor ritt, hatte sich die gesamte Bevölkerung Camelots versammelt, um ihn zu begrüßen.

»Was ist denn hier los?«, fragte er, während er sich umsah. »Findet ein Fest statt?«

Was immer er getrieben hatte, er hatte nicht gekämpft, denn kein einziges Mal verunzierte ihn. Vielmehr wirkte er jünger. Der Kittel, den er trug, war neu und aus grünem Leinen gefertigt, mit Stickereien um den Kragen und entlang der Säume.

»Allein dich zu sehen ist ein Fest!«, rief Gwyhir aus. »Wo warst du bloß, Mann? Wir haben uns Sorgen um dich gemacht!«

»Oh …« Schamesröte überzog Gwalchmais Gesicht. »Das wusste ich nicht.« Eine Pause entstand. »Ich habe geheiratet«, erklärte er schließlich.

Einen größeren Tumult hätte er wohl kaum auslösen können, dachte Gwendivar, wenn er einen neuen Einmarsch der Sachsen verkündet hätte. In Kriegszeiten galt Gwalchmai als beherzter Kämpfer. In Friedenszeiten hatte er sich den Ruf erwirkt, ein großer Liebhaber von Frauen zu sein. Man hätte ihm beinahe jede Tat zugetraut, sowohl im Schlafgemach als auch auf dem Schlachtfeld – beinahe alles, nur keine Ehe.

Er berichtete ihnen später davon, nachdem sich alle in der Halle eingefunden hatten. Gwalchmai war der Straße nach Norden gefolgt. Nach einem Tagesritt war er auf die

Spur einer großen Gruppe von Männern gestoßen und dieser zu einem Pfad gefolgt, der durch einen Waldstreifen führte. Er hatte die Gruppe gerade rechtzeitig eingeholt, um einen Angriff auf einen alten römischen zweirädrigen Karren zu verhindern, in dem sich zwei Frauen und ein greiser Mann befanden.

»Ihr Name ist Gracilia. Sie war Witwe und lebte in einer alten Villa. Mit Müh und Not und drei Sklaven hielt sie das Gehöft über Wasser.«

»Sie muss außerordentlich schön sein …«, meinte Vortipor, was Gwendivar insgeheim bezweifelte. Sie hatte immer den Eindruck gehabt, Gwalchmai hätte deshalb so viel Erfolg bei Frauen, weil er sie *alle* wunderschön fand.

»Sie …« Hilflos mit den Armen fuchtelnd, suchte Gwalchmai nach Worten. »Sie ist, was ich brauche.«

Sie ist sein Gefäß des Lichts, dachte Gwendivar, während die Unterhaltung sich fortsetzte.

»Ich dachte, ich hätte Britannien sicher gestaltet, weil keine Feinde von außerhalb der Landesgrenzen mehr angreifen«, erklärte Artor schließlich. »Aber du bist nicht der Einzige, der einem schlimmen Übel innerhalb der Grenzen begegnet ist. Meine Verletzungen haben mich zu lange an Camelot gefesselt. In Zukunft wird das anders werden, das schwöre ich.«

Nach dem Vollmond lag Morgause drei Tage lang halb bewusstlos und bar jeder Kraft darnieder. Als Doli, der sich Sorgen machte, weil sie ihn am nächsten Morgen nicht gerufen hatte, zu ihr gegangen war, fand er den Kessel in der Truhe und seine Herrin bewusstlos daneben vor. Morgause konnte sich nicht besinnen, ihn zurückgelegt zu haben, aber eine ganze Weile erwies sich ihre gesamte Erinnerung an jene Nacht als bruchstückhaft, wie etwas aus einem Traum.

Doch gewisse Vorfälle blieben ihr im Gedächtnis, und im Verlauf der nächsten Tage wurden sie zunehmend deutlicher.

Die Macht des Kessels war wesentlich stärker, als sie sich vorgestellt hatte, zudem weit schwieriger zu beherrschen. Die Insel der Maiden war der einzige Ort, wo er auf dieser Welt sicher aufbewahrt werden konnte.

Die Göttin, zu der der Kessel den Zugang darstellte, war ebenfalls gewaltiger, als sie zu glauben gewagt hatte, und die Erscheinungsformen, denen sie während der letzten zehn Jahre gehuldigt hatte, waren ebenso unzulängliche Ersatzformen des Ganzen wie jenes fahle Abbild, das anzubeten sie den Priesterinnen der Insel der Maiden übel genommen hatte.

Ihre Mutter liebte sie, und die Feindseligkeit zwischen ihnen war ebenso sehr Morgauses Fehler wie Igraines.

Nachdem eine Woche vergangen war und Morgause sich aufrecht halten konnte, ohne dass ihre Beine sich in Wasser verwandelten, befahl sie ihren Männern, das Lager abzubrechen, und sie setzten ihre Reise nach Norden weiter in Richtung Luguvalium fort. Sie kamen nur langsam voran, ihre Kraft kehrte allmählich zurück, und so verstrich ein Neumond, und es näherte sich bereits der nächste Vollmond, als sie in der Feste von Voreda eintrafen.

In jener Nacht suchten sie in den seit beinahe einem Jahrhundert verwaisten Kasernen Unterschlupf. Am nächsten Morgen führte Morgause den Weg zu jenem Pfad an, der sich westwärts durch die Hügel wand.

Einst hatte sie diesen Weg gut gekannt. Nun nahm sie die Aussicht, die sich hinter jeder Biegung der Straße offenbarte, mit neuen Augen wahr. Nie zuvor war ihr so bewusst gewesen, dass dies ein Ort jenseits der gewöhnlichen Wirklichkeit war, ein Reich von Riesen geschaffener Berge, die sich gleich Wächtern hinter den vertrauten Hügeln erhoben. Sie verbargen ein geheimes Land, das sie, die so sehr mit ihren eigenen Sorgen beschäftigt gewesen war, nie wahrhaft gekannt hatte.

Ihre körperliche Verfassung wurde täglich besser. Ihre Vergangenheit war vergessen, ihre Zukunft ungewiss. Sie begrüßte jeden Sonnenaufgang mit wachsendem Überschwang und fragte sich, was der neue Tag bringen würde, bis sie den letzten Anstieg erklommen und durch den schwarzen Saum der Kiefern ein blaues Glitzern erblickten.

Wo der Pfad eine Kurve auf die Bäume zu beschrieb, stand ein uralter Felsblock. Als Morgause noch hier gelebt hatte, pflegten die Maiden ihn den Thron zu nennen.

Jemand saß dort.

Noch bevor Morgause die Gestalt deutlich zu erkennen vermochte, spürte sie, wer es sein musste. *Meine Mutter wusste eben, dass ich kommen würde*, dachte sie. *Ich habe immer geglaubt, dass wir einander bekriegen würden, weil wir zu unterschiedlich sind, aber vielleicht war der eigentliche Grund, dass wir einander zu sehr ähneln …*

Mit ein paar Worten gebot sie Uinist und Doli Einhalt. Dann stieg sie ab, ergriff die Zügel des Ponys, auf dessen Rücken die Truhe befestigt war, und führte es zu dem Felsblock.

Als Morgause näher kam, erkannte sie, dass sie nicht die Einzige war, die sich verändert hatte. Sie hätte nie für möglich gehalten, dass ihre Mutter so zerbrechlich aussehen könnte. Das Sonnenlicht, das den Boden unter den Kiefernnadeln überzog, schien durch sie hindurchzuleuchten.

Und da war noch etwas. Igraine war eine ausgebildete Priesterin; Morgause hatte sie häufig in der bewusst und selbstbeherrscht stillen Haltung eines Rituals erlebt. Doch es war immer eine Spannung zu spüren gewesen, gleich der verhaltenen Kraftreserve eines gezügelten Kriegsrosses. Nun jedoch saß ihre Mutter nur still.

»Ich habe das Geschenk der Göttin zurück in seine Heimat gebracht«, sprach Morgause und ließ das Führungsseil fallen.

»Du sagst nicht, es zurück zu *mir* gebracht zu haben«, bemerkte Igraine.

»Es gehört nicht dir«, erwiderte Morgause. »Ebenso wenig mir ... das habe ich inzwischen gelernt.«

»Wenn du das begriffen hast, dann hast du eine Menge gelernt.«

»Das habe ich tatsächlich ...« Morgause stieß einen recht zittrigen Seufzer aus, sank zu Boden und hockte sich mit untergeschlagenen Beinen zu Füßen ihrer Mutter in den Staub. Durch die Bäume sah sie Sonnenlicht auf blauem Wasser funkeln und wusste, dass der See ein weiteres Gefäß der Macht darstellte.

Manus war beinahe der Letzte der Suchenden, der nach Camelot zurückkehrte, und als er kam, war er wie ein Krieger gekleidet und begleitete eine junge Priesterin, die von Igraine gesandt worden war.

»Ich bin froh, dich zu sehen!«, rief Gwendivar, nachdem das allgemeine Begrüßungsgemurmel verstummt war, »aber was ist denn all das?« Sie deutete auf die Rüstung »Du hast dich verändert!«

Als sich alle umdrehten, um ihn nochmals zu mustern errötete er, aber alle konnten sehen, dass er die Rüstung mit der Selbstverständlichkeit desjenigen trug, der daran gewöhnt war, und nicht wie ein Küchenknecht, der sie einem entlang der Straße gefundenen Leichnam abgenommen hat.

»Warum hat die Herrin vom See *dich* ausgesandt, um ihre Botin zu beschützen?«, erkundigte sich jemand.

Aggarban deutete mit dem Stock, auf den er sich gelehnt hatte, auf den Küchenknecht.

»Und wieso trägst du eine Votadini-Kluft?«

»Weil sie mir gehört!«, herrschte Manus ihn an und errötete abermals. »Und du bist ein blinder Hohlkopf, Bruder, der sich niemals dazu herablässt, die Menschen, die ihn bedienen, wirklich *anzusehen*, sonst hättest du mich schon früher erkannt!«

Es folgte ein Augenblick verblüfften Schweigens, dann brach Gwalchmai in schallendes Gelächter aus. »Fürwahr, Aggarban, jetzt hat er dich erwischt. Und eigentlich sieht er ziemlich wie Goriat aus, nicht wahr, Gwyhir?«

»Oh, das tut er, das tut er«, pflichtete der zweite Bruder ihm bei, dessen Blick emporwanderte, »nur ist er viel, viel größer ...« Und dann brachen alle in Gelächter aus, sogar Artor, der seine Unterhaltung mit der Priesterin beendet hatte.

»Und er hat euch alle übertroffen«, verkündete der König, »denn Goriat hat den Kessel gefunden oder bringt zumindest Kunde über ihn. So lautet die Botschaft, die meine Mutter mir schickt: Das geheiligte Gefäß befindet sich wohlbehalten in seinem Schrein, auch die Herrin der Votadini ist dort.«

»*Mutter?*«, rief einer der drei älteren Brüder aus; in ihren verblüfften Gesichtern konnte man eine flüchtige Familienähnlichkeit ausmachen.

»Also war es Morgause, die ihn gestohlen hat?«, meldete Gai sich inmitten anschwellender Mutmaßungen zu Wort.

»Davon sagt die Botschaft nichts, und was immer zwischen meiner Schwester und meiner Mutter steht, ist allein ihre Angelegenheit«, antwortete Artor mit einer Stimme, die keinen Widerspruch duldete.

»Wenn der Kessel gefunden worden ist, können ja all unsere wandernden Krieger nach Hause kommen«, meinte Gwendivar schließlich.

»Das spielt keine Rolle«, stellte Bediver fest. »So heidnisch der Kessel auch war, ich glaube, er war das, was die Priester als Sakrament bezeichnen – ein irdisches Symbol, das den Weg zu etwas jenseits allen Irdischen weist. Das ist es, was wir in jener Nacht gesehen haben, und das ist es, wonach sie suchen.«

»Vielleicht waren wir zu erfolgreich«, meinte Gai reumütig. »Als wir ständig in Gefahr vor den Sachsen oder den Iren schwebten, hatten die Menschen keine Zeit, sich um etwas anderes als ihre eigene Haut zu sorgen.«

»Und nun sorgen sie sich um ihre Sünden«, seufzte Artor.

»Tröstet Euch, Herr. So lange menschliche Wesen auf dieser Welt leben, werden sie eine gute Regierung brauchen, und der Himmel beherbergt nicht die einzige Schönheit, von der Menschen träumen.«

Kurz streiften Bedivers und Gwendivars Blick einander.

Dann schaute er weg. Doch andere waren der Bewegung gefolgt, und mit einem Mal stand Gwendivar im Mittelpunkt der Blicke aller Männer. Sie hörte ihre Gedanken klar und deutlich, wenngleich nicht mit den Ohren.

»Für manche befindet sich das Gefäß des Lichts hier …«

Igraine schlenderte am Ufer des Sees entlang. Jenseits der gegenüberliegenden Seite erhoben sich die buckligen Gestalten der Berge gleich einer schwarzen Mauer in den leuchtend blauen Nachthimmel und schlossen die Welt aus. Abgesehen vom Klatschen des Wassers und dem Knirschen ihrer Füße auf Stein and Schotter war die Nacht still.

Das Gelände erwies sich als uneben, weshalb sie sich vorsichtig bewegte und sich auf ihren Stock stützte, denn auf ihre steifen Gelenke würde sie sich nicht verlassen können, wenn sie stürzte. Dies war einer der Nachteile des Alterns, und im Augenblick fühlte sie sich sowohl alt als auch erschöpft.

Doch zum ersten Mal seit vielen Monaten empfand sie inneren Frieden. Ihre Tochter war nach Hause gekommen, so wie es Igraines Mutter einst vorhergesagt hatte. Morgause hatte noch ebenso viel zu verlernen wie zu lernen, ehe der Zorn und Hass, mit denen sie so lange Jahre gelebt hatte, gänzlich durch Weisheit und Liebe ersetzt sein würden.

Igraine gab sich nicht dem Glauben hin, dass ihre Beziehung stets friedvoll sein würde, aber wenigstens hatten sie jetzt überhaupt eine *Beziehung* an Stelle eines fortwährenden Kriegszustandes. Und die Herrin vom See verspürte keinerlei Verlangen, den Willen ihrer Tochter zu brechen – um über die Insel der Maiden zu herrschen, würde Morgause so stark sein müssen, wie sie sich in der Vergangenheit gezeigt hatte.

Nun aber sah Igraine eine Zeit vorher, da sie selbst in der Lage sein würde loszulassen.

Der See schlummerte unter den Sternen und warf nur ein gelegentliches Funkeln zurück; auf der Insel schliefen die Priesterinnen. Nur die Herrin vom See war noch wach. An der östlichen Stelle war eine Bank für jene aufgestellt worden, die der Sonne einen guten Morgen wünschen oder den Mond begrüßen wollten. Seufzend ließ Igraine sich darauf nieder und legte den Stock beiseite. Ihre Priesterinnen kamen oft hierher, wenn der Mond neu oder voll war. Der abnehmende Mond hingegen glich einer alten Frau, die spät aufstand, über die stillen Stunden zwischen Mitternacht und Sonnenaufgang herrschte und somit wenig Anbeterinnen hatte.

Sie ist wie ich ... Igraine lächelte in sich hinein. Sollte Morgause doch lernen, die Macht des Vollmondes zu beherrschen. Ihre Ankunft hatte ihrer Mutter die Möglichkeit eröffnet, die Geheimnisse des abnehmenden Mondes zu studieren und wahrhaft zu dem Raben zu werden, dessen Schwingen in Anderswelt leuchtend weiß schimmern: Branwen, die verborgene Königin.

Als wäre der Gedanke ein Ruf gewesen, erblickte Igraine hinter dem Berg einen fahlen Schimmer. Einen Lidschlag später erschien die silbrige Sichel des Mondes am Himmel.

»Herrin der Weisheit, sei willkommen«, flüsterte Igraine. »Schneide fort, was ich nicht mehr brauche und reinige meinen Geist, bis es für mich an der Zeit ist, in deinen dunklen Kessel zurückzukehren und wiedergeboren zu werden ...«

NACHWORT

Der Heilige Gral und die Schätze Britanniens

Die apokryphe Tradition

Eine der zentralen und zugleich widersprüchlichsten Legenden um König Artus handelt von der Suche nach dem Heiligen Gral. Nach traditioneller Auffassung wird der Gral mit dem Kelch gleichgesetzt, den Jesus Christus beim Letzten Abendmahl benutzte, oder mit dem – möglicherweise identischen – Gefäß, mit welchem Joseph von Arimathia das Blut Christi am Kreuz auffing, nachdem ein römischer Soldat ihm mit der Lanze die Seite geöffnet hatte.

Diese Legenden gehen im Kern zurück auf die so genannten Pseudo-Apokryphen, Schriften über das Leben und die Lehre Jesu, welche nie den kanonischen Status der vier Evangelien und der anderen Texte des Neuen Testaments erlangten. Aus dem Bedürfnis heraus entstanden, mehr über das Leben und Wirken des Erlösers zu erfahren, schmücken sie oft Episoden aus, über welche die Bibel schweigt, etwa die Kindheit des Herrn oder die Taten der Apostel. Literarisch meist von minderem Rang, haben sie dennoch einen großen Einfluss auf die Kunst und Literatur des Mittelalters gehabt.

Eine dieser apokryphen Schriften ist das Nikodemus-Evangelium, vermutlich entstanden im 4. Jahrhundert n. Chr. Es berichtet vom Prozess Jesu und der unmittelbar darauf folgenden Zeit. In ihm spielt jener Joseph von Arimathia eine wichtige Rolle, der Ratsherr, der das Grab für die Beisetzung des Leichnams zur Verfügung stellte (Mk 15, 43-46). Die katholische Kirche zählt ihn deswegen zu ihren Heiligen. Nach der Apokryphe wird er unmittelbar nach Christi Grablegung ins Gefängnis geworfen. Dort erscheint ihm der auferstandene Christus, befreit ihn aus dem Kerker und bringt ihn heim in sein Haus.

Aus diesem Kern entwickeln sich im Mittelalter weitere Legenden. So heißt es, dass Joseph von Arimathia – der zum Onkel Jesu erklärt wird – ein Zinnhändler gewesen sei und bereits mit dem Jesusknaben den Weg zu den britischen Inseln gefunden habe. Nach der Kreuzigung sei Joseph ein weiteres Mal nach Britannien gefahren und habe dabei den heiligen Kelch mitgebracht. An Land angekommen, habe er seinen Stab in den Boden gestoßen, und dieser habe sofort Wurzeln getrieben. Der örtliche König, so wird weiter berichtet, schenkte ihm dort ein Stück Land, und Joseph baute darauf eine Kirche, die später zur Abtei von Glastonbury wurde. Aus dem Stab sei ein Weißdorn gesprossen, der zweimal im Jahr, im Frühling und zu Weihnachten, Blüten trage, und noch heute zeigt man an Ort und Stelle den »Glastonbury Thorn«, wenngleich das Weihnachtswunder in der modernen Kälte verdorrt ist.

Es gibt noch weitere Legenden über diesen Heiligen, die andere Gegenden zum Ziel haben. Nach gallischer Überlieferung wurde er zusammen mit Lazarus, Martha,

Maria Magdalena und anderen in einem Boot ausgesetzt, das dann nach Marseille trieb. Eine andere Fassung, spanischen Ursprungs, berichtet, dass diese Gruppe nach Aquitanien gelangt sei. All dies scheinen Versuche zu sein, irgendeine Verbindung zwischen dem Evangelium und dem keltischen Lebensraum herzustellen, wovon das meiste getrost in das Reich der Legende verwiesen werden kann.

Das Gefäß der Fülle

Der Grund für diese Verbindung mag aus einer späteren Version der Nikodemus-Apokryphe hervorgehen. Das Versepos Joseph d'Arimathie des Robert de Boron (nach 1191) erzählt, dass der auferstandene Jesus den Kelch Joseph von Arimathia im Kerker überreicht habe. Als Joseph und seine Gefährten Hunger litten, wurden diejenigen unter ihnen, die nicht gesündigt hatten, auf wundersame Weise gespeist. Dieses Motiv, das sich durch die ganze Gralssage zieht, findet seine Vorstufe in den magischen Objekten der keltischen Mythologie, der nie versiegenden Schale des Überflusses und dem Kessel, der den Würdigen vom Unwürdigen zu unterscheiden weiß.

Dies hat zunächst einen ganz realen Hintergrund. Tafelgeschirr wie ein Kessel oder eine Schale waren im Altertum wie auch im Mittelalter nicht ungewöhnlich. Es galt als die vornehmste Aufgabe eines Fürsten, sein Gefolge zu ernähren, und Freigebigkeit war eine seiner hervorragendsten Tugenden. In den irischen Sagen, die im *Buch von Leinster* (um 1150) gesammelt sind, ist von einem Kessel, der niemals leer wurde, am Hof des Königs Conchobar die Rede. Dies entspricht im walisischen Mabinogion, eine Sammlung von Sagen und Romanzen, deren früheste Fassung im *Weißen Buch Rhydderchs* (um 1350) aufgezeichnet ist, dem Füllhorn des Königs Brân, aus welchem jeder »den Trank und die Speise erhielt, die man sich wünschte«. Der Kessel des Diwrnach dagegen, einer der dreizehn Schätze Britanniens, bot dem tapfersten Helden das beste Stück Fleisch, dem Feigling dagegen gar nichts.

Daneben hatte der Kessel bei den Kelten auch eine lange kultische Tradition. Seit der Hallstattzeit gehört der Bronzekessel zum beliebtesten Grabgut; kaum ein Fürst hat sich ohne einen solchen bestatten lassen. Der fünfhundert Liter fassende Bronzekessel des Fürsten von Hochdorf aus dem späten 6. Jahrhundert v. Chr. enthielt Honigmet, der vermutlich für das Fest der Anderswelt bestimmt war. Bei diesem Kessel handelte es sich im Übrigen um etruskische Importware; nur einer der drei Löwen am Rand, der wohl verloren gegangen war, wurde von einem einheimischen Feinschmied in minderer Qualität nachgebildet.

Interessanter sind die figürlich verzierten keltischen Kessel. Drei der Besten dieser Art stammen aus dänischen Mooren. Das Prunkstück davon, der Kessel von Gundestrup, der aus Platten von insgesamt knapp 9 Kilogramm vergoldeten Silbers gearbeitet ist, steht heute im Nationalmuseum Kopenhagen. Er datiert vermutlich aus dem 2.–1. Jahrhundert v. Chr.; die Datierung ist ebenso umstritten wie die genaue Herkunft. Die Art, wie er zerlegt und der Erde anvertraut wurde, lässt eher auf ein Ritual als auf eine hastige Flucht schließen. Was den Kessel jedoch zu etwas ganz Besonderem macht, ist die Tatsache, dass er innen wie außen mit Darstellungen von Göttern, Göttinnen, heiligen Tieren und ganzen zusammenhängenden mythologischen Szenen versehen ist.

Die Interpretationen, die für diese Reliefs vorgeschlagen wurden, sind vielfältig: Ernte- oder Jahreszeitenfeste, die Geburt eines Gottes, Opferszenen oder Bilder aus der keltischen Sage. Am überzeugendsten ist noch die Deutung von J.-J. Hatt in *Kelten und Gallo-Romanen* (Genf 1970), der in den Darstellungen auf den zwölf Platten und dem Deckel der großen Götter Galliens – Taranis, Cernumnos, Teutates und die königliche Muttergöttin Rigana – zu erkennen glaubt.

Die Herrin der Quelle

Es fällt auf, dass auf den keltischen Kesseln vor allem männliche Gottheiten abgebildet sind. Dies mag daran liegen, dass der starke Auftrieb, den die Kriegerklasse zwischen dem 5.-3. Jahrhundert v. Chr. nahm, sich in der Mythologie niedergeschlagen hat. Darin finden sich alte indogermanische Muster wieder: Der Himmelsgott führt einen kosmischen Kampf mit den Mächten der Erde.

Dies widerspiegelt womöglich einen sehr viel länger zurückliegenden Konflikt, der in Jahrtausenden, nicht in Jahrhunderten zu messen ist. Es ist schwer, über einen so langen Zeitraum hinweg gesicherte Erkenntnisse zu gewinnen, aber es scheint, dass vor etwa 8000 Jahren die friedfertige Ackerbaukultur der Jungsteinzeit durch das Eindringen kriegerischer Hirtenvölker aus dem Osten zerstört wurde. Diese neuen Herrscher brachten eine andere Gesellschaftsordnung mit, welche hierarchisch und patriarchalisch strukturiert war.

Reste der alten matriarchalischen Struktur finden sich an Orten wie Malta, dessen Megalithbauten – nach den Funden zu urteilen – einer weiblichen Gottheit geweiht waren, und verstreut in ganz Europa. In ihnen scheint immer wieder eine Figur auf: die Erdgöttin, die in dreifacher Gestalt auftritt, als Jungfrau, Mutter und Greisin.

Vor allem Quellen und Brunnen betrachtete man als machtvollste Bekundung der Leben spendenden Fülle der Göttin, und die in den keltischen Sagen immer wieder auftauchende »Herrin der Quelle« oder »Herrin vom See« ist nur eine ihrer Erscheinungsformen. Nach wie vor gibt es auf den britischen Inseln wie auch in ganz Europa eine Vielzahl von Brunnen und Quellen, die von alters her als heilige oder wundertätige Wunschbrunnen verehrt und auch heute noch der heilenden oder fruchtbar machenden Eigenschaften ihres Wassers wegen aufgesucht werden.

In historischer Zeit wurden mit den heiligen Brunnen lokale Schutzgöttinnen verbunden. So standen etwa die heißen Quellen von Bath unter dem Schutz einer Göttin namens Sul, von der sich der lateinische Name Aquae Sulis, »die Wasser der Sul«, ableitet. Dass es sich dabei um eine chthonische Gottheit handelt, lässt sich auch daraus ersehen, dass es eine Orakelstätte in ihrem Namen gab, wie inschriftlich bezeugt ist.

Solche Quellen, welche die Leben schenkenden und erhaltenden Prozesse fördern, sind sozusagen der Urkessel, der Schoß der Muttergöttin, die das Leben entlässt, und damit zugleich der Ursprung aller Weisheit.

Die Hüterin des Kessels der Anderswelt, in dem Inspiration und göttliches Wissen gebraut werden, ist in der britischen Mythologie Ceridwen, die Herrin des Korns. Sie wird gewöhnlich dargestellt als alte Frau, erfüllt von dunklen, prophetischen Kräften. Ihr Attribut ist die Muttersau als Symbol der Fruchtbarkeit.

Wie viele andere keltische Göttinnen hatte Ceridwen zwei unterschiedliche Kinder. Eines war Creidiu, das schönste Mädchen, das je geboren wurde; ihre Person strahlte Licht und Wärme aus. Das andere war Afagaddu, der hässlichste Junge, der je gelebt hat; seine Seele war dunkel und kalt. Um ihren Sohn für das Missgeschick seiner Geburt zu entschädigen, beschloss Ceridwen, ihm einen Trank zu brauen, der ihm die Gabe der Inspiration und der Weisheit verleihen würde sowie die Fähigkeit, alles Vergangene, Gegenwärtige und Zukünftige zu wissen. Nachdem sie die nötigen Zauberkräuter gesammelt hatte, warf sie diese in den Kessel und setzte ihren Ziehsohn Gwion daran, das Gebräu ein Jahr und einen Tag lang umzurühren. Als die Zeit verstrichen war, spritzten drei Tropfen des heißen Suds auf Gwions Daumen. Als der Knabe darauf den Daumen in den Mund steckte, um ihn zu kühlen, wurde er von der Macht des Trankes erfüllt. Nachdem dieser seine Essenz verloren hatte, war der Rest giftig, und der Kessel zersprang.

Gwion wusste sogleich, dass sein Leben in Gefahr war, und floh. Als Ceridwen den geborstenen Kessel sah, wurde sie zornig und verfolgte Gwion in Gestalt einer schwarzen Hexe. Sobald Gwion sie kommen sah, benutzte er seine neuen Kräfte und verwandelte sich in einen

Hasen. Ceridwen verwandelte sich daraufhin in einen Jagdhund. Immer wieder veränderte er seine Gestalt, aber Ceridwen tat es ihm nach. Als er sich schließlich in ein Weizenkorn verwandelte, da er sich so zwischen den Tausenden anderer Weizenkörner sicher fühlte, nahm Ceridwen die Gestalt eines Huhns an und pickte ihn auf. Neun Monate später kam sie nieder und brachte einen verwandelten Gwion in Gestalt des allsehenden Dichters Taliesin zur Welt.

Das Bild von der Hexe und ihrem Kessel ist das, was von dieser Geschichte übrig bleibt, bis zu den drei Hexen in Shakespeares *Macbeth* und der bösen Hexe in den Märchen der Brüder Grimm. Doch die Geschichte von Ceridwen zeigt, dass der Kessel an sich weder gut noch böse ist. Für den Unwürdigen bringt er den Tod. Nur dem Auserwählten, meist dem Unschuldigen, wird die Verwandlung zuteil.

Die Schätze der Kelten

Die Sagen der Kelten sind voll von Verwandlungen und übermenschlichen Taten; es wundert daher nicht, dass es auch eine Vielzahl von magischen Gegenständen darin gibt, die zum großen Teil selbst eine Geschichte haben.

Die Geschichte *Culhwch und Olwen*, die zu den späteren Episoden des Mabinogion gehört, erzählt von dreizehn Schätzen, die Culhwch, ein Vetter Arthurs, dem Häuptling der Riesen als Brautgabe für dessen Tochter Olwen erbringen soll. Nach dieser Sage bestanden die dreizehn Schätze aus einem Schwert, einem Korb, einem Trinkhorn, einem Streitwagen, einem Halfter, einem Messer, einem Kessel, einem Wetzstein, einem Gewand, einer Pfanne, einem Teller, einem Schachbrett und einem Mantel, alle mit wundersamen Eigenschaften versehen. Im *Buch von Leinster* wird die Geschichte von den drei Söhnen Tuirenns erzählt, die in ähnlicher Weise wie Culhwch und Arthur magische Gegenstände gewinnen müssen, in diesem Fall als Sühne für einen Mord. Dabei geht es um Äpfel des Lebens, ein Eberfell, einen Speer, einen Streitwagen mit Pferden, eine Schweineherde, einen Hundewelpen und einen Bratspieß. Dass es bei solchen Listen Diskrepanzen gibt – selbst innerhalb verschiedener Versionen der Legende –, ist nicht verwunderlich. Jeder hatte von den Schätzen der Vorzeit gehört. Worin sie bestanden und woher sie kamen, darüber gab es unterschiedliche Auffassungen. Einig war man sich ferner darüber, dass sie in dieser Welt nicht mehr existierten.

Dass die dreizehn Schätze Britanniens heute nicht mehr auf Erden sind, wird mit der Geschichte von Merlins Abschied verbunden. In der Legende ist es Bardsey Isle vor der Küste von Caernavonshire, wohin sich Merlin, begleitet von neun Barden – was den Namen der Insel erklärt –, am Ende mitsamt jenen Schätzen zurückzog.

Die einzige Mythologie innerhalb des keltischen Kulturkreises, welche diese Vielzahl von heiligen Gegenständen auf ein begriffliches System reduziert, ist die irische. Die dort geschaffene Ordnung ist so stringent, dass sie durch das ganze christlich überformte Mittelalter und zum Teil bis in die heutige Zeit nachwirkt.

Die Geschichte der Tuatha Dé Danann, wörtlich übersetzt als »Volk der Göttin Dana«, ist enthalten im *Leabhar Gabhála Éireann*, dem »Buch der Eroberungen Irlands«, einem irischen Manuskript des 12. Jahrhunderts. Die keltische Mythologie, soweit überliefert, enthält keine Geschichte über die Entstehung der Welt. Das mythologische Irland wurde als ein leeres Land vorgestellt, welches in mehreren Wellen besiedelt wurde. Darin spiegelt sich die historische Völkerwanderung der Kelten, die über Jahrhunderte hinweg immer weiter nach Westen drängten, bis sie von der Atlantikküste aufgehalten wurden.

Die Danaer bildeten die fünfte von sechs Invasionen, aber sie können im eigentlichen Sinne als die Götter Irlands angesehen werden, und auch die Halbgötter der walisischen Sage sind nach ihrem Vorbild geformt. Nach dem »Buch der Eroberungen« waren die Danaer selbst die Letzten der Nemedier, eines der früheren Invasionsvölker, doch während ihres Exils in einem unbekannten Land erwarben sie magische Fähigkeiten unterschiedlicher Art. Vor allem aber brachten sie aus den vier Städten jenes Landes vier heilige Gegenstände mit: das Schwert von Findias, den Speer von Gorias, den Kessel von Murias und den Stein von Falias.

Nachdem die Danaer in einem magischen Nebel in Irland gelandet waren, besiegten sie die dort ansässigen Fir Bolg, ebenfalls Abkömmlinge der Nemedier, in der Schlacht von Magh Tuiredh. Sie verteidigten das Land in einer zweiten Schlacht gegen die halbmenschlichen Fomorier, mit denen sich die Fir Bolg verbündet hatten, und wurden schließlich von dem sechsten und letzten

Invasionsvolk, den Söhnen Míls – den Gälen –, besiegt. Nach ihrer Niederlage verhandelten sie mit den Siegern, um zumindest die Hälfte ihres Reiches zu behalten. Die Milesier wiesen ihnen die untere Hälfte zu, und dort lebt, wie es heißt, das Volk der Sídhe, der Hohlen Hügel, bis auf den heutigen Tag.

Das Schwert der Macht

Ursprünglich, während des Exils, herrschte der Dagda, der »Große Gott«, über die Danaer; inwieweit die Muttergöttin Dana ebenfalls eine Herrscherfunktion ausgeübt hat, ist unklar, da sie in der Geschichte nie direkt in Erscheinung tritt. Während der Invasion wird jedoch das Volk von Nuadu, dem Träger des magischen Schwertes, angeführt. Doch trotz dieser Waffe, welche Wunden schlägt, die niemals heilen, wird ihm in der Schlacht gegen die Fir Bolg die Hand abgetrennt. Als ein Versehrter kann er nach dem Gesetz nicht mehr König sein. Auch die silberne Hand, die ihm Diancécht, der Heiler der Danaer, anpasst und die genauso beweglich ist wie eine echte, kann daran nichts ändern.

Der neue von den Danaern erwählte König, Bres, halb Danaer und halb Fomorier, erweist sich als schlechte Wahl, denn er ist tyrannisch und geizig. Er wird wieder abgesetzt, und Nuadu übernimmt erneut die Herrschaft. Denn inzwischen hat ihm Midach, der Sohn Diancéchts, seine abgetrennte Hand wieder angesetzt – wofür er von seinem Vater getötet wurde, welcher es nicht verwinden konnte, dass sein Sohn ein besserer Arzt war als er. Erst als Lugh Lamfhada – von dem noch zu berichten sein wird –

an den Königshof von Tara kommt, tritt Nuadu freiwillig zu dessen Gunsten zurück. Nach der einen Überlieferung fällt er in der zweiten Schlacht von Magh Tuiredh; nach der anderen lebt er weiter in den Hohlen Hügeln. Was aus seinem Schwert wurde, ist nicht überliefert.

Doch in dem walisischen Gedicht des 9. Jahrhunderts, *Preiddeu Annwfn*, »Die Beute von Annwn«, betitelt, das sich auf eine verloren gegangene Sage bezieht, wird ein machtvolles Schwert erwähnt, welches von einem gewissen Llwch Lleiminawg geschmiedet wurde. Dieses Schwert taucht später in *Culhwch und Olwen* wieder auf, wo es ›Caladfwlch‹ genannt wird. Dieses magisches Schwert aus Licht ist das legendäre keltische Glaive, der Vorläufer aller großen Klingen, die nur von Helden geführt werden können, die von der Bestimmung dazu auserwählt sind. Solche Schwerter besitzen einzigartige Eigenschaften, und oft verleihen sie dem Besitzer übermenschliche Fähigkeiten. Doch wie alle Gaben der Götter sind sie zweischneidig, und das Schicksal des Mannes ist unweigerlich mit dem des Schwertes verbunden.

Auch für Artus' Aufstieg ist ein Schwert von großer Wichtigkeit. Sein Anspruch auf den Thron und seine Vermählung mit der Herrin des Landes stehen und fallen damit, ob er ein Schwert aus einem Stein ziehen kann. Doch seine wahre Macht liegt in einem anderen Schwert begründet, das ihm von der Herrin vom See verliehen und am Ende wieder in ihre Obhut gegeben wird. In der lateinischen *Historia Regum Britanniae*, der »Geschichte der Könige Britanniens«, des Geoffrey von Monmouth (um 1136) heißt dieses Schwert ›Caliburnus‹, woraus später ›Excalibur‹ wurde.

Das Blankziehen des Schwertes durch unwürdige Hände führt zur Verödung des Landes, welches der Held wieder in seinen ursprünglichen blühenden Zustand versetzen muss. In der *Queste del San Graal*, einer Prosa-Erzählung aus dem *Vulgate*-Zyklus, der im frühen 13. Jahrhundert von zisterziensischen Mönchen zusammengestellt wurde, wird die Geschichte des Schwertes Davids erzählt. Salomons Weib legte die Waffe in ein Schiff, das durch die Zeiten fuhr und schließlich von drei christlichen Gralsrittern gefunden wurde. Der Letzte, der das Schwert berührt hatte, war ein König gewesen, der von einer Lanze zwischen den Schenkeln verwundet worden und dadurch impotent geworden war.

Der Speer des Lichts

In nahezu allen keltischen Heldengedichten wird die Meisterschaft mit dem Speer besungen. Im Mittelalter, zur Zeit der Artusepen, war der Speer als Kriegswaffe weitgehend durch die Lanze ersetzt worden, Symbol der ritterlichen Tugenden und Zeichen der Herausforderung.

Der ursprüngliche keltische Speer lässt jeden, der davon getroffen wird, kraftlos niedersinken und versetzt ihn in einen Zustand, in dem er weder genesen noch sterben kann. Er ist die Waffe Lughs, des irischen Sonnenhelden, der den Beinamen Lamfhada, »der mit der langen Hand«, trägt; in Wales wird er Lleu Llaw Gyffes, »der Helle mit der geschickten Hand« (oder »der Löwe mit der sicheren Hand«), genannt, im Gallischen Lug oder Lugos. Es heißt, dass Lugh die Waffe von seinem Ziehvater Manannán mac Lir erhalten habe; nach anderer Überlieferung jedoch stammt sie von seinem fomorischen Großvater, dem Riesen Balar. Dies war jener magische Speer, der von den Danaern nach Irland gebracht worden, aber in der ersten Schlacht von Magh Tuiredh verloren gegangen war.

In der Auseinandersetzung stellt Lugh sich jedoch auf die Seite der Danaer. Von Nuadu als »Meister aller Künste« und wahrer König anerkannt, führt er das Volk der Göttin Dana in die zweite Schlacht von Magh Tuiredh gegen die Fomorier und tötet dessen König Balor mit einem gezielten Wurf in sein alles vernichtendes einziges Auge.

Diesen Wurf tut er nicht mit dem Speer, sondern mit einer Steinschleuder, wie David im Kampf gegen Goliath. Doch es handelt sich bei diesem Wurfgeschoss im Prinzip um dieselbe Waffe. Lugh erweist sich damit als einer jener Götter der zweiten oder dritten Generation, welche das Erbe des ursprünglichen Himmelsgottes antraten. So ist etwa der griechische Zeus, der Sohn des Ouranos, ein Schleuderer von Donnerkeilen. Auch bei dem Gae Bolga, der unwiderstehlichen Waffe des irischen Helden Cú Chulainn, die dieser mit den Zehen schleuderte, ist nicht klar, ob es ein Speer oder vielleicht ein Blitz ist.

Auch das Attribut des germanischen Odin (Wotan), der den ursprünglichen Götterkönig Tyr (Ziu) beerbte, ist ein Speer. Odin erwarb sich den Speer, indem er neun Tage und neun Nächte an der Weltenesche Yggdrasil hing, in einer schamanischen Transformation, wie sie in ähnlicher Weise von dem walisischen Lleu erzählt wird. Dieser Speer, mit Runen versehen und mit Blut gefärbt, gibt ihm Macht über die Natur, aber er wendet sich gegen ihn, wenn der Gott selbst gegen das Naturgesetz verstößt. Als Odin versucht, seinen Sohn Baldur zu schützen, indem er (fast) die ganze Natur darauf einschwört, ihn nicht zu verletzen, ist es der blinde Gott Höd, der den Helden mit einem geworfenen Mistelzweig tötet.

Nur der Speer selbst vermag die Wunden, die er schlägt, zu heilen. In der christlichen Legende wird der Speer zur Lanze des Longinus, welche während des Ersten Kreuzzugs im Jahre 1098 auf wundersame Weise in Antiochia aufgefunden wurde. Eine antike Lanzenspitze wird heute als Reliquie in Wien aufbewahrt. Der Name Longinus für den Soldaten, der bei der Kreuzigung die Seite Christi durchbohrte (Joh 19, 34), gleichgesetzt mit dem Hauptmann, der die Kreuzigung überwachte (Mk 15, 39; Mt 27, 54; Lk 23, 47), taucht erstmals im Nikodemus-Evangelium auf, das sich auf vorgebliche Pilatus-Akten beruft. Nach einer griechischen Märtyrerlegende war Longinus blind gewesen, und als er mit seiner Lanze die Seite Christi öffnete, seien ein paar Tropfen vom Blut Christi auf seine Augen gespritzt, und fortan war er wieder sehend. Durch dieses Wunder wurde Longinus bekehrt. Der dem heiligen Longinus geweihte Feiertag ist der 15. Mai, derselbe Tag, der bei den Germanen dem Höd heilig war.

Der Kessel des Lebens

Der irische Kessel wird vor allem mit dem Dagda in Verbindung gebracht, der auch »der Rote Mann allen Wissens« genannt wird. Er verbindet Aspekte des Himmelskönigs mit denen einer Fruchtbarkeitsgottheit. Seine Waffe ist die Keule, und er ist von so grotesker Gestalt, dass man geneigt ist, ihn einer früheren mythologischen Schicht zuzuordnen als die übrigen Götter der Danaer – ebenso wie auch die Göttin Dana selbst.

Der Kessel des Dagda ist ein nie versiegendes Gefäß, »von dem sich niemand ungesättigt entfernt«. Zudem hatte der Kessel des Dagda, ebenso wie das eine Ende seiner Keule, die Macht, Verwundete zu heilen. Die Überlieferung erwähnt auch verschiedene andere Heilkessel, in welche der Held getaucht wird, um im nächsten Augenblick in einen Giftkessel getaucht zu werden, der ihn stählen und unverwundbar machen soll.

Der walisische König Brân, genannt »der Gesegnete«, besaß einen Kessel, in welchem sogar tote Krieger wieder zum Leben erweckt wurden. Diese konnten allerdings nach ihrer Wiederbelebung nicht sprechen, da sie sonst den Lebenden zu viel über den Tod hätten erzählen können. Diesen Kessel gab Brân König Matholwch von Irland als Entgelt für die Schmach mit, die man ihm in Wales zugefügt hatte. Als dieser dennoch seine Gemahlin Branwen, Brâns Schwester, verstieß, zog Brân mit seinem Heer über die Irische See, und es kam zu einer Schlacht. Zuerst hatten die Iren dabei die Oberhand, weil Matholwch in jeder Nacht die Getöteten in den Kessel warf, um sie wieder zum Leben zu erwecken. Erst als Brâns Halbbruder Efnisien sich zwischen den Toten versteckte und lebend in den Kessel geworfen wurde, zersprang dieser in Stücke.

In der christlichen Überlieferung schrumpft der Kessel zu einer Schale oder einem Kelch, dem Gral der Artuslegende. Obwohl auch dieser ein heilendes und nährendes Gefäß ist, besitzt er gleichfalls Eigenschaften, welche die bestehende Ordnung gefährden. So scheint das irdische Reich von König Artus zu gedeihen und zu blühen, als der Gral zum ersten Mal in der Tafelrunde erscheint. Doch unter der Oberfläche zeigen sich bereits Stillstand und Niedergang. Die Suche nach dem Gral zieht den Zerfall der

Tafelrunde nach sich, weil nur wenige würdig sind, das letzte Geheimnis zu schauen, welches der Gral verkörpert.

Der Stein des Schicksals

Von den vier bezeichneten Schätzen ist der Stein wohl der vielgestaltigste. Er begegnet uns in den Gralslegenden als Scheibe, Teller oder Platte, als Tisch – König Artus' Tafelrunde –, als Spielbrett oder sogar als Thron.

Während die anderen drei heiligen Gegenstände als Attribute für Gottheiten dienen, ist der Lia Fáil, der Stein des Schicksals, ein für sich stehendes Objekt. Dies hat er gemein mit anderen Idolen, die eine nicht-anthropomorphe Form des Göttlichen verkörpern. Von dem keltischen Stein heißt es, dass er aufschrie, wenn der wahre König seinen Fuß daraufsetzte. Als irischer Königsstein wird heute noch den Touristen ein Fels im Boden eines Hügels bei Tara gezeigt. Die Überlieferung will jedoch wissen, dass der wahre Lia Fáil nach Scone in Schottland verbracht wurde, wo er den schottischen Königen als Krönungssitz diente; ohne diesen Stein war die legitime Macht des Königs zweifelhaft. Dieser Stein wurde später von den Engländern nach Westminster verschleppt, und er war dort unter dem Sitz des Thrones angebracht, auf dem der britische Monarch sich nach seiner Krönung niederließ. Heute befindet er sich in Edinburgh Castle und soll in Zukunft nur noch zu Krönungsfeierlichkeiten nach London gebracht werden. (Natürlich gibt es nationalistische Schotten, die diesen Stein für eine Fälschung halten und behaupten, der wahre Stein von Scone sei irgendwo in Schottland verborgen.)

In der Gralslegende gibt es einen gefährlichen Sitz, der stets leer bleibt, weil er jedem Ritter den Tod bringt außer dem, der den Gral erringen wird. Aber dies dürfte seine Wurzel eher in jenen gefährlichen Stätten haben, an denen sich diesseitige Welt und Anderswelt berühren und wo der Held auf seine Prüfung warten muss.

Die naheliegendste Deutung für den Stein des Schicksals ist, dass er das Land selbst symbolisiert; dies wird auch deutlich in seiner Manifestation als Spielbrett, bei dem es um Erringung und Verteidigung von Territorium geht. Artus zieht das Schwert, das Symbol seiner Herrschaft, aus dem Stein. Der Stein repräsentiert die stützende Basis aller menschlichen Existenz; in seiner erweiterten Form, als Tafelrunde, steht er für die ganze Welt.

Licht und Schatten

In welcher Beziehung die vier Insignien ineinander stehen, wird deutlicher, wenn wir uns ihren Platz in der Ordnung der Dinge vor Augen führen. Wie die vier Städte des mythischen Landes, aus dem sie stammen, sind die vier Schätze Himmelsrichtungen zugeordnet: der Speer dem Osten, der Kessel dem Westen, das Schwert dem Süden und der Stein dem Norden. Diese räumliche Ordnung gewinnt eine weitere Dimension, wenn man bedenkt, dass die Objekte auch mit bestimmten Festen im Jahreskreislauf korrespondieren: der Kessel mit dem Beltenefest (1. Mai), der Stein mit Lughnasad (1. August), das Schwert mit Samhain (1. November), dem christlichen Allerheiligen, und der Speer mit Imbolc (1. Februar), unserem Lichtmess. Folgt man diesem zeitlichen

Ablauf, so erhält man eine endlose Schleife, die im Zentrum beginnt, einen Bogen über Westen und Norden schlägt und dann durch die Mitte hindurch über Süden und Osten wieder ins Zentrum zurückführt.

Dass die Bewohner der britischen Inseln bereits in vorkeltischer Zeit ein hohes Wissen um astronomische Zusammenhänge hatten, belegen Megalithbauten wie Stonehenge in England oder der Brugh na Boinne in Irland, die nach Sonnwenden und Tagundnachtgleichen ausgerichtet waren. Der 1897 im französischen Coligny aufgefundene keltische Kalender, eine Bronzetafel, die vermutlich aus dem 1. Jahrhundert n. Chr. stammt, zeigt, wie besessen auch die Kelten von diesem Thema waren.

Dieser Kalender unterteilt nicht nur den Tag in eine helle und dunkle Hälfte, sondern auch den Monat, das Jahr und eine darüber hinausgehende, fünf Jahre umfassende Zeitspanne. Es fällt auf, dass Kessel und Stein in die helle Hälfte des Jahres fallen, obwohl sie eher mit Phänomen der Erde verbunden sind, und Speer und Schwert, die Attribute der Himmelsgottheiten, der dunklen Hälfte zugeordnet werden. Dies zeigt ein weiteres Mal, dass eine reine Trennung in »weibliche« und »männliche« Attribute für die Deutung zu kurz greift.

Diese Zweiteilung lebt noch bis in die Gegenwart fort, wie sich an einem frappanten Beispiel zeigen lässt: Der irische Dichter W. B. Yeats scheint der erste gewesen zu sein, dem die bemerkenswerten Parallelen zwischen den vier Schätzen der Danaer und den »Farben« des Tarotspiels aufgefallen sind: Stäbe, Schwerter, Kelche und Pentakel. Oberflächlich betrachtet, scheint der Speer mit dem Blätter treibenden Stab nicht viel gemein zu haben. Doch zieht man die Verbindung zu dem Stab des Joseph von

Arimathia, der zum blühenden Baum wurde, so erkennt man die Parallelen. Desgleichen ist in den Pentakeln (auch als Münzen bezeichnet) eine Form des Steins wiederzuerkennen. Diese Entsprechungen besitzen an sich keine Beweiskraft, da eher anzunehmen ist, dass das Tarotspiel, welches sich bis ins späte 14. Jahrhundert zurückverfolgen lässt, von der Gralssymbolik inspiriert wurde. Wer sich aber fragt, warum beim modernen Kartenspiel Herz und Karo (Eckstein) rot, Kreuz (auch Treff, von lat. *trifolium*, frz. *trèfle*, Dreiblatt) und Pik dagegen schwarz sind, wird darin einen Reflex der alten keltischen Kosmologie erkennen.

Die Gestalt des Grals

In alten Überlieferungen wird berichtet, dass, als Luzifer vom Himmel stürzte, ein Smaragd aus seiner Krone brach und zur Erde fiel. Bei seinem Sturz verwandelte sich der Stein in ein Schwert, dann in einen Speer und schließlich in den Gralskelch.

Die Legende vom Gral erscheint zum ersten Mal gegen Ende des 12. Jahrhunderts, zur Zeit der Kreuzzüge; es ist daher nicht von der Hand zu weisen, dass das Wort orientalischen Ursprungs sein dürfte und ein wie auch immer geartetes Gefäß bezeichnet. Niedergeschrieben wurde sie im *Perceval* des Chrétien de Troyes (um 1190); dort erscheinen die vier »Insignien« des Mythos in dieser Reihenfolge: ein Schwert, das dem jungen Ritter überreicht wird, sowie eine blutende Lanze, ein mit Edelsteinen geschmückter goldener Gral, den eine Jungfrau in beiden Händen hält, und eine silberne Schale, die vorbeigetragen werden.

Im *Peredur*, einer der späteren Erzählungen des Mabinogion – etwa um die gleiche Zeit entstanden, wobei die genaue Beziehung zu Chrétiens Werk nicht klar ist –, wird dem Helden in der Burg der Wunder neben dem blutenden Speer eine große Schale gezeigt, in der das abgeschlagene Haupt eines Mannes liegt; einige andere wundertätige Gegenstände, darunter ein Schwert, kommen im Umfeld vor.

Im *Perlesvaus* (um 1205) verwandelt sich der Kelch, den Gawain sieht, in eine Schale; später schaut Artus in einer Vision den Gral in fünf Gestalten, zuletzt als Kelch. In der weiteren Entwicklung der Legende treten jedoch die anderen Insignien immer mehr zurück, sodass am Ende der Gral als zentrales Mysterium alle anderen überstrahlt.

In Wolfram von Eschenbachs *Parzival* (um 1220), das den Höhepunkt und Abschluss dieser Entwicklung darstellt, ist die Rede von einem »Ding, das ›der Gral‹ hieß«, welches zugleich Wurzel und Spross des höchsten Glücks darstellt. An anderer Stelle nennt er es in korruptem Latein den *lapsit exillis*, was sich je nach Deutung als »erhabener Stein« oder als »etwas, das vom Himmel fiel«, übersetzen lässt, und an wieder anderer einen »Stein des Lichts«. Gefäß und Inhalt sind hier eins geworden, und wie immer man das Ergebnis deuten mag, ob in historischen Zusammenhängen oder in esoterischen, so gewinnt das Motiv des Grals hier eine Vieldeutigkeit, die sich jeder objektiven Analyse entzieht.

Aber dies entspricht der paradoxen Natur des Göttlichen, das, obwohl es allen zugewandt ist, nur von wenigen geschaut wird und selbst vor diesen sein Antlitz verbirgt.

Helmut W. Pesch

GLOSSAR

Anmerkung zur Aussprache

Britische Namen sind im Wesentlichen in der Schreibweise des 5. Jahrhunderts wiedergegeben. Die spärlichen Quellen sind meist in lateinischer Sprache oder daraus abgeleitet; auf die Aussprache können wir nur aufgrund von »Schreibfehlern« und der späteren Entwicklung schließen. Grundsätzlich gibt es keine einheitliche Schreibung, und die meisten der prominenteren Zeitgenossen benutzten ihren Namen vermutlich sowohl in einer lateinischen als auch in einer keltischen Fassung. Generell lässt sich sagen, dass die Konsonanten in der Wortmitte vielfach weicher ausgesprochen wurden als im klassischen Latein, während die Vokale zum Teil verdumpft waren. Letzterem wurde hier bereits Rechnung getragen, als Konzession an die bessere Lesbarkeit.

Personen

VERSALIEN, Gottheiten oder Gestalten aus der Mythologie
VERSALIEN KURSIV, legendäre Gestalten
Grundschrift, fiktive Personen oder Benennungen
Grundschrift kursiv, historisch belegte Personen
(...), zu Beginn der Geschichte bereits verstorben
[...], Name in der späteren Literatur

Aelle, Anführer der Südsachsen

AGGARBAN [Agravaine], dritter Sohn von Morgause

Agricola, Kriegsführer aus Demetia

Amminius, einer von Artors Männern

ARTOR/ARTORIUS [Arthur/Artus], der Pendragon, Sohn des Uther und der Igraine, Hochkönig Britanniens

BEDIVER [Bedivere], Neffe von Riothamus, einer von Artors Gefährten

Bliesbituth, ein piktischer Häuptling

(*Boudicca*, Fürstin der Icener, Anführerin eines Aufstands gegen die Römer 61 n. Chr.)

BRIGANTIA [Brigid], britische Göttin der Eingebung, des Heilens und des Landes

Brocagnus, ein Ire, Statthalter Artors in Cicutio

CADOR, Prinz von Dumnonia

Cadrod, Fürst von Verulamium

CAMA, Göttin der Quelle bei Camelot

CATHUBODVA, Herrin der Raben, eine britische Kriegsgöttin

Catwallaun Langarm, Enkel des Cuneta, Fürst von Gwenet

Cau, ein Votadini-Krieger aus dem Gefolge des Marianus, Leibwächter Gwendivars

Ceincair, eine Priesterin auf der Insel der Maiden

Ceredic [Cerdic], Anführer der Westsachsen

Constantin, Sohn Cadors

Cunobelinus, Kriegsführer der nördlichen Votadini

Cunorix, ein irischer Kriegsführer, vormals Artors Geisel

Doli, ein piktischer Krieger im Dienste von Morgause

Drest Gurthinmoch, König der Pikten

Dubricius, Bischof von Isca und Primas Britanniens

Dugech, eine von Morgauses Zofen

Dumnoval [Dyfnwal], Enkel des Germanianus, Anführer der südlichen Votadini

Ebicatos, ein Ire, Befehlshaber der Garnison in Calleva

Edrit, ein junger Krieger im Dienste Aggarbans

Eldol, Fürst von Glevum

Eleutherius, Fürst von Eboracum, Vater Peredurs

Eormenric, Sohn des Oesc, Erbe von Cantium/Cantuware

Everdila, eine alte Priesterin auf der Insel der Maiden

GAI [Kay], Artors Stiefbruder und Gefahrte

Gildas, Caus Sohn

GORIAT [Gareth],Morgauses vierter Sohn

(*GORLOSIUS* [Gorlois], erster Gemahl von Igraine, Vater von Morgause)

Gracilia, Gwalchmais Gemahlin

GWALCHMAI [Gawain], Morgauses erster Sohn

GWENDIVAR [Guinevere], Artors Königin

GWYHIR [Gaheris], Morgauses zweiter Sohn

Haedwig, weise Frau

(*Hengest*, König von Cantuware, Anführer des Sachsenaufstands)

Ia, Tochter des Malcuin, eine Priesterin auf der Insel der Maiden im Dienste von Morgause

Icel, König der Angeln in Britannien

IGRAINE, Artors Mutter, Herrin vom See

Illan, König von Leinster, der zeitweise einen Teil von Nordwales hält

Johannes Riothamus, Herrscher in Gallien

(*JOSEPH VON ARIMATHIA*, Gründer der Klostergemeinde auf der Insel aus Glas)

Julia, eine Nonne von der Insel aus Glas, Gwendivars Gefährtin

Vater Kedi, ein irischer Priester am Hofe Artors

LEODEGRANUS [Leodegrance], Fürst von Lindinis, Gwendivars Vater

LEUDONUS [Lot], Anführer der Votadini

Leuku, eine von Morgauses Zofen

Lollius, Küchenmeister von Camelot

LUGUS [Lugh], der Sonnenheld, ein keltischer Gott; sein Fest ist am 1. August

MADOC, König der Durotriges

Mutter Maduret, Äbtissin der Nonnen auf der Insel aus Glas

Manus Formosus, ein Bursche in der Küche von Camelot

Marianus, Enkel des Cuneta, ein Kriegsführer

MEDROD [Mordred], Morgauses fünfter, von Artor empfangener Sohn

MELGUAS [Meleagrance], Sohn des Ciaran, ein in Gwenet geborener Ire, Entführer Gwendivars

MERLIN, Druide und Magier, Artors Berater

MORGAUSE, Tochter der Igraine und des Gorlosius, Königin der Votadini

Morut, eine Priesterin auf der Insel der Maiden

(*Naitan Morbet*, König der Pikten)

Nest, eine Priesterin auf der Insel der Maiden

NINIVE [Nimue], Tochter Gwalchmais und einer Frau aus den Hügeln

Oesc, Enkel Hengests und König von Cantuware, Eormenrics Vater

PEREDUR, Sohn des Eleutherius, Herrscher über Eboracum

Petronilla, Gemahlin des Leodegranus, Gwendivars Mutter

Ridarchus, König von Altacluta und Beschützer Luguvaliums

Rigana, Enkelin des Gorangonus, Oescs Witwe, Eormenrics Mutter

Riothamus, siehe Johannes Riothamus

Roud, Gemahlin Bedivers
Selenn, ein Leibwächter Gwendivars
Telent, ein Krieger aus Fürst Leodegranus' Garde
Tulach, eine piktische Priesterin, Gemahlin des Bliesbituth
Uinist, ein Votadini-Krieger im Dienste von Morgause
Uorepona, die »Große Stute«, Hochkönigin der Pikten
(*UTHER PENDRAGON*, Hochkönig Britanniens, Artors Vater)
Vortipor, Sohn Agricolas

Orte

Avalon, Insel der Äpfel, Glastonbury
Alba, Schottland
Altacluta, Gebiet am Firth of Clyde
Aquae Sulis, Bath
Belisama, der Ribble, Lancashire
Bodotria, der Forth mit dem Firth of Forth
Bremententacum, Ribchester, Lancashire
Britannia, das römische Britannien
Caledonia, das schottische Hochland
Calleva (Atrebatum), Silchester
Camelot, Cadbury Castle, Somerset
Cantium/Cantuware, Kent
Castra Legionis, siehe Isca
Cicutio, Brecon, Wales
Demetia, das heutige Pembrokeshire
Deva, vormals Urbs Legionis, Chester
Dumnonia, die kornische Halbinsel
Durnovaria, Dorchester, Dorset
Dun Breatann, Feste von Dumbarton
Dun Eidyn, Edinburgh
Dun Tagell, Tintagel
Eriu, Irland
Eboracum, York
Fodreu, Fortriu bei Perth, Fife
Gallia, Frankreich
Glevum, Gloucester

Gwenet, Gwynedd (Denbigh und Caernarvonshire) in Nordwales

Insel aus Glas, Glastonbury

Insel der Maiden, Derwent Water, Lake Country

Isca (Silurum), später Castra Legionis, Caerleon

Isca Dumnoniorum, Exeter

Laigin, Leinster, Gebiet in Irland

Lindinis, Ilchester, Somerset

Lochlann, Skandinavien, insbesondere Norwegen

Londinium, London

Luguvalium, Carlisle

Mona, die Insel Anglesey

Mons Badonicus, Badon Hill bei Bath

Sabrina, der Fluss und die Mündung des Severn

Sorbiodunum, Old Sarum bei Salisbury

das Sommerland, Somerset

Tamesis, die Themse

Tava, der Tay

Urbs Legionis, siehe Deva

Uxela, der Axe in der Mündung des Severn

Venta (Belgarum), Winchester, Hampshire

Viroconium, Wroxeter

Voreda, Old Penrith, Cumberland

Britannien im 5. Jahrhundert